Karl Erp, ein Mann um die Vierzig, ist ein wohlsituierter Mann: Er hat eine Frau und nette Kinder, er hat einen Beruf, der ihn ausfüllt, und ein schönes Haus. Man könnte annehmen, er sei glücklich – aber etwas fehlt. Der Antrieb zu Zärtlichkeit und allem Spontanen ist im Verlauf seiner Ehe verlorengegangen. In der unverhofften Liebe zu einer neuen Mitarbeiterin, dem hübschen und intelligenten Fräulein Broder, zeichnet sich plötzlich die Möglichkeit eines Neuanfangs ab. Doch Erp zögert. Das moralische Verhalten, das er vorschiebt, soll nur verhüllen, daß es in Wahrheit um ganz anderes geht.

Der französische Philosoph Buridan berichtete einst von einem Esel, der zwischen zwei Heuhaufen verhungert ist: Er konnte sich nicht entscheiden, welchen von beiden er fressen will. Günter de Bruyn schildert in seinem Roman einen Mann, der zwischen zwei Frauen schwankt. Einfühlsam und präzise erzählt er seine Dreiecksgeschichte vor dem Hintergrund der DDR-Gesellschaft und zeigt eine menschliche Tragik: die Unmöglichkeit, schicksalhafte Verstrickungen in Glück aufzulösen.

Günter de Bruyn, 1926 in Berlin geboren, lebt seit 1961 als freier Schriftsteller in Berlin und bei Frankfurt/Oder. Er wurde u.a. mit dem Heinrich-Mann-Preis, dem Thomas-Mann-Preis, dem Heinrich-Böll-Preis und dem Großen Literaturpreis der Bayerischen Akademie der Schönen Künste ausgezeichnet. Im Fischer Taschenbuch Verlag sind lieferbar: *Märkische Forschungen* (Bd. 5059), *Neue Herrlichkeit* (Bd. 5994), *Tristan und Isolde* (Bd. 8275), *Das Leben des Jean Paul Friedrich Richter* (Bd. 10973), *Babylon* (Bd. 11334), *Preisverleihung* (Bd. 11660), *Zwischenbilanz* (Bd. 11967) und *Jubelschreie, Trauergesänge* (Bd. 12154). Zuletzt veröffentlichte er bei S. Fischer *Mein Brandenburg* mit Fotos von Barbara Klemm.

Zur Umschlagabbildung: Rosemarie Trockel, geb. 1952 in Schwerte. Studium der Malerei an der Fachhochschule Köln.
Das Umschlagmotiv trägt keinen Titel und stammt aus dem Jahre 1985 (Dispersion, 16,2 × 13,1 cm).

Günter de Bruyn
Buridans Esel
Roman

Fischer Taschenbuch Verlag

Limitierte Sonderausgabe
Veröffentlicht im Fischer Taschenbuch Verlag GmbH,
Frankfurt am Main, Januar 1996

Lizenzausgabe mit freundlicher Genehmigung des
S. Fischer Verlags, Frankfurt am Main

Gesamtherstellung: Clausen & Bosse, Leck
Printed in Germany
ISBN 3-596-13122-7

Gedruckt auf chlor- und säurefreiem Papier

Buridans Esel

I

Angefangen hat es so: Karl Erp lächelte beim Erwachen und wußte nicht, warum. An einen Traum entsann er sich nicht. Erst später, nicht viel später, aber doch erst danach, fiel ihm Fräulein Broder ein.

Sagen wir lieber: Nachträglich schien ihm, daß er an jenem Morgen lächelnd erwacht sei. (Und so erzählte er es Fräulein Broder auch: »Es war seltsam, weißt du. Ich spürte deutlich meine zum Lächeln verzogenen Lippen, und erst Augenblicke später war dein Bild da. Ja, so hat es bei mir angefangen.«) Er glaubt heute wohl selbst an diese Version, weiß nicht mehr, daß ihn an diesem Morgen, wie an jedem sonst, der Wecker aus tiefem Schlaf riß, daß er den üblichen Morgenschwur vom frühen Schlafengehen tat, den Tagesplan nach unangenehmen Punkten absuchte, daß die Frage, ob er sich zu Hause oder in der Bibliothek rasieren sollte, zum Problem wurde und ihm erst beim Griff der bettwarmen Hand zum kalten Kinn sein relativ geringer Unmut auffiel, der ihn zum mißtrauischen Forschen nach Ursachen und endlich zum erwähnten Mundverziehen veranlaßte, bis ihm (nach Sekunden schon) klarwurde, wie idiotisch es ist, wenn ein vierzigjähriger Mann am dunklen Morgen im Bett vor sich hin grinst, worauf seine Mundwinkel in die Ausgangsstellung zurückgezogen wurden und mit dem Normalgesicht der Zwang zur Einhaltung des Normalmorgenplans wieder da war: halbwache fünf Minuten im Bett, mit einer Andeutung von Schwung aufstehen, ohne Licht zu machen, das Fenster öffnen, Pyjama ausziehen, mit ausgestreckten Armen zehn Kniebeugen machen, dabei aus dem Fenster sehen! Auf die Apfelbäume, die ihre Skelette in das Morgengrau reckten, in den Bodennebel, der ihm den Blick auf die Spree nahm und auf das Haus gegenüber und den angelnden Greis mit Pelzmütze, den er für einen emeritierten Professor hielt. Die Massage des leichten Bauchansatzes betrieb er mit hoffnungslosem Eifer und rief dabei seinen Morgengruß in den Nebel, der mit dünner Stimme beantwortet wurde. Die Frage nach dem Jagdglück des Alten unterließ er, wie immer, auch diesmal, weil er nicht wußte, ob lautes Sprechen die Fische verjagt. Im Schlafzimmer der Kinder war es noch still. Sicher ging er durch den dunklen Flur und dicht am Geländer die Treppe hinunter, denn in der Mitte knarrten die Stufen. Auf dem Rückweg vom Badezimmer unterließ er die Vorsicht, da die Familie jetzt erwachen durfte. Drei Jahre zuvor noch war er immer nackt und frierend zu Elisabeth geschlichen und hatte sie streichelnd mit eigenen oder zitierten Worten wachgeredet. An einem Morgen wie diesem hätte er vielleicht gesagt: Zwar steigt der Nebel, zwar fällt das Laub, doch küsse deinen Holden, denn er will dir den grauen Tag vergolden, ja vergolden oder so ähnlich. Jetzt aber begnügte er sich damit, die Tür zu öffnen, »Leider ist es soweit« zu flüstern und in sein Zimmer zu laufen, um sich anzuziehen. Die auf diese Weise gewonnenen Minuten benutzte er dazu, in den neugekauften Büchern zu blättern, die sich, noch ungelesen, auf seinem Nachttisch häuften. An diesem Morgen wußte er allerdings nicht, was er las, da er sich bemühte, dem Bild Fräulein Broders klare Konturen zu geben: eine angenehme, aber langwierige Beschäftigung, der er auch noch nachging, als er den Trabant aus der Garage auf die Straße fuhr und danach (genau sieben Uhr zehn) am Frühstückstisch saß.

An diesem Morgen, mit diesem Lächeln, mit dem Versuch, sich ein Bild zu machen, hat es angefangen! Das zu betonen ist wichtig, um Karls Charakter nicht gleich in falsches Licht zu rücken, in Zwielicht oder gar in giftiggrünes des Eigennutzes, um ihn also nicht, mit einem Minuszeichen versehen, in das Buch hineinspazieren zu lassen. Denn wenn er am Abend zuvor von dem Morgenlächeln schon gewußt hätte, wäre seine Unbefangenheit nur Heuchelei gewesen, hätte seine Sachlichkeit nur der eignen Sache gedient. Aber das hätte er gar nicht gekonnt. Schlechtes Gewissen hätte ihm die Sicherheit genommen, mit der er den Sieg errungen hatte. Er war überzeugt gewesen, objektiv zu urteilen, und keiner der Anwesenden hatte daran gezweifelt – auch Haßler nicht, der allein gegen den Beschluß gestimmt hatte. Er hat Karl auch später niemals direkt vorgeworfen, aus persönlichem Interesse für die Einstellung Fräulein Broders gestimmt zu haben, sondern ihm nur klargemacht, daß bei den anderen Sitzungsteilnehmern und allen Angestellten der Bibliothek dieser Eindruck entstanden sein mußte und nicht zu widerlegen war.

So etwas fängt nicht mit einem morgendlichen Lächeln und überhaupt nicht plötzlich an. Das entsteht allmählich, unsichtbar, lautlos, langsam. Das wächst täglich, wöchentlich, monatlich so wenig, daß man noch nach einem halben Jahr an den Anzeichen vorbeisehen kann, um den Kampf um die Praktikantin Broder (und gegen den Praktikanten Kratzsch) sicher führen zu können, mit ruhigem Gewissen und guten Argumenten, die nicht nur von Sorge um die Bibliothek, sondern auch um den Menschen zeugten. Ihre Kenntnisse waren enorm, das konnte keiner bestreiten, ihre Arbeitsmoral über jeden Zweifel erhaben, und daß sie in dieser Stadt geboren und aufgewachsen war, durfte doch wohl auch berücksichtigt werden. Oder nicht? Daß einige Mitarbeiter sich durch ihre harte Reaktion auf Laxheit in ihrer Ruhe gestört fühlten, konnte als Gegenargument doch so wenig gelten wie der Wunsch der jungen Kolleginnen, endlich einen Mann in ihre Mitte zu bekommen. Und war ihre Katalogarbeit nicht einzigartig? Sie war es, na also! Das mußte selbst Haßler zugeben, und um nicht zu kapitulieren, wieder da anknüpfen, wo man mal angefangen hatte. Aber er blieb jetzt allein; denn es war bald Mitternacht, die Zeit der letzten U-Bahn-Züge, und die Kolleginnen, die erst auf seiner Seite gestanden hatten, waren müde und wußten, daß ihr Chef eher bis zum Morgengrauen diskutieren, als seinen Standpunkt ändern würde. Also gaben sie auf und Fräulein Broder ihre Stimme und ließen ungeduldig Taschenschlösser knacken und Stühle schurren, während Haßler, mit knarrender Beinprothese auf und ab stapfend, Meinungen artikulierte, die auch die ihren waren. Daß nämlich volksbibliothekarische Arbeit zwar Arbeit mit Büchern, aber doch Arbeit für Menschen sei und Kollegin Broders Intellektualismus, bei allen Vorzügen, von dieser Seite betrachtet doch auch Negatives hätte. »Weißt du eigentlich, Genosse Erp, daß sie bei ihren Kollegen und Lesern nicht beliebt ist? Zwar verehren die Putzfrauen sie, ich weiß nicht, warum, vielleicht weil sie was zum Verehren brauchen und andere sich schlecht dazu eignen, weil sie durchschaubarer sind. Ich aber habe in Broderschen Bereichen immer Angst, mir das Gemüt zu erkälten. Und so geht es – von Ausnahmen abgesehen – anderen auch. Vielleicht kann man Herzlichkeit nennen, was ihr fehlt, und die gehört wohl zum guten Bibliothekar wie der Weihrauch zum Hochamt. Ganz ehrlich: wenn sie dabei wäre, hätte ich Hemmungen, das auszusprechen, weil ich ihr Lächeln fürchtete und ihre Fragen, denen ich ausweichen müßte, um die Unwissenschaftlichkeit meiner Ansichten nicht selbst zu entlarven.« So etwa Haßler. Und Erp hörte einen Vorwurf gegen sich selbst heraus; denn er gehörte zu den erwähnten Ausnahmen, denen jedes Gespräch mit Fräulein Broder Freude machte.

Zum Verhältnis Broder-Haßler muß gleich gesagt sein: Sie war eine schöne Frau, die aber für ihn nicht in Frage kam.

Fragt sich, wem sie schön erschien. Selbst Erp gestand später, daß er sich erst einsehen mußte in ihre Schönheit. An jenem Morgen am Frühstückstisch dachte er darüber nach, während das von ihm ausgearbeitete Zeremoniell des Essens präzise abrollte: Äpfel, Vollkornbrot, Honigmilch, weichgekochtes Ei und dann der Kaffee (für die Kinder Kakao) mit selbstgebackenem Keks. Da beim Essen nur vom Essen geredet werden durfte und erst die abschließende Zigarette andere Themen zuließ, hatte Erp Zeit, sich über die seltsame Wandlung, die Fräulein Broders Bild in ihm durchgemacht hatte, klarzuwerden. Angefangen hatte das schon vor ihrer ersten Begegnung. Der Leiter der Schule hatte ihn angerufen: Hör zu, ihr bekommt, was ihr wollt, zwei Freihandexperten, sucht euch aus, wen ihr behalten wollt; daß sie das Examen mit gut machen werden, ist bei beiden klar, schön wäre, ihr würdet das Mädchen wollen, sie ist Berlinerin und gehört zu den Typen, die ohne Berlin verkümmern würden; leicht ist es mit ihr nicht, sie hat einen Blick für die Schwächen von Menschen und Dingen, mehr Intelligenz als Gemüt und Fleisch, nicht jedermanns Sache, aber ich kann sie empfehlen! So schlimm, wie Erp nach dieser Beschreibung erwartet hatte, sah sie dann nicht aus. Sie trug keine Brille, die Strümpfe saßen nicht schief, Mantel und Kleid waren genau das, was für ihre Figur paßte. Keine Stubenblässe, keine schlechte Haltung erinnerten an Schreibtisch, kein Zug ihres Gesichts an Verklemmtheit oder Arroganz. Sie gab sich locker, sicher, selbstbewußt, sprach Hochdeutsch ohne Dialekteinschlag oder Krampf und versuchte nicht zu blenden, nicht zu kokettieren. Daß Erp ihr Chef war und ein Mann, schien keinen Einfluß auf sie zu haben. Sie blieb kühl und ließ kühl. Erp gefiel das. Das bißchen Unmut, das in ihm aufkam, war so gering, daß er es nicht wahrnahm. Er unterließ Scherz und Warmherzigkeit, die er für ängstliche Praktikantinnen bereithielt, blieb kurz und sachlich und hatte damals das angenehme Gefühl, ihr gleichwertig gewesen zu sein. Als sie das Zimmer verlassen hatte, fehlte ihm jede Vorstellung von ihrem Gesicht. Wenn er gefragt worden wäre, hätte er von kalt, herb, kantig geredet, es als interessant, aber nicht angenehm bezeichnet. Ein halbes Jahr später erst, am Frühstückstisch, sieben Uhr zwanzig, fiel ihm die richtige Bezeichnung für dieses Gesicht ein: hart, und zwar im Sinne von fest, dicht, schwer durchdringbar, Widerstand leistend. Er war froh über dieses Wort wie über eine grandiose Entdeckung; nicht nur, weil etwas bezeichnen zu können schon halbe Besitznahme bedeutete, sondern auch, weil das Wort treffend war und er sich mit ihm die Fähigkeit zu objektivem Urteil bescheinigen konnte. Er merkte nicht, wie er sich selbst betrog, denn während er zum erstenmal dieses Wort dachte, nahm es gleichzeitig für ihn eine besondere Bedeutung an: Es wurde zum Synonym für schön. Denn inzwischen hatte er Fräulein Broder mehrmals lachen sehen und erinnerte sich, während er mit nie eingestandenem Widerwillen die süße Milch trank, genau der Bewegungen ihrer Lippen dabei und hörte die weichen Töne, die manchmal Fräulein Broders Gesprächspartner in Verwirrung brachten.

Sie war unwiderstehlich, wenn Natürlichkeit ihre künstliche Starre durchbrach. Haßler nannte das Raffinesse, weil er es nötig hatte, sich gegen den Zauber zu wehren, dem Karl erlag. Es war Raffinesse, und es war Natürlichkeit. Raffiniert eingesetzte Natürlichkeit. Erp wußte das und ging an jenem Morgen nicht weniger raffiniert mit diesem Wissen um. Er ließ sich rühren von der naiven Weichheit (denn Rührung brauchte er) und bewunderte die Raffinesse, die andere Bereiche als das Gemüt erregte. (Als er ihr später gestand, wie bald er sie durchschaut hatte, lachte sie, und beide wußten in diesem Moment, daß auch das sie wie zwei Verschwörer aneinanderketten würde.) Dabei erinnerte er sich auch, daß ziemlich früh ihm schon klar gewesen war, daß Gleichaltrige für dieses Mädchen nicht in Frage kamen.

Und Elisabeth erklärte derweilen den Kindern ruhig und gütig die Wirkung von Vitaminen (ohne erkennen zu lassen, daß auch sie unter deren Tyrannei litt), rief Peter zur Ordnung, der der Schwester vorführte, wie skorbutkranken Seeleuten beim Essen von Salzfleisch die ausfallenden Zähne zwischen die schon wakkelnden restlichen geraten, und stellte dann an Karl die Frage, auf die sie als Antwort nur ein Nein bekam, ein Nein ohne jeden erklärenden Zusatz. Und sie begnügte sich damit.

War nicht einmal beunruhigt, obwohl die Frage gelautet hatte: Kommst du heute abend pünktlich nach Hause? Sie kannte ihn gut genug, um zu wissen, daß sie alles erfahren würde, nur nicht am Morgen. Für sich behalten konnte er nichts. Eines Abends, wenn die Kinder im Bett waren, er die Post gelesen, sie die Erlebnisse des Tages erzählt hatte, würde er anfangen: Erinnerst du dich an den letzten Mittwoch, an dem ich erst gegen Mitternacht zu Hause war, und sie würde nicken und abwarten, nur um ihr Interesse zu bekunden, kleine Zwischenfragen stellen, die nichts von Drängelei haben durften. Wenn es sich um ein berufliches Problem handelte, würde sie, in Bedauern oder Bewunderung eingebettet, ihre Meinung dazu sagen, wenn Frauen im Spiel waren, jede Eifersucht niederkämpfend, die armen Wesen bemitleiden. Denn bemitleidenswert waren die Frauen seiner Berichte immer, entweder weil sie ihn anbeteten und er, seinem guten Herzen folgend, ein bißchen darauf eingegangen war, bis er erschreckt bemerkt hatte, daß es so nicht ging, oder weil sie so entsetzlich dumm und unangenehm waren, was er zwar spät, aber doch zeitig genug erkannt hatte. Sie hatte wenig Angst vor Geschichten dieser Art; denn stets endeten sie, ob ausgesprochen oder nicht, in Huldigungen ihrer Schönheit, ihrer Klugheit, ihrer Güte, ihrer Ruhe, ihres Fleißes; immer wieder war sie die Siegerin, auch wenn sie ahnte, daß in dem einen oder anderen Fall nicht er der Angebetete, sondern der Anbeter gewesen, nicht die Wange, sondern der Mund geküßt, nicht Saft, sondern Kognak getrunken worden war. Sie betrogen, da war sie sicher, im schlimmsten Sinne die Ehe gebrochen hatte er nie, bestimmt, das war so, auch wenn es ihm vielleicht leid tat. Zum Glück war er nicht stolz darauf. Dazu sah sie auch keinen Grund. Er hatte es einfach nicht gekonnt, es war nicht gegangen, er hatte immer vorzeitig die Lust verloren, wer weiß warum, vielleicht weil es ihn immer zeitig nach Hause zog, weil er seine geregelten Schlafstunden brauchte, vielleicht auch ihretwegen. Sie wußte aus Erfahrung, daß jeder seiner Flirts im Sande verlief, er aber trotzdem die Lust zu neuen Anfängen nicht verlor. Vielleicht brauchte er das. Sie wollte es ihm nicht streitig machen, sie wußte ja, wie es lief: Nach dem Erwachen wird der Tag nach eventuellen Freuden abgesucht, ein Gesicht ausgemalt, eine Schmeichelei vorformuliert, die Frage nach pünktlichem Feierabend verneint und später dann mal, wenn die Kinder im Bett sind, das kaum strapazierte Gewissen erleichtert, der alte Abzählreim: Ich und du, Müllers Kuh, Müllers Esel, das bist du! zitiert und dabei gespürt, daß Frau und Kinder und Haus und Garten zu einem gehören wie die eigene Hand, das Haar oder die Lippen, die auf den fremden so wenig Freude gefunden haben. Das Nein war also kein Grund zur Beunruhigung, genausowenig wie der letzte Schluck aus der Kaffeetasse, die paar Schritte zum Wagen, der flüchtige Kuß vor der Abfahrt.

2

Gab es bei ihr wirklich keine Beunruhigung, keine Eifersucht?

Zumindest gab es den Versuch, sie zu unterdrücken. Den fast geglückten Versuch; denn sie hatte, wie gesagt, Übung. Aber vielleicht war es die gar nicht. Vielleicht glückte der Versuch, weil Mühe, Schwere, Schmerz genug da waren, so daß Erps Treibhauslieben (die am Abend erblühen, am morgen abfallen) dagegen leicht schienen. Später, im 8. Kapitel, wird sie einem Mann (nicht ihrem) das zu erklären versuchen, mit dem Bild des

Trabanten, der das größere Gestirn umkreist, umkreisen muß, weil das (seit Jahren unartikuliert angezweifelte) Gesetz der Liebe es befiehlt, es zu befehlen scheint. An jenem Morgen im Vorgarten, auf dem Betonweg, zwischen Herbstastern (den letzten, blauen, groschengroßen), als sie den Kindern nachlächelte, nachwinkte, war das Bild noch nicht da, wohl aber das Gefühl der Schwere, wie immer, wenn sie allein im Haus blieb vor einem Berg von Arbeit, den sie täglich abtrug und täglich neu wachsen sah.

Karl dagegen war fröhlich. Obwohl er der Meinung war, daß den Kindern der morgendliche Fußmarsch von zwanzig Minuten gut getan hätte, nahm er sie immer wieder mit, weil ihre Begeisterung fürs Autofahren und der Stolz, mit dem sie vor den Augen der Mitschüler ausstiegen und so selbstverständlich wie möglich die Tür zuschlugen, ihn freuten. An diesem Morgen lachte er besonders viel, blinkte ihnen, nachdem er sie vor der Schule abgesetzt hatte, mit den Fahrtrichtungsanzeigern noch einen Gruß zu und war pünktlich wie immer in der Bibliothek, wo die Sekretärin ihm zuflüsterte, daß Haßler schon wartete.

Erp lachte viel, ja, aber er dachte auch viel auf dieser Fahrt in die Stadt, und nur deshalb ist sie der Erwähnung wert. (Er sagte übrigens nie: Ich fahre in die Stadt, sondern immer: Ich fahre nach Berlin, und ahmte damit die alteingesessenen Nachbarn nach, die sprachlich noch nicht davon Kenntnis genommen hatten, daß die Siedlung seit mehr als vierzig Jahren zu Berlin gehörte. Fräulein Broder gegenüber benutzte er das einmal als Beispiel dafür, wie schnell und gern man sich anpaßt, wenn die neue Umgebung einem paßt. Und die Spreesiedlung paßte ihm, in jeder Hinsicht.) Er lachte also mit den Kindern, gleichzeitig aber wurde ihm bewußt, wie locker und fragwürdig sein Verhältnis zu ihnen war. Konnte er sich ein Leben ohne sie denken? Er stellte sich diese Frage zum erstenmal und erschrak, als er sie ohne Zögern bejahen mußte. Er erlebte sie wenig, jeden Morgen, manchen Abend, sonntags ein bißchen mehr, im Urlaub gar nicht. Pädagogischen Ehrgeiz besaß er wenig, er hatte Spaß daran, ihnen Freuden zu bereiten, aber meist störten sie bei der Arbeit oder bei wohlverdienter Ruhe, und wenn sie im Ferienlager waren, vermißte er sie nicht, obwohl der Gedanke, daß ihnen etwas zustoßen könnte, ein Unfall, eine Krankheit, ihn entsetzte. Immer würde er alles tun, um sie gesund, zufrieden und glücklich zu sehen, das bestimmt, aber viel mehr auch nicht. Besonders beim Anblick des Großen, der im Auto neben ihm saß und jede Kurve, jedes Verkehrszeichen, jedes Fahrzeug kommentierte, hatte er nie etwas in sich gehört, das man einmal die Stimme des Blutes genannt hatte. Er warf einen Blick auf den immerfort altklug vor sich hin schnatternden Elfjährigen und empfand wie immer die Fremdheit dieses käsigen Gesichts, in dem nichts an ihn, nichts an Elisabeth erinnerte. Anstatt ihn unter Schmerzen zu gebären, hätte sie ihn auch aus dem Waisenhaus holen können; seine Gefühle für ihn wären nicht anders gewesen. Er war verantwortlich für ihn, juristisch, moralisch, er hatte sich an ihn gewöhnt, das war alles. Warum war das bei Katharina anders? Daß sie ein weibliches Wesen war, kokett, zärtlichkeitsbedürftig, voller Verehrung für ihn, spielte zweifellos eine Rolle. Er wagte kaum sie anzufassen, nachdem er gesehen hatte, wie junge Mütter mit ihren nackten Söhnchen umgehen. Wichtig aber war wohl das: Katharina war wie er (oder: wie er sich sah), gelassen, vernünftig, überlegen, viel ernster, viel klüger als ihr älterer Bruder. Erp liebte wohl in ihr nur sich selbst. In seiner morgendlichen Neigung zur Wahrhaftigkeit gestand er sich das ein, fand allerdings auch gleich eine Entschuldigung dafür: Jede Liebe ist dem Egoismus verwandter als der Nächstenliebe. Vielleicht kam man mal dahin, das anzuerkennen, auf anderem Gebiet war man doch schon soweit; daß man sein Vaterland liebte, weil es einem gut geht in ihm, durfte man doch schon denken und sagen. Und Elisabeth, warum liebte er sie? Weil ihm wohl war in ihrer Nähe, weil er sie ständig ertragen konnte, weil sie nie lästig wurde, sich ihm nicht aufdrängte, ihn nicht einengte, weil sie sich erstaunlich gut auf ihn und seine Arbeit eingespielt hatte. Auch Egoismus also, gewiß, so konnte man das nennen, aber wem schadete das, ihr doch wohl nicht, nie hatte sie dergleichen zu erkennen gegeben, nie sich gegen ihn gewehrt, sie war also doch wohl glücklich oder (vorsichtiger gesagt) zufrieden. So dachte er und bewies damit enorme Fähigkeiten zu Selbstanalyse und gleichzeitiger

Selbstentschuldigung – Fähigkeiten, die seiner Leistungstätigkeit sehr zustatten kamen. (Denn das kann nicht jeder: ein eindrucksvoller Kritiker der eignen Arbeit sein und dabei immer Erklärungen bei der Hand haben, die alle Fehler verzeihlich machen.) Seinem Willen zur Wahrheit fehlte also die letzte Konsequenz, vor allem deshalb, weil Ehrlichkeit und Sentimentalität bei ihm immer dicht beieinander lagen. Anstatt sich darüber klarzuwerden, warum Vorahnungen eines Abschieds Abrechnungsgelüste in ihm wachriefen, ließ er sich von wehmütigen Erinnerungen überfluten. Landstraße, verlassenes Seeufer, Kiefernwald, kahle Chausseebäume erinnerten ihn an einen Sonntag vor dreizehn oder vierzehn Jahren, an dem er das erstemal hier gefahren war, auf einem Lastwagen, frierend, im blauen Hemd (das hatte er noch, trug es manchmal bei der Gartenarbeit), die knatternde Fahne über sich, einen Arm um Elisabeths Schultern gelegt. Die besten Leute der Bibliothekarschule fuhren aufs Dorf als Erntehelfer und Kulturbringer, sangen etwas von der Vorhut des Proletariats und waren so sehr davon überzeugt, es zu sein, daß Elisabeth sich schämte, in einer Villa dieses östlichen Dahlems zu Hause zu sein. Erp war ehrlich genug, um nachträglich über die begeisterten Wiederbelebungsversuche an der Mumie Volkstanz zu lächeln, vorherrschend aber war bei ihm der wehmütige Eindruck, daß er nie mehr so unbeschwert und unabhängig gewesen war wie damals. Nicht lange danach schon war er hier mit dem Rad gefahren, allein. Am Wasserwerk hatte ihn Elisabeth in ihrem besten Leineweber-Kleid erwartet, um ihn den Eltern vorzustellen. Einen Streit mit ihnen zu provozieren war nicht leicht gewesen. Aber es hatte sein müssen; der Wut darüber, daß der gepflegte Rasen, die Terrasse zum Fluß, das geschmackvoll eingerichtete Haus, die liebevolle Familienatmosphäre ihm imponiert hatten, war nicht anders zu begegnen gewesen. Den Gang der Dinge aufgehalten oder nur verlangsamt hatte dieser Streit nicht: Elisabeth hatte ihm geschworen, immer, was auch kommen mag, zu ihm zu halten; die Entdeckung, daß niemand ihm Armut und Ansichten übelnahm, hatte ihn mit den Schwiegereltern versöhnt. Jedes Wochenende wurde nun an der Spree verbracht; sogar feierlich verlobt hatten sie sich und dann jeden

Schritt in die Gleichförmigkeit mit Enthusiasmus begrüßt: Examen, erste Anstellung, Hochzeit, Leerzimmer in der Stadt, Peter, Gehaltserhöhung, Möbel, Radio, eigne Wohnung und so weiter und so weiter. Nichts war ihm mißglückt, in seiner Arbeit hatte er Erfolg gehabt, der anerkannt und honoriert worden war, alle Konflikte hatten sich als lösbar erwiesen, glückliche Umstände hatte er sich zunutze machen können, er war gesund, wohlhabend, geachtet, beliebt und mit sich zufrieden – bis zu diesem Morgen, an dem er plötzlich wehmütig einer Unabhängigkeit nachtrauerte, um deren Erhaltung er sich nie bemüht hatte. Seine Überlegungen waren ja richtig: Die hohen Lebenshaltungskosten seiner Familie ließen einen beruflichen Wechsel in minderbezahlte Stellungen nicht zu; das Haus hatte ihn endgültig an Berlin gebunden, der Garten beanspruchte das früher freie Wochenende; seine Stellung, das Haus, das Auto hatten ihn herausgehoben aus der Normalität, ihn isoliert, aber nicht unabhängig gemacht. Früher war er zwei entspannende Stunden am Tag nichts als S-Bahn-Fahrgast gewesen, einer unter Tausenden, hatte täglich gespürt, daß die Welt nicht nur aus Familie und Bibliothek besteht, war unter vielen zwei Stunden er selbst gewesen, hatte reden, lesen, schweigen, beobachten, zuhören oder grübeln können; jetzt war er nur noch hier Chef, da Familienautorität und zwischendurch allein in seiner fahrbaren Zelle. Wirklich, Überlegungen, die nicht von der Hand zu weisen waren, schlimm nur, daß er es nicht wagte, den Anlaß dazu beim richtigen Namen – Broder – zu nennen.

Überlegungen dieser Art waren nicht neu bei ihm. Bei dem mit Auszeichnung bestandenen Examen nach seinen beruflichen Plänen befragt, hatte er etwa folgendes gesagt: Ich will in Berlin einige Jahre Erfahrungen sammeln und dann aufs Land gehen, in einen bibliothekarisch noch unerschlossenen Kreis möglichst, wo ich ohne Belastung durch Traditionen aufbauen kann, wo Kulturrevolution wirklich revolutionär ist; ich war Gärtner früher und bin daran gewöhnt, daß Ergebnisse meiner Arbeit sichtbar und meßbar für mich sind. Und später, als die Schwiegereltern ihnen das Haus anboten, hat er lange gezögert mit der Antwort.

Aber nicht revolutionärer Pläne, sondern ruhigen Gewissens wegen. Elisabeths Vater hatte sich bei einer Westberliner Versicherungsgesellschaft in dreißig Jahren vom Lehrling zum Filial-Direktor hinaufgedient und bei seinem Ausscheiden vor der Frage gestanden, in seinem Haus an der Spree mit kärglicher Rente zu leben oder in einer Westberliner Mietwohnung eine hohe Pension zu verzehren. Die Entscheidung hatte er mit den Worten: Wenn ihr das Haus übernehmt, gehe ich, wenn nicht, bleibe ich hier, dem jungen Paar aufgehalst und dem Genossen Erp damit einige schlaflose Nächte bereitet. An einem Sonntagabend im Frühling hatte Erp seinen Entschluß verkündet. Ja, sie würden das Haus übernehmen, aber nur unter einer Bedingung: Der Umzug der Alten müßte legal erfolgen. Die Härte und Entschlossenheit, mit der das gesagt worden war, wurden von Elisabeths Vater mit Achselzucken beantwortet. Nie hatte er daran gedacht, mit Zahnbürste und Goldschmuck in der Aktentasche und zwei übereinandergezogenen Anzügen zu flüchten, Bücher, Bilder, Möbel zurückzulassen. Das Gesuch war schon geschrieben, Erkundigungen eingeholt; man hatte nichts dagegen, zwei Butterverbraucher und Rentenempfänger zu verlieren und eine Wohnung zu gewinnen. Also wurde der Antrag eingereicht, und Haus und Garten in der Spreesiedlung, das Autoboot, das unbebaute Wassergrundstück notariell auf Elisabeth übertragen. Um Schwierigkeiten mit dem Wohnungsamt vorzubeugen, zog die junge Familie gleich zu den Alten, und ehe man sich endgültig zerstritten hatte, war die Übersiedlung schon genehmigt, und man mußte sich bis zum 13. August nur an den Wochenenden ertragen. Boot und Grundstück wurden gegen einen Trabant vertauscht, als das Gehalt des Leiters einer Stadtbezirksbibliothek seine Erhaltung zuließ.

Wer hätte sich nicht wie Karl entschieden?

Unsinnig und albern ist sentimentales Mißbehagen über eine Lage, die man freiwillig selbst geschaffen hat.

Ganz ohne Einfluß war doch auch Elisabeth nicht.

Sie hätte sich damals jedem seiner Entschlüsse gebeugt, wäre mit ihm nach Mecklenburg gezogen, wenn sie gespürt hätte, daß er dort glücklicher gewesen wäre.

Er aber wußte, daß sie an Haus und Garten und Fluß hing: schließlich hatte sie dort den größten Teil ihres Lebens verbracht.

Entschuldigungstaktik! Genau die wendete er wieder an, als der flüssige Straßenverkehr ihm noch einmal Zeit zum Überlegen ließ. Elisabeth zuliebe hatte er das Kreuz des Besitzes auf sich geladen, seine Freiheit geopfert, Jugendträume begraben. Er seufzte vernehmlich, als die Ampel an der Treskow-Allee Rotlicht zeigte. Und dabei war er, juristisch gesehen, so arm wie vor zehn Jahren. Sogar das Auto, mit dem er am Abend bei Fräulein Broder vorfahren würde, gehörte eigentlich seiner Frau.

Als er eine Minute vor acht sein eignes Vorzimmer betrat, seufzte er wieder, diesmal aber nicht vor Selbstmitleid (das gestattete er sich in Arbeitsräumen nie), sondern aus verhindertem Tatendrang. Zwischen acht und elf arbeitete er konzentrierter und schneller als danach, und nun würde Haßler ihn nicht dazu kommen lassen. Als aber Fräulein Sawatzki ihn an die bewährte Methode erinnerte, ihn um neun oder halb zehn zu einem unaufschiebbaren Termin zu beordern, winkte er ab. Das würde bei Haßler nicht nützen.

3

Mit Theo Haßler würde eine vorbildliche Lesebuchgestalt in diesen Bericht kommen, wenn ihm zwei Kleinigkeiten nicht gefehlt hätten: erstens Haare und zweitens klare Ausdrucksweise. Nun ist zwar die Glatze klassischer Platz für Lorbeerkränze, aber das geht auf Cäsar zurück und ist uns wohl deshalb nicht geheuer. Seine Redeweise dagegen kann nicht als vorbildlich gelten, weil sie durchsetzt war mit Altertümern, die sie unzeitgemäß und umständlich machten und die ein Versprechen zu geben schienen, das nie eingelöst wurde: daß nämlich der Mann ein Sonderling war. Er war es nicht – oder nur in dem Maße, wie jeder Mensch (hoffentlich) sich durch Sonderheiten vom andern unterscheidet. Während viele Zeitgenossen lebenslang damit beschäftigt sind, den in ihrer Jugend falsch montierten inneren

Kreiselkompaß neu zu orten, hatte Haßler das schnell und gründlich bei Kriegsende erledigt, von dieser Operation aber die auffallende Narbe religiöser Metaphorik in der Sprache zurückbehalten. Auch war er nicht verheiratet. Sonst war nichts Tadelnswertes an ihm. Daß er nachts manchmal durch leere Neubausiedlungsstraßen zum Bahnhof humpelte, um in der Mitropa Leute zutreffen, die wie er zähflüssige Nächte durch Alkohol verdünnten, lag daran, daß ihm der Wodka allein nicht schmeckte, und er, im Rat des Stadtbezirks für Kultur zuständig, Karl also unmittelbar vorgesetzt war. Er saß aber wenig, war ständig unterwegs, liebte die Ruhelosigkeit und haßte die Bewußtlosigkeit des Schlafes, der sich dadurch rächte, daß er auch nicht kam, wenn er gewünscht wurde, oder wenn er kam, sich nach ein bis zwei Stunden wieder empfahl. Haßler also zwang, aufzustehen und zu arbeiten oder wach zu liegen und zu denken, an die Sitzung in diesem Fall, die er noch einmal Satz für Satz durchging, als lese er Protokolle. Dabei suchte er vor allem nach Beweggründen für geäußerte Meinungen, nach Vätern für gedankliche Ledigenkinder also, die er selten sicher fand – außer bei sich selbst. Da die Ergebnisse seiner Grübeleien auch mit dem Morgenkaffee nicht weggespült wurden, trieb es ihn zu sofortiger Auswertung, also zu Karl. Er saß schon in dem zerschlissenen Konsumsessel (den man zu Anfang der fünfziger Jahre mal hatte schön finden sollen) und begann zu reden, ehe Karl sich setzen konnte. »Sicher hast du als Knabe keinen so perfekten Religionsunterricht genossen wie ich, und der Unterschied zwischen vollkommener und unvollkommener Reue muß dir erklärt werden. Erstere also entsteht aus Angst vor der Strafe, aus Liebe zu sich selbst, die zweite aber aus Liebe zu Gott, was auf meinen Fall angewandt etwa heißt: Wenn ich meine gestrigen Worte über die Broder teilweise zurückgenommen haben möchte, weil ich befürchte, daß ihre Unwahrheit sich herausstellt und ich der Blamierte bin, so ist das unvollkommene, wenn es mir aber leid tut um der Gerechtigkeit willen, vollkommene Reue. Und ich schwöre dir, letzteres ist der Fall und mir damit Absolution gewiß. Auch deshalb schon, weil ich gestern abend kein unwahres Wort gesagt habe. Die Fehler, die ich ihr vorwarf, hat sie wirklich, nur sind sie geringfügiger, als ich euch glauben machen wollte. Ich weiß jetzt, daß ich Kleinigkeiten aufgeblasen habe, und vor allem kenne ich nach gründlicher Gewissenserforschung die Gründe, die mich dazu trieben, oder besser die Abgründe, in die ich mich habe stürzen lassen. Hier zeigt sich mal wieder, wie wenig geeignet wir sind, über Schicksale anderer zu befinden, in Leben einzugreifen, Vorsehung zu spielen, das heißt also, Vorgesetzter zu sein. Dazu hätte wirkliche Berechtigung nur Gott, wenn es ihn gäbe, weil nur er weise und gerecht genug wäre. Wir können das schon deshalb nicht, weil wir nicht geschlechtslos sind wie der Nichtexistierende, weil Triebe in uns schlummern, die, jäh aufflammend, Vernunft verdunkeln oder, heimtückisch schleichend, Handlungen bestimmen, Urteile trüben können. Wirksam sind Störungen dieser Art in beiden Geschlechtern, folgenschwerer jedoch beim maskulinen, da dieses trotz Gleichberechtigungsgesetzen noch immer das herrschende ist. Weibliche Minister, Wirtschaftsfunktionäre, Betriebsleiter sind noch immer Ausnahmen, die nur Regeln bestätigen; von der UNO bis zum Ehebett herrschen noch immer die Männer, und ungeklärt ist, inwieweit ihre Entscheidungen vom Geschlechtstrieb mitbestimmt werden. Für die Kompliziertheit der Sache ein Beispiel: Da bemüht sich ein Abteilungsleiter X, der die Welt, die Menschen und sich selbst so sehr liebt, daß er sie besser machen will, als sie sind, das verhaßte, aber notwendige Vorsehungsspielen so weise und gerecht wie möglich zu betreiben, besonders wenn es um Frauen geht, ist er auf der Hut vor Störungsfaktoren in sich selbst; denn er ist ein sehr intakter Mann und weiß, daß etwas in ihm auf das Weib in jeder Genossin oder Kollegin so oder so reagiert. Deshalb macht er sich zum unumstößlichen Grundsatz, erstens, keine Frau, mit der er dienstlich zu tun hat, anzurühren und, zweitens, jedes libidobedingte Urteil als solches zu erkennen und auszuschalten. Als er nun eines Tages über das Schicksal der offensichtlich sehr intakten Frau Y mitzureden hat, sagt er zu sich selbst: ›Lieber X, was dir an diesem Mädchen gefällt, gehört nicht hierher! nimmt allen kritischen Verstand zusammen, weiß nur Negatives über sie zu sagen und ist stolz darauf, bis er sich in schlafloser Nacht darüber klar wird, daß er aus Angst vor falschem Urteil falscher geurteilt hat als je zuvor.‹« Soweit und noch mehr (hier aus Angst vor Honorarforderungen des Sprechers und Urhebers unterschlagen) Haßler morgens um acht im Chefzimmer. Karl saß am Schreibtisch und blätterte, um ihn nicht ansehen zu müssen, in der Post.

Sein Gesicht zeigte, daß er von dieser Art Beichte nicht sonderlich erbaut war. Vielleicht erinnerte sie ihn zu sehr an eigene Taktiken der Selbstkritik.

Nicht mehr in ihrem zweiten Teil: »Was X nun aber an diesem Punkt seiner Überlegungen stutzig macht, ist die unbeabsichtigte Böswilligkeit, deren er sich erinnert, ein kaum merkbarer, gehässiger Ton, der in seine Stimme kommt, wenn er von Kollegin Y redet. Und er fragt sich, wie wohl der Drang in ihn kommt, verletzend über eine Frau zu reden, die ihm gefällt. Auf Umwegen findet er schließlich eine Erklärung: In seinem ersten Leben (so bezeichnet er die Zeit vor seiner Wiedergeburt im Jahre fünfundvierzig) ist er Ziegeleiarbeiter und Soldat gewesen, in seinem zweiten aber Funktionär in stets wechselnden Bereichen, ein Mensch in ständiger Ausbildung also, der nie einen Abschluß fand und sich immer der Verachtung der Fachleute ausgesetzt fühlte, dazu noch ein Invalide, ein Mann mit nur einem Bein, der den Verdacht nicht loswurde, daß die Frauen ihn nicht als vollständigen Mann ansahen, und den es deshalb dazu drängt, es ihnen wieder und wieder zu beweisen. Und diesem Mann, der ein Bein zuwenig und zwei Komplexe zuviel hat, begegnet nun jene Kollegin Y, die ihm als Frau zumindest ebenbürtig, als Fachkraft aber überlegen ist, mit einem Gleichmut, der zwar seiner Stellung und seinem Alter den notwendigen Respekt nicht verweigert, einer möglichen Annäherung aber von vornherein Grenzen setzt – was den Mann beleidigen muß, da er die Grenzen zwar nicht überschreiten, aber selbst festlegen will; denn wenn er um der guten Sache willen seine individuellen Freuden schon einschränkt, will er das wenigstens mit dem Bewußtsein tun können, ein heroisches Opfer zu bringen.« Und nach diesen Worten stand Haßler auf und ging knarrend zur Tür.

In der Hoffnung, daß Karl ihn zurückrief und er noch die Frage anbringen konnte: Und wie steht's mit dir? Denn er war ja nicht nur gekommen, um Geständnisse zu machen, sondern auch um welche zu hören; er wollte nicht nur Beichtkind, sondern auch Beichtvater sein. Seine Offenheit war nicht ohne Berechnung, sie war auch ein Köder. Aber Karl biß nicht an, schnappte nicht zu, hing nicht am Haken, tat nur so, als ob er anbeißen wollte, sagte: »Die wirkliche Gleichstellung können wir alle noch nicht ertragen«, schob die Post beiseite, sah Haßler das erstemal richtig an, merkte plötzlich, wie er drauf und dran war, seine dreifache Überlegenheit (er hatte Fräulein Broders Eignung richtig eingeschätzt, niemand wußte von seinen Gefühlen zu ihr, er konnte sich Hoffnungen machen) in gemeinster Weise auszuspielen, beispielsweise zu sagen: »Schon wenn sie einen Kopf größer sind als wir, klappt es nicht mehr so«, oder: »Wenigstens scheinbare Unterlegenheit verlangen wir von ihnen«, unterdrückte das aber, wie er auch die Verlockung, mit Haßler über Fräulein Broders Vorzüge zu schwatzen, unterdrückte, zog es vor, den Unbeteiligten zu spielen, Haßlers Ehrlichkeit mit einigen kameradschaftlichen Floskeln zu loben, Besorgnis über Fräulein Broders Gesundheitszustand zu äußern (Kreislaufgeschichten in ihrem Alter ließen häufige Arbeitsunfähigkeit befürchten) und dann möglichst schnell zu der Frage überzugehen, in welcher Form Kratzsch die Entscheidung mitzuteilen sei.

Er war also sehr geschickt. Aber gerade das bestärkte Haßlers Mißtrauen.

4

Schon lange nicht mehr war Karl ein Arbeitstag so lang erschienen. Er begann die Stunden in Minuten umzurechnen, erschrak, als er sich dabei ertappte, verbot sich sofort, auch nur auf die Uhr zu sehen oder sonstwie an Fräulein Broder zu denken, und durchbrach das Verbot dauernd. Er zwang sich zur Konzentration, nahm sich Arbeiten vor, die er immer wieder liegengelassen hatte, diktierte Briefe, führte Telefongespräche und bestellte schließlich Kratzsch zu sich, um ihm die Entscheidung der

Bibliotheksleitung mitzuteilen. Gegen ursprüngliche Absichten dehnte sich das Gespräch bis Mittag aus, weil er Kratzschs Groll spürte und es nicht ertragen konnte, daß jemand sich einem Entschluß unterwarf, ohne ihn zu akzeptieren. Wie von sich selbst verlangte er auch von anderen Verständnis für Tatsachen, auch für unangenehme, und hielt es deshalb für seine Pflicht, so lange zu reden, bis der Junge begriff. Er war freundlich, ohne zu schmeicheln, ehrlich, ohne zu verletzen, wurde aber nervös, als Kratzsch stumm blieb und ihn durch dicke Brillengläser unverwandt anstarrte, redete viel zuviel, wiederholte sich, fing, von Echolosigkeit irritiert, schließlich an zu trösten, indem er Berlin schlechtmachte, wobei es sich ergab, daß er viel von sich selbst sprach. Auch schon zur Zeit seines Examens, vor fast fünfzehn Jahren, hatte eine Anstellung in Berlin als besonders erstrebenswert gegolten, für ihn allerdings schon nicht mehr, da er die Illusionen, die man daran knüpfte, längst als solche durchschaut hatte. Daß man mehr Geld bekam, bedeutete doch nicht, daß man mehr hatte. Jede Woche Tanz konnte man bei ihm zu Hause, in Alt-Schradow, auch haben, wenn man Radfahrten nach Lomsdorf oder Petschen in Kauf nahm; Kino gab es dort jeden Freitag im Gasthof nebenan, und drei- bis viermal jährlich kam man bestimmt nach Berlin, in Theater und Museen, mehr als die meisten Berliner also, die von den Kostbarkeiten ihrer Stadt auch nur in den Zeitungen lesen und sich heutzutage, genau wie die Landleute, nach der Arbeit in ihre Wohnungen verkriechen, um sich durchs Fernsehen weltweite Kontakte vorzaubern zu lassen, was sie auch nötig haben in ihrer Einsamkeit, die es in dieser ausgeprägten Form draußen nicht gibt. Wie hatte er zu Anfang gelitten unter der Großstadtanonymität. War er es doch gewohnt, jeden Menschen auf der Straße zu grüßen, von jedem zu wissen, woher er kam, was er war, tat und dachte, und daraus folgern zu können, wie er zu ihm stand. Nur schwer hatte er begreifen können, daß ihm sein stets waches Interesse an den Nachbarn als aufdringliche Neugier angekreidet wurde, daß man Anteilnahme und Hilfsbereitschaft als unerwünschte Einmischung wertete, ihn ausschloß, isolierte, weil er isolierende Konventionen nicht achtete. Sicher war er in seinem jugendlichen

Feuer damals oft unausstehlich gewesen, in seinem ersten Praktikum zum Beispiel hier in dieser Bibliothek, die damals wenig einladend ausgesehen hatte (düster, dunkelgrün und grau die Wände und Möbel, mit brettervernagelten Fenstern, noch keine Freihand selbstverständlich, obwohl schon umgebaut worden war: der alte Hoffmannsche Schalter war in eine offene Theke verwandelt worden), hier, wo ein oberflächlich ausgebildeter Chef einen Organismus umfunktionieren wollte, dessen Gesetze er noch nicht begriffen hatte, eine Schar gewiefter Fachkräfte sich dem widersetzte und wißbegierige Praktikanten vor dem moralischen Dilemma standen, das freigebig angebotene Wissen von Leuten entgegennehmen zu müssen, die sie später bekämpfen wollten, hier also machte er sich bei beiden Parteien unbeliebt, weil er das ungeschriebene Großstadtgesetz der absoluten Trennung von Arbeits- und Wohnplatz nicht achtete. Die Kluft zwischen dem Chef (ein wirklicher Held der ersten Jahre, Fred Mantek, sicher hatte Kratzsch schon von ihm gehört) und den Bibliothekarinnen bekümmerte ihn so sehr, daß er voll missionarischen Eifers in Häuslichkeiten eindrang, Familien erschreckte, Feierabendpläne durcheinanderbrachte, Wochenenden zerstörte, Festlichkeiten beendete, redete, redete, bis man ihn hinauswarf oder vor seinen Augen einschlief. Erreichen konnte er damit natürlich nichts, sich nur Feinde machen, was wahrhaftig nicht seine Absicht gewesen war, denn er mochte die alten Damen sehr, lernte ja stündlich von ihnen, war ihnen noch heute dankbar, schätzte ihre Lebenserfahrung, ihre Güte, ihre Bildung, ihre immensen Kenntnisse, ihre Berufsleidenschaft, achtete sogar ihre Anschauungen, die er als edel, aber überholt empfand und an einem Sonntagabend wegzudiskutieren hoffte. Und dabei hätte er Freunde so sehr gebraucht! Denn rein psychologisch betrachtet (was allerdings immer gefährlich ist), war seine Bekehrungswut vor allem wohl auf diese verdammte Großstadteinsamkeit zurückzuführen. Aber wenn schon von Großstadt die Rede war, was hatte es denn, ganz nüchtern, damit eigentlich auf sich? Spürte man davon in Leipzig, Dresden, Halle oder Rostock nicht mehr als in diesem Fragment einer Stadt, in diesem Drittel eines Sechserstücks, das sich als ein Ganzes ausgab, in dieser häßlichen Ansammlung ineinandergelaufener Ortschaften mit den zerhackten Resten eines Stadtkerns, dessen Straßen im Nichts endeten? Was hatte man denn von dieser Großstadt, wenn man selbst in Wilhelmsruh und die Freundin in Wilhelmshagen wohnte? Da kam man schneller von Alt-Schradow nach Wendisch-Rietz oder von Halle nach Leipzig. Und die Berliner, dieser verwegene Menschenschlag mit dem großen Maul und dem goldenen Herzen, der seinen berühmten Mutterwitz täglich aus der BZ bezog? Höflicher waren die Straßenbahnschaffner in Dresden und Erfurt. Und was die Arbeit betraf, die Bibliotheken, so war hier nicht mehr zu lernen als in anderen Städten auch, vielleicht sogar weniger, weil kein Hinterland da war. Das schmorte hier alles im eigenen Saft, war vielleicht mehr Provinz als die kleinste Bezirksstadt, weil dort doch jeder etwas mitbekam von den Verbindungen zu anderen Städten, zu den Kreisen, den Dörfern. Natürlich hatte die Arbeit in einem so großen Freihandschuppen Reize, aber befriedigender war sie auf dem Lande. Es war doch kein Geheimnis, wieviel da noch im argen lag; darüber konnten auch die schönsten Statistiken nicht hinwegtäuschen. Denn was für Bibliotheken waren das schon, in Alt-Schradow zum Beispiel (mehr kannte ja auch er in seiner Berliner Begrenztheit nicht). Da hatte sich, seitdem er, der literaturbeflissene Gärtnergeselle, gegangen war, wohl niemand mehr um die fünfzig Bücher, die Ende der vierziger Jahre mal in einer Kiste gekommen und heute zum größten Teil veraltet waren, gekümmert. Einen ausgebildeten Kreisbibliothekar hatte es dort noch nie gegeben, jetzt gab es gar keinen mehr. Sein Vater, der zwanzig Jahre Lehrer im Dorf gewesen war (fünfundvierzig hatten sie ihn wegen Mitläuferei entlassen, und als sie ihn achtundvierzig wiederhaben wollten, hatte er nicht mehr mitgemacht, weil er inzwischen Blumengärtner geworden war), der also schrieb ihm das alles in wöchentlich ankommenden Briefen, die so lang waren, wie es nur Rentnerbriefe sein können. Ja, Arbeit in einem abgelegenen Kreis, das wäre eine Aufgabe! Das war nicht nur Arbeit mit Literatur, das war vor allem Arbeit mit Menschen, sichtbare, überprüfbare Arbeit; das war, als wenn man in eine Brache den Pflug setzt und nach jeder Kehre das

Geschaffene überblicken kann. Und das ist es doch schließlich, wonach jeder Bibliothekar im stillen sich sehnt: nach sichtbaren Erfolgen, die aber im allgemeinen ausbleiben. Wer erlebt denn schon mal die unmittelbare Wirkung von Literatur? Davon liest man in der Zeitung, kratzt sich am Kopf und weiß es besser. Nur so ist zu erklären, daß viele mit Leidenschaft Statistik, Systematik, Magazintechnik betreiben und leicht für Außenstehende zu komischen Figuren werden, die Frauen vor allem, besonders wenn sie ohne Mann und Kinder sind, für Signiersysteme und Zugangsverzeichnisse leben und mit diesen alt werden, Kollegin Westermann zum Beispiel, die zu seiner Praktikantenzeit noch ganz ansehnlich gewesen ist, die jüngste der Damen, die Fred Mantek das Leben sauer gemacht hatten, eine der offensivsten damals, die keine Gelegenheit versäumt hatte, durch Entlarvung von Manteks Unwissenheit die Barbarei der neuen Herrschaft zu demonstrieren, die aber keines der Angebote aus Neukölln, Charlottenburg oder Reinickendorf (ihrem damaligen Wohnort übrigens) angenommen hatte, obgleich es hier für sie immer scheußlicher geworden war, die später sogar, als es hatte sein müssen, hierher umgezogen war, die noch heute unter ihm, Karl, litt wie damals unter Mantek, die aber Jahr für Jahr die Praktikanten und Lehrlinge mit der Bibliothekstechnik vertraut machte, die immer treu, zuverlässig, präzise arbeitete, immer da war, ohne die der Bibliotheksmechanismus sich verheddert hätte, ein Stützpfeiler sozusagen, eine tragende Wand, unansehnlich bemoost; Generationen von jungen Leuten, die alles besser wußten, verachteten sie und lernten von ihr und huschten vorbei, von Ehrgeiz angetrieben, der ihr fehlte, jederzeit zu Bekenntnissen bereit, die sie verweigerte, eine komische Figur, im Inventarverzeichnis zu führen, ein Mensch, der sein Herz an nichts als diese Bibliothek gehängt hat. Seltsam übrigens und mehr historisch als biologisch zu erklären, daß der Verzicht auf Ruhm, Anerkennung, Aufstieg, höheres Gehalt (diese nicht zu unterschätzenden Triebkräfte zur Bewußtseinsveränderung), der Mangel an Ehrgeiz, die Bereitschaft zum Dienen viel öfter bei Frauen als bei Männern zu finden ist. Womit nicht gesagt sein sollte, daß alle Frauen so waren. Ausnahmen gab es (Kollegin

Broder zum Beispiel), aber bestätigten sie nicht nur die Regel, und war es vielleicht ein Zufall, daß diese dem allgemeinen Bewußtsein mit einem nicht immer angenehmen Zug von Männlichkeit behaftet erschienen? So redete Karl, zuviel in seiner Verwirrung, bis Mittag, wie gesagt, erschrak, als er auf diesen Umwegen nun doch bei der Broder angelangt war, und war froh, als Kollegin Sawatzki den Kopf zur Tür hereinsteckte, um ans Essen zu erinnern. In Kratzschs Gesicht hatte sich die ganze Zeit über nichts geregt.

Kratzsch grollte, das war klar, und für Erp war es natürlich unangenehm, seine begeisternden Worte so wirkungslos verhallen zu sehen, obwohl er sich mit dem Gedanken hätte trösten können, daß sich auf diese Weise einige Wartestunden angenehm verkürzt hatten. Er fand das Verhalten des Praktikanten ungehörig. Wenn Kratzsch sich auch vielleicht Kollegin Broder überlegen fühlte, in seinem Hochmut also soweit ging, die Richtigkeit einer von Subjektivitäten völlig unabhängigen Kollektiventscheidung zu bezweifeln, es besser wissen zu wollen, es darum auch nicht über sich brachte, ein Wort der Anerkennung über die Sachlichkeit der schwierigen Entscheidung zu äußern, so hätte man doch wenigstens einen Ausdruck verständnisvoller Resignation bei ihm erwarten können. Das höhnische Mundverziehen, das Erp zu sehen glaubte, als er zum dritten Mal betonte, daß Sympathien und Antipathien ganz ausgeschaltet worden seien, konnte eine Täuschung gewesen sein, aber die verstockte Stummheit, der böse Blick und das wie vor Zorn gesträubte Stoppelhaar waren beredt genug; der Frechheit am Ende des Gesprächs, als Erp sich schon erhoben hatte und nach Seife und Handtuch griff, Kratzsch aber noch saß, hätte es nicht mehr bedurft, um zu wissen: Dieser hier haßte ihn. Kratzsch sagte, das erste Sie betonend: »Warum gehen Sie denn nicht aufs Land, wenn Sie Berlin satt haben?«, erwartete aber zum Glück keine Antwort, sondern verschwand grußlos. Fräulein Sawatzki behauptete empört, so etwas noch nie erlebt zu haben. Erp tat es gut, sie auf Kratzschs Jugend hinweisen zu können. Er lächelte dabei, aber zumute war ihm nicht danach. Feinde zu haben quälte ihn. Er war es gewohnt, beliebt zu sein.

5

Der Schrei ertönte in dem Moment, in dem Herr Paschke das Fenster schloß, und er öffnete es natürlich sofort wieder, schob das Kissen zwischen Bauch und Fensterbank, und streckte in der Hoffnung auf eine Fortsetzung oder wenigstens Erklärung des um diese Zeit (es war erst 19 Uhr) ungewöhnlichen Ereignisses den Kopf wieder in den Nebel hinaus, ohne sich um die Proteste von Frau und Tochter zu kümmern. Aber die Straße war wie sonst um diese Zeit: ein Taxi, ein Junge mit Schrippentüte im Arm, eine Frau mit Kinderwagen, ein Mann mit Aktentasche und Brille, der sich wohl in seinem Neubauvorort ausgemalt hatte, in dieser Gegend hier für dreißig bis vierzig Mark ein Abenteuer einkaufen zu können; das tauchte auf aus dem Nebel und verschwand in ihm, wenn der weiße Kegel der Straßenlampe passiert war (die alten Gaslaternen waren erst vor einem Jahr entfernt worden, noch lagen die gußeisernen Pfähle auf dem abgeräumten Trümmergrundstück), lautlos fast, sicher gespenstisch für einen, der hier fremd war, enttäuschend aber für Paschke, der sich noch vorbeugte, um zu sehen, ob die Haustür geschlossen war (sie war es) und ob noch Licht brannte in der Einfahrt (es brannte nicht), und der dann durchs Zimmer eilte, an der servierenden Frau vorbei, durch den Korridor bis zum Klosett, auf den Deckel stieg, um durch die Luke sehen zu können, aber nichts sah, weil der Hof und die drei Reihen Flurfenster über den Aufgängen des Seitenflügels dunkel waren. Er schlurfte zurück in die Stube, wo Anita schon saß und aß und kauend sagte: »Daß da een Mann uff'm Hof steht und zu de Fenstern hochkiekt, hätt'ste och von mir erfahren könn', Vadder!«

Paschke, der es für einen Autoritätsverlust hielt, wenn seine noch nicht ganz erwachsene Tochter mehr wußte als er, fand es bezeichnend für sie, daß es ein Mann war, über den sie Bescheid wußte, äußerte das aber nicht, um Verstimmungen zu vermeiden, fragte vielmehr nach Einzelheiten, die das Mädchen, von Beiß- und Schluckpausen unterbrochen, bereitwillig lieferte: Als sie vor ein paar Minuten nach Hause gekommen war, zwei Stunden zu spät, wegen der FDJ-Versammlung (die Paschke sich gleich in Peter, Ali oder Jonny übersetzte), hatte der Mann ohne Mantel, Autoschlüssel in der Hand (»Der Wagen steht uff de andre Seite, kannste nich sehen bei dieser Milchsuppe«), im Flur gestanden und hatte sie nach Fräulein Broder gefragt, war dann auf den Hof gegangen, hatte zu den paar erleuchteten Fenstern von Seitenflügel und Hinterhaus hochgesehen, als ob er an den Gardinen was erkennen könnte; sie hatte ihn noch auf den zweiten Hof mit weiteren Aufgängen hingewiesen und war gegangen, bis hinter die Treppenecke natürlich nur, und dann war die Göring von C, parterre, lilagrau jetzt übrigens, nicht mehr rotblond, gekommen, hatte auf dem dunklen Hof den Mann angerempelt und war ins Haus gerannt, als wäre schon wieder eine Fehlgeburt zu erwarten. Die Göring also hatte geschrien. Seit wann ließ die sich von Männern erschrecken? Und warum hatte Anita dem Mann nicht gesagt, wo die Broder wohnte? »Ach, die feine Zicke!« Paschke ärgerte sich, aber nicht über Anita (die konnte er in diesem Fall sogar verstehen, sie gönnte der Broder den Mann mit Auto eben nicht), sondern darüber, den Besucher verpaßt zu haben, nicht zu wissen, was er war, Verwandter, Liebhaber, Kollege oder Amtsperson, ihn nicht ausgehorcht zu haben, über die Broder natürlich, denn er wußte wenig Neues über sie; zwar grüßte sie, blieb aber nie stehen unter seinem Fenster, wenn er sie ansprach, antwortete kurz, im Vorbeigehen, ausweichend, allgemein, mit viel »vielleicht, mal sehen, wird schon werden, es geht, wollen abwarten«, beleidigend ungenau also und ohne Lächeln, als wüßte sie von den alten Geschichten, die doch vor ihrer Zeit passiert und längst verziehen und vergessen waren. Er fand noch keine Ruhe zum Essen, öffnete die Wohnungstür, ging, ohne Licht zu machen, die paar Stufen zum Torweg hinunter, schlich zur Hoftür, starrte hinaus und drückte dann erst den Lichtknopf. Der Schein malte ein Rechteck auf den Hof, vergoldete den Asphalt, spiegelte sich in Pfützen, ließ die Mülltonnen an der Mauer Schatten werfen. Das war alles. Auffallend war nur, daß das Treppenhaus C jetzt erleuchtet war.

Was hat Paschke eigentlich in dieser Geschichte zu suchen? Er war Anitas Vater, gut, aber selbst sie ist nur Randfigur, selbst sie könnte man sich sparen. Wichtig ist in diesem Kapitel allein das Gespräch zwischen Karl und Fräulein Broder, und dafür wird viel Platz gebraucht. Ein paar Sätze genügten, dahin zu kommen. Etwa so: Es war genau sieben Uhr, als Karl das Haus endlich gefunden hatte. Es war ein altes Mietshaus mit zwei Höfen und insgesamt acht Aufgängen. Hier wohnen mehr Menschen als in unserem Dorf, dachte Karl, als er nach einigen Schwierigkeiten mit den Mietern eines falschen Aufganges zum zweitenmal die steilen Treppen zum vierten Stock hinaufstieg. Und dabei klopfte ihm das Herz vor Erregung, und er wußte noch immer nicht, was er sagen würde, wenn Fräulein Broder ihm öffnete. Vor ihrer Wohnungstür mit dem Messingschild W. Broder (wieso W.?) stand er ein paar Minuten regungslos, ehe er an der Klingel drehte. Hätte er Stimmen von innen gehört, wäre er wieder gegangen. Und dann öffnete sie, und das Gespräch, auf das es ankommt, kann beginnen.

Wer öffnet?

Fräulein Broder.

Wer ist das? Doch nicht viel mehr als ein Name bisher, ein unvollständiger sogar (denn sie wird doch wohl einen Vornamen gehabt haben), für Erp vielleicht eine Legendengestalt schon, ein Schattenriß mit schönem Profil, aber noch kein Bild, schwarzweiß oder farbig, geschweige denn etwas Plastisches oder gar mehr. Und auf dieses Mehr kommt es schließlich an (nicht auf den Schwung ihrer Augenbögen, Brustweite oder Haarfarbe), und dazu muß alles herangezogen werden, was einmal formend gewirkt hat, dazu muß ausgeholt werden, weit ausgeholt vielleicht, zeitlich und räumlich. Da genügt eben nicht: ein altes Mietshaus mit zwei Höfen und insgesamt acht Aufgängen, in dem mehr Menschen wohnen als in Alt-Schradow an der Spree, wenn von dem Haus die Rede ist, in dem Fräulein Broder zur Welt kam (tatsächlich, trotz der nahen Frauenklinik, denn ihr Vater hatte was gegen Krankenhäuser und Ärzte) und gelebt hat bis zum Beginn ihres Studiums und jetzt wieder, als Gast allerdings, als Berliner Bürger zweiten Grades, ohne Zuzugsschein, geduldet in ihrer Stadt nur für die Dauer des Praktikums. Da genügt auch nicht zu sagen: ein altes Mietshaus in Berlin-Mitte oder genauer im Postbezirk 104 (früher N 4), in der Gegend also, die im Süden etwa von der Spree, im Osten von der Rosenthaler und Brunnenstraße, im Westen und Norden von der Mauer begrenzt wird, selbst Straße und Hausnummer sagen wenig, wenn man nicht auch zeitlich ausholt, zurückgeht also, weit zurück, ins Jahr 1743 zum Beispiel, in dem der dreizehnjährige bucklige Jude Moses Mendelssohn, zu Fuß aus Dessau kommend, fünf Minuten von Fräulein Broders Mietshaus entfernt, durch das Rosenthaler Tor (das einzige, das damals fremden Juden offenstand) die Stadt betritt, um einen Lehrer zu finden, der ihm kostenlos Lesen und Schreiben und Denken beibringt. Und mit diesem verwachsenen Jungen, der einmal Philosoph und Nathan-Vorbild werden und dessen Grabstein so stehen wird, daß Fräulein Broders Blick am Morgen, wenn sie aus dem Fenster nach dem Wetter sieht, zuerst auf ihn fällt, passiert noch ein anderer Junge das Tor (Passage: 16 Schweine, 7 Kühe, 2 Juden steht abends im Wachbuch), Aaron Wallstein, der nicht auf Weisheit, sondern Reichtum aus ist, sich in der Kleinen Rosenthaler Straße bei einem Trödler verdingt, mit königlicher Erlaubnis dessen Tochter Mirjam heiratet, den Laden übernimmt und Kinder zeugt, die wieder Kinder haben und sofort, bis schließlich ein Urur- oder gar Urururenkel, ein Aaron Wallstein wieder, ein paar Jahre nachdem Berlin Kaiserstadt geworden ist, ein altes Haus am schon lange nicht mehr benutzten Judenfriedhof kauft, es abreißen und dafür ein neues bauen läßt, vier Stockwerke hoch, mit zwei Höfen und insgesamt vierzehn Aufgängen, um es zu vermieten, nicht um selbst darin zu wohnen; das tut erst sein Sohn Ruben, der den Kellerladen gleich um die Ecke in der Krausnickstraße verkauft, den Glauben seiner Väter ablegt und ins Bankfach geht. Er wohnt mit Ruth, seiner Frau, im Vorderhaus, Hochparterre, zwischen Büchern, Bildern, alten Möbeln, der Sohn Johannes, der sich als Zeitungsschreiber Hans Wall nennt, in einer billigeren Wohnung im vierten Stock, die eines Tages leer steht, als auf dem Haus der Technik, das man nach vorn hinaus hinter dem Turm der Synagoge sich erheben sieht, die rote Fahne mit dem Kreuz im Winterwind flattert. Zwei Wochen später erscheint der Postbote Paschke auf dem Aufgang G, zweiter Hinterhof, beim Wohnungsamt und stellt den Antrag, ihm die leere Judenwohnung im Vorderhaus zu übertragen. Am gleichen Tag unterschreibt Wilhelm Broder in Bergfelde, Kreis Mogilno, Woiwodschaft Poznan, den Vertrag, der ein Jahrzehnt Schinderei auf sechs Hektar Siedlungsland beendet, und verläßt mit einer Frau, zwei Söhnen, einem Hund, Körben, Säcken und viertausend Zloty den Ort, der ihm nie zur Heimat geworden war, um, mehr seinem Herzen als dem Ruf des Vaterlandes folgend, ins Reich heimzukehren. Die neunjährigen Zwillinge, die den Handwagen schieben, heulen, weil sie die Mutter und den Hund, die vorne ziehen, schluchzen und jaulen hören, der Vater geht nebenher in der Straßenmitte, weil er die Autos mit großartigen Gebärden an dem Familientreck vorbeidirigieren würde, wenn welche kämen, da sie aber ausbleiben, trompetet, paukt und pfeift er mit aufgeblasenen Backen und bebenden Lippen einen Marsch, den Hohenfriedberger, in immer neuen Variationen, manchmal auch mit untergelegtem Text, was sich dann so anhört: die Kikikimbern und die Teutohohohonen, Langobarden und Vandahahahalen, denn er fühlt sich wie auf der Völkerwanderung, die er aus dem Buch, das ihm der VDA, der Verband für Deutsche im Ausland, geschickt hat, genau kennt. In der Bahn zeichnet er die Marschrouten der Völkerschaften an die beschlagene Fensterscheibe und ist glücklich, daß er hier mehr und bessere (nämlich nüchterne) Zuhörer hat als in der Bergfelder Dorfkneipe, wo es auch immer nach Schnaps stinkt, den er nicht vertragen kann seines Magens wegen: den hat er sich als Kriegsfreiwilliger von 1917 ein für allemal verkorkst. Vor Begeisterung werden seine Angaben immer präziser, sein Finger stockt bei einem Schmutzkrümel in der Mitte der Scheibe, dem Bodensee, die Alemannen beraten am Holzfeuer (sollen sie mit Flößen übersetzen, das große Wasser umgehen oder umkehren?), da drängt sich eins der Weiber, großbusig, die Kiepe mit einem blonden Steppke auf dem Rücken, in den Kreis der Häuptlinge und sagt (auf alemannisch natürlich, aber das verstehen die Zuhörer ja nicht, und deshalb sagt er es deutsch): Nun sind wir schon so weit rumgekommen, und niemand denkt ans Wäschewaschen, ich möchte ja nicht eure Unterhosen sehn! Und das wirkt, sie bleiben am Wasser und werden Deutsche, weshalb die Franzosen, die eigentlich vergammelte Franken sind, noch heute Allemanje zu uns sagen und nicht vielleicht Vandalen, die weniger Sitzfleisch hatten und schließlich hier unten, beim Türgriff etwa, in Afrika, bei den Negermädchen, gelandet sind, weshalb so mancher Forscher mit Tropenhelm »Nanu!« sagte, wenn er plötzlich einen Schwarzen mit blauen Augen gesehen hat. Und dann kommen die Sueben dran und die Angeln und die Jüten und die Sachsen und die Ostgoten und die Westgoten, für die das Fenster wieder nicht ausreicht, alles weiß er über sie, aber kein polnisches Wort mehr, als die Grenzkontrolle kommt, denn die fragt auch nach Geld, und Odoaker wird erdolcht und Alarich begraben, nächtlich im Busento, wie man weiß, und Karl Martell siegt über die Araber, und auch Wilhelm Broder wird siegen im fremden Land, das so fremd auch nicht ist, denn er ist dort geboren, in Berlin im Jahre Nullnull, und er hat einen Paß (dessen Verlängerung ihm jährlich ein Schwein gekostet hat), er ist also Deutscher, Reichsdeutscher, und sein Lied ist das Deutschlandlied, das er aus dem Fenster hinaus singt, als sie in Neubentschen einfahren, wo es Kaffee in Pappbechern gibt und die Fahnen des erwachten Deutschlands flattern. Die Zwillinge sind stolz auf ihren Vater, nur die Frau weint noch ein bißchen, aber nur noch aus Angst (denn sie ist noch nie weiter als bis Mogilno gekommen), nicht mehr vor Abschiedsschmerz und schon gar nicht aus Reue darüber, diesem magenkranken Luftikus einmal ihr Jawort gegeben zu haben. Das kann sie nicht: etwas bereuen, und wenn einer sie fragen würde danach, könnte sie nur verlegen lächeln, so, wie sie gelächelt hat bei der Frage einer Verwandten aus Posen nach ihrer Liebe zu diesem Mann, der Bücher und Zuhörer brauchte wie andere Faulpelze Bier und Schnaps. Sie begreift solche Fragen nicht. Sie trägt seinen Namen, teilt sein Bett, gebiert ihm Kinder; die Häkelei, auf die ihre Tränen fallen, ist wichtiger, denn Hermann (der Cherusker natürlich) wird auch in der Reichshauptstadt nackt zur Welt kommen. Und so geschieht es, sechs Wochen zu früh, im Asyl in der Auguststraße, das jetzt amtlich Familienwohnheim der NS-Volkswohlfahrt heißt, aber doch weiterhin Augustpenne genannt wird; doch Hermann trinkt nicht, schreit nicht, zeigt alle Knochen, ist aber wichtig für die Wohnraumzuteilung. Seinetwegen bekommen sie die hochgelegene Wohnung im Haus neben dem alten Judenfriedhof, drei Zimmer, Küche, Bad, mit Vorder- und Hintereingang und vom Staat geschenkten Möbeln, die sie nicht gleich aufstellen können, weil erst der federleichte Cheruskerfürst zu Grabe getragen werden muß, viele U-Bahn-Stationen entfernt, am Schillerpark oben, wo man heute nicht mehr hin kann, wozu auch, das Grab gibt es nicht mehr, genausowenig wie das des Ostgotenkönigs, das im Jahr der Olympiade aufgeschüttet wird. Die Mutter schiebt es auf die Milch, die man im Laden kaufen muß, und ihre Tränen, die niemals versiegen, fallen in die Schmutzwäsche fremder Leute, während die Zwillinge die »Berliner Illustrirte« und die »Koralle« austragen und Wilhelm Broder als Hotelportier, Vertreter für Jojo-Spiele, Losverkäufer, Parkwächter und schließlich als staatlich angestellter Bote mit Aufstiegsmöglichkeiten in der Reichsdruckerei, Gitschiner Straße, Berlin erobert. Zuhörer hat er nun genug; sonntags die Zwillinge, alltags oft die Arbeitskameraden im Botenzimmer, manchmal am Abend die Nachbarn, aber nicht alle, Paschke zum Beispiel nie. Der hat sich vielmehr angewöhnt, jedesmal wenn er ihn im Torweg trifft, die Nase nach innen zu schnauben und auszuspucken, weil Broder, erstens, ihm die Wohnung weggenommen hat und, zweitens, mit den Juden im Parterre verkehrt, mit den Wallsteins, die zu alt und zu müde sind, um dem Sohn nach England zu folgen. Tatsächlich ist Broder oft dort, weil es dort Bücher gibt, auch welche über die Völkerwanderung, doch die interessieren ihn schon nicht mehr, denn jetzt ist er bei den griechischen Göttern, jetzt bei den Tibetanern, den Sumerern und den Inkas. Aber von alledem versteht er nur ein bißchen und denkt sich das andere dazu, wie er es mit den Alemannen am Bodensee schon gemacht hat, und nimmt sich vor, eines so lange zu studieren, bis er es ganz versteht, und dann ein Buch darüber zu schreiben, das alle verstehen können, schreibt auch sofort dicke Briefblöcke voll, ist aber unversehens schon bei den chinesischen Kaisern und Iwan dem Schrecklichen, und als er bei Friedrich dem Großen anlangt, erzählt ihm Wallstein (ohne zu ahnen, was er damit anrichtet) von Moses Mendelssohn, der höchste Weisheit dem kleinsten Mann verständlich machen wollte und auf dem Friedhof nebenan den großen Grabstein hat. Und während die Synagoge brennt, die Scheiben im Parterre klirren, der Friedhof zerstört wird, Paschke auf der Polizei bezeugt, den Itzig Ruben Wallstein und Frau am Koppenplatz ohne Stern gesehen zu haben, die Polizei die Wallsteins holt, Paschke in das Parterre im Vorderhaus einzieht, Wilhelm Broder wegen der Propaganda für die Juden aus der Reichsdruckerei entlassen wird, vor seiner Einberufung zum erstenmal seit Jahren wieder seiner Frau beiwohnt, wegen Magenblutens vom Landsturm entlassen wird, seine Frau ein Mädchen zur Welt bringt, ein Zwilling in Afrika umkommt, alle Judenwohnungen um den Hackeschen Markt frei werden, der Seitenflügel mit sechs Aufgängen einstürzt und Paschkes Frau und Kinder unter sich begräbt, Broder Zündsätze in Granaten schraubt, seine Frau unter Artilleriebeschuß Wasser aus der Krausnickstraßenpumpe holt, Paschke lieb und freundlich wird, der zweite Zwilling sich an der Börse erschießen und auf dem Judenfriedhof begraben läßt, Broder Frau und Kind aus dem überfluteten S-Bahn-Tunnel rettet, das fünfjährige Mädchen von den Russen Marchorka erbettelt und die Ruine im Seitenflügel nach Brennholz durchwühlt – von neununddreißig bis fünfundvierzig also – liegen die sieben Bände der gesammelten Schriften des buckligen Juden im vierten Stock im Büfett und danach jahrelang auf dem Nachttisch neben dem Bett, in dem Wilhelm Broder liegt, liest, Briefblöcke vollschreibt und erzählt, erzählt, dem letzten Zuhörer, der ihm geblieben ist, der Tochter. Denn die Mutter ist unterwegs nach Magdeburg, um Zucker, nach Beeskow, um Kartoffeln, nach Werder, um Obst zu holen. Auf Trittbrettern und Dächern fährt sie die Routen, die er sich im Bett ausdenkt, und wenn sie etwas bringt, weiß er schon, wie man das ohne Schwierigkeit vermehrt, indem man beispielsweise auf dem schwarzen Markt am Brandenburger Tor Zucker gegen US-Zigaretten tauscht, nach Potsdam fährt (in den ersten Monaten von Wannsee aus mit dem Dampfer, später in der Dampfbahn, mit eingeschobenem Fußmarsch über den Holzsteg bei Kohlhasenbrück), die Zigaretten für russisches Kommißbrot weggibt, das man in Scheiben schneidet, mit Melasse bestreicht und am Müggel- oder Tegler See den Badenden zu Überpreisen anbietet, im Sommer noch für das Geld am Bahnhof Hermannstraße (Endpunkt der Neukölln-Mittenwalder-Kleinbahn) Brennholz aufkauft, dieses im Winter abstößt gegen Feuersteine und Dochte, von denen ein paar bei Heimkehrern gegen aus Patronenhülsen gebastelte Feuerzeuge vertauscht, diese mit den restlichen Steinen und Dochten komplettiert und ins Magdeburgische fährt, um sie dort in Zucker umzusetzen. Die Mutter hat gegen diesen Weg zum Wohlstand nichts einzuwenden, kürzt ihn aber ab, indem sie mit dem Zucker gleich die Schrotsuppe veredelt, mit seinem Verlust eine Polizeirazzia belastet und mit den letzten entbehrlichen Bettbezügen nach Pasewalk fährt, um Kartoffeln zu besorgen. Sie ist froh, wenn ihr Mann Ideen hat, liest, redet, die Tochter bewacht, und sie erschrickt, als er plötzlich schweigt, nur manchmal stöhnt, ihr keine Anweisungen gibt, und als er auch nicht mehr liest, läuft sie, ohne seine Proteste zu beachten, zum Arzt, der ihn gleich mitnimmt. Nun fallen ihre Tränen, die stets parat sind, in die Stoffe fremder Leute. Der Tochter wegen, die sie weder auf Landfahrten mitnehmen noch allein lassen will, hat sie sich bei Frau Wolff (früher Aufgang K, seit der Zerstörung des linken Seitenflügels Untermieterin in Broders Zimmer mit Hinterausgang) das Schneidern abgeguckt und näht für jeden, der es mit Fettmarken, Kohlen oder Getreide bezahlen kann, auch für die neue Frau Paschke, die den alten Witwer der großen Wohnung wegen geheiratet hat, ihm ein paar Jahre später das Kind eines dunkelhäutigen US-Sergeanten zur Welt bringt, jetzt aber im vierten Stock erzählt, daß Paschke noch immer Angst hat vor Broder der Judengeschichte wegen und dauernd zu den Behörden läuft, um bekannt und beliebt zu sein, falls mal was gegen ihn vorliegt. Aber es liegt nichts vor, auch nicht, als Wilhelm Broder nach langer Zeit mit einem Viertelmagen und einem kranken Herzen aus der Charité zurückkommt, langsam umherspazieren kann und Ideen hat. Während der Postrentner sich nützlich macht, Lebensmittelkarten verteilt, Anträge auf Ofenreparaturen prüft, für die Volkssolidarität, das Rote Kreuz, die Opfer von Erdbebenkatastrophen, Nationaldenkmäler und in Westdeutschland eingekerkerte Patrioten sammelt, Hausbücher führt, Wahllisten prüft, Bilder von Staatsmännern im Torweg aufhängt und entfernt, Fahnen flattern läßt, auf ein und aus gehende Personen achtet und Auskünfte erteilt, schreitet der Invalidenrentner Broder, grauhaarig, würdig vor Kurzatmigkeit, durch die Straßen Berlins und sucht nach Spuren berühmter Persönlichkeiten, über die seine Tochter am Nachmittag in der Stadtbibliothek Näheres zu erfahren suchen muß. Begonnen hat das mit Mendelssohn, dem er über alle Katastrophen hinweg treu geblieben ist. Dessen Grabmal nebenan war zerstört und verschwunden, sein Haus in der Spandauer Straße nicht mehr zu finden, dafür aber Hinweise auf Lessing und Nicolai, auf Körner, Schultze-Delitzsch und Karl Marx, auf Ranke, Zelter, Chodowiecki, Hufeland, Litfaß, Humboldt und Hegel. Die Liste wird von Tag zu Tag länger, es lohnt sich, ein Buch über Berlin und seine großen Männer zu schreiben. Er ist bescheidener geworden inzwischen, will nicht mehr alles verstehen, interessiert sich überhaupt nur noch für das Leben der Leute, für ihr Alter vor allem, und immer werden sofort Geschichten daraus mit viel »Nanu!« und »Aha!« und »Da sagte der Lessing zum Voltaire: Mein Lieber«, und die Briefblöcke häufen sich im Büfett; neunzehn Stück mit je fünfzig Blatt, fast tausend randlos beschriebene Seiten sind es am Ende, als die Schulreform Wilhelm Broders defekten Herzmechanismus gänzlich zum Versagen bringt. Denn je älter und belesener er wird, desto mehr wächst seine Hochachtung vor Leuten, die das verstehen, was ihm verschlossen bleibt, und da die Tochter ihrer guten Zeugnisse wegen mit seinem stolzen Einverständnis auf die Oberschule geschickt wird, gilt seine Verehrung, die seit dem Verschwinden des alten Wallstein kein Objekt mehr gefunden hatte, ihr und treibt ihn, als sie sich dem Abitur nähert, zu dem verhängnisvollen Entschluß, sie von der Mitwirkung an seiner Lebensaufgabe zu befreien und selbst die aus scheuer Ehrfurcht bisher gemiedene Stadtbibliothek zu betreten. Da die Tochter, die seit längerem die Leitung der Familie de facto übernommen hat, diesen Schritt aus undurchsichtigen Gründen nicht billigt, täuscht er eines Vormittags, als sie in der Schule ist, einen seiner regelmäßigen Arztbesuche vor, verläßt im Anzug, mit weißem Hemd und Krawatte das Haus, biegt, da Paschke ihm nachsieht, nach rechts, Richtung Charité, in die Oranienburger Straße ein, schlägt einen Haken um die Museumsinsel und steht eine halbe Stunde später ratlos vor einer Wand von Katalogkästen, an die eine ältliche Bibliothekarin ihn auf seine Frage nach Literatur über Scharnhorst verwiesen hat. Um nicht aufzufallen, holt er sich wie die anderen Leute einen Kasten an den Tisch und blättert in den Zetteln, wahllos, denn er weiß nicht, wo und wie er suchen soll, und als er sich zu erraten bemüht, was die Zahlen (XII, 279 S.) und Abkürzungen (Erw. Aufl. mit e. Faks. u. e. Bildn. d. Verf.) bedeuten, weiß er auch nicht mehr, was er sucht. Aufmerksam, als ob er sie auswendig lernen müßte, liest er Verlagsbezeichnungen, Jahres- und Seitenzahlen, Signaturen und Zugangsnummern, staunt über die vielen Namen, die es gibt, erschrickt, weil so viele Männer (und Frauen sogar) vor ihm schon Bücher geschrieben haben, manche zwei, drei, zehn verschiedene, versucht die Bedeutung von Titeln wie »Schweizer Idiotikon« oder »Kritik der Lehre vom Übergang indogermanischer labiovelarer Geräuschlaute in germanische reine Labiale« zu erfassen, brennt vor Interesse, etwas über die »Leichenpredigten im Grauen Kloster« oder die »Grönländischen Prozesse« zu erfahren, sitzt stundenlang, rot vor Erregung, vergißt Mittagessen und Kaffeezeit und erschrickt, als eine junge Bibliothekarin, die ihn lange beobachtet hat, nach seinen Wünschen fragt. Umständlich erklärt er, worauf es ihm ankommt: Er ist Rentner, Invalidenrentner, das Herz, der Magen, zehn Minuten dauert es, bevor er die Treppen raufkommt, er geht viel umher, durch Straßen, die voller Menschen sind, die alle wissen, wo sie hinwollen, aber nicht, wo sie herkommen, geschichtlich gemeint, die Pflastersteine treten und Häuser bewohnen, die vor ihnen andere getreten, bewohnt haben, ihre Väter und Großväter auch, ohne die sie nicht wären, aber die sind nicht gemeint, berühmte Leute vielmehr, ohne die sie anders wären, als sie sind, auch wenn sie es nicht wissen oder nicht wahrhaben wollen, Leibniz vielleicht oder Liebknecht und Mendelssohn und Borsig und Chamisso, und wenn sie es nicht glauben wollen, sollen sie doch mal an Marx denken oder auch an

Hitler, ja auch an den. Das Bibliotheksmädchen hat weder Lust noch Zeit zur Diskussion, es hat verstanden, sagt: Systematischer Katalog, Berlin-Literatur, Abteilung Geschichte, Unterabteilung Berliner Berühmtheiten, zieht ihn in den Nebenraum, stellt einen Katalogkasten vor ihn hin, überlegt es sich aber anders, als es seine Hilflosigkeit sieht, weist ihn in den Lesesaal und schickt ihm einige Bücher hinauf. Doch das dauert ein Weilchen (das Mädchen muß Signaturen auf Zettel schreiben, die ins Magazin geschickt werden, der Magaziner muß die Bücher suchen, die Bücher müssen in den Lesesaal geschickt werden, die Lesesaalaufsicht muß sie auf Wilhelm Broders Tisch tragen), und so lange sieht sich der grauhaarige Herr in den Freihandregalen um, entdeckt ein Lexikon, möchte gern etwas nachschlagen, weiß aber nicht, was, sein Kopf ist so gepreßt voll von Ideen, daß sich eine nicht so schnell herausziehen läßt, schließlich wirft ein geheimer Apparat die Völkerwanderung heraus, er schlägt nach, findet eine Karte, verfolgt den Weg der Ostgoten und Vandalen, aber er weiß nicht, was ihm das soll, das erinnert zu sehr an Bergfelde, den VDA und Neubentschen, er weiß nur, daß er jetzt täglich hierhergehen und am Abend die Tochter mit seinen Kenntnissen verblüffen wird. Aber da stehen die Bücher schon auf seinem Platz, Stapel alter und neuer Bücher über Berlin und seine Berühmtheiten, drei Wände von Büchern bilden ein offenes Karree, und in der Öffnung sitzt er, vorgebeugt, von den Wänden verdeckt, und rührt sich nicht mehr, nachdem er sich einmal flüchtig, mit zitternden Händen und flackernden Augen die Titel beguckt hat.

Er schläft, der würdige alte Herr, denkt die Aufsicht, schon in Hut und Mantel, läßt ihr Taschenschloß hörbar einschnappen, räuspert sich laut, schaltet die Deckenlampen aus und tippt ihm dann erst an die Schulter. Ja, er schläft, und auch der Arzt kann ihn nicht mehr aufwecken und auch die Tochter nicht, die sich für schuldig hält, weil sie nie den Mut gehabt hat, ihm zu sagen, daß seine Originalidee schon vor ihm viele Leute gedacht und, besser gerüstet als er, ausgeführt hatten. Weil die Kirche glaubt, daß die Toten nichts mehr mit dieser Welt und also auch mit der Teilung dieser Stadt in zwei Städte (und zwei Welten) zu tun haben, oder weil sie durch das Übersehen bitterer Realitäten diese zu verändern hofft, fallen die Tränen der Mutter nun wieder wie damals bei Hermann und Theoderich auf den Friedhof am Schillerpark, wo man heute nicht mehr hin kann, wozu auch: Die Tochter muß ihr Abitur bestehen, ein Jahr im Glühlampenwerk arbeiten, in Leipzig studieren, die Mutter hat gleich nebenan noch das Grab des einen Zwillings, der sich ausgerechnet bei der Verteidigung der Börsenruine umbringen ließ, und gar nicht mehr viel Zeit, weil das Fehlen von Wilhelms Ideen, die Rentenruhe und die Gewißheit, daß sie der seit Jahren selbständigen Tochter nicht mehr nützt, sie bald umbringen. Paschke sammelt nach beiden Todesfällen bei den alteingesessenen Mietern aller acht Aufgänge für einen Kranz, der einen Tag auf einem Küchenstuhl im ersten Hof neben den Müllkästen steht, und entschließt sich, einige seiner anstrengenden Ämter niederzulegen. Auf einem fremden Friedhof am Prenzlauer Berg nimmt die Tochter nicht nur traurig, sondern, weil sie gerade aus der Kirche ausgetreten ist, auch verlegen die Beileidsworte des Pastors, des Herrn Paschke und der Frau Wolff entgegen und reist zurück nach Leipzig, nachdem Frau Wolff, die jetzt mit ihrem Mann (Beruf: Kellner, privat: Brieftaubenzüchter, Anfang der fünfziger Jahre aus Gefangenschaft zurückgekommen) als Hauptmieter die Wohnung im vierten Stock bewohnt, ihr versprochen hat, das Zimmer mit Hinterausgang zu reservieren, von dem aus man auf den Judenfriedhof sieht, wo sich vor den Gräbern von April und Mai fünfundvierzig wieder das Grabmal Moses Mendelssohns erhebt.

Und vor diesem Hinterausgang, Aufgang B, stand also Karl minutenlang regungslos, ehe er sich zu klingeln entschloß.

Noch nicht. Er stand noch auf dem dunklen Hof, erregter, als er sich eingestehen mochte, ein wenig furchtsam nach dem Zusammenstoß mit der kreischenden Frau Göring, ein wenig belustigt über seine Hilflosigkeit, ein bißchen Troubadour unterm Altan des Burgfräuleins, ein bißchen Abenteurer in exotischer Fährnis, viel ordentlicher Bürger im Kaschemmenviertel, starrte in der Hoffnung, irgend etwas für Fräulein Broder Charakteristisches an den Vorhängen oder der Art der Beleuchtung entdekken zu können, zu den Fenstern hinauf, wählte schließlich (man ist versucht zu sagen: bezeichnenderweise) den Mittelweg, den Aufgang C nämlich, und formulierte dabei halb unbewußt schon die für sie bestimmte Schilderung dieser Minuten (die dann später im Zitat gipfelte: »In ein paar Jahren werden die Touristen die letzten dieser Häuser besichtigen wie wir heute die Fachwerkbauten Quedlinburgs, und Reiseführer werden Döblin oder auch Arno Holz zitieren: Ihr Dach stieß fast bis an die Sterne, vom Hof her stampfte die Fabrik, es war eine richtige Mietskaserne mit Flur- und Leiermannsmusik; im Keller nistete die Ratte und so weiter, Sie wissen ja.« Worauf Fräulein Broder, die nicht wußte, vielmehr Holz nur dem Namen nach aus dem Literaturunterricht kannte, mit einem unmerkbaren Sprung den Graben ihrer Unwissenheit überwand und über die Geschichte des Hauses sprach. Erst Monate später, als die Liebe sie verändert hatte, gelang es ihr, diese Art von Scham zu überwinden und Wissenslücken zuzugeben). Zu den Haustüren der drei Aufgänge des ersten Hofes führten Eisentreppen hinauf. Im schmalen Treppenhaus war es stockdunkel. Erp griff die Wände nach dem Lichtschalter ab, spürte Spinnweben, Schmutz, bröckelnden Putz, bekam rauhe Fingerspitzen, tastete sich Stufen hoch bis zum Parterre, fuhr wieder über Wände, fand einen Knopf, drückte ihn und löste Lärm aus. Rechts schrillte eine Klingel, links kläffte ein Hund, kratzte an der Tür, rechts schrie eine Frau, links ein Mann. Die Frau verlangte in einem Ton, in dem man um Hilfe schreit, von ihm zu wissen, wer er sei und was er suche, der Mann wollte nichts als Ruhe, Ruhe, rief es lautstark, vergrößerte dabei den Lärm durch knallende Holzsandalen, brachte den Hund zum Jaulen, riß die Tür auf, stand, ein Fleischberg im Pyjama, vor der hell erleuchteten Küche, verfluchte die laute Klingel, die ihn um jeden Nachtschichtschlaf brachte, verfluchte die Frau Göring, der sie gehörte, und die Kerle, die sie betätigten, streute Schimpfwörter ein, die Erp für ausgestorben gehalten hatte, wurde aber tätlich nur gegen den Terrier, der sich mit scheußlich entblößten Zähnen knurrend und kläffend an ihm vorbei auf den Flur in die Nähe von Erps Waden drängen wollte, machte keine Pause, in die Erp eine Entschuldigung hätte einpassen können, hinderte ihn jedoch nicht daran, den Lichtknopf zu drücken und seinen Weg nach oben fortzusetzen, wo Oma Masche und Frau Pachulke im ersten Stock, die Geschwister Tuchler und Fräulein Lange im zweiten, Herr Voigt im dritten und Hilfsschwester Annerose im vierten Stock ihn schon erwarteten, während Frau Göring, die endlich ihre Tür geöffnet hatte, dem Fleischberg Quade und der ganzen senkrechten Hausversammlung die Gefährlichkeit der Lage erläuterte: Im Hof hatte er gelauert, wer weiß wie lange, alle Fenster beobachtet, sie angefallen und dann im Schutz der Dunkelheit die Treppe beschlichen, warum wohl, vielleicht hatte er gesehen, daß Lohmanns verreist und die Tuchler-Kinder allein waren, die Polizei müßte man verständigen. Erp stieg inzwischen in den fünften Stock, den es nicht gab, statt dessen bei viereinhalb eine verschlossene Blechtür, zu der ein riesengroßer Schlüssel gehörte, den Schwester Annerose holte, als Quade, der seine Kleidung durch einen Bademantel vervollständigt und auch treppensteigend den scharfen Strahl seiner Rede nicht abgestellt hatte, die Absicht äußerte, das verdächtige Subjekt auf dem kürzesten Wege dem Hausvertrauensmann Paschke vorzuführen. Da die Festnahme zwischen dem dritten und dem vierten Stock erfolgte, führte der kürzeste Weg über den alle Aufgänge überbrückenden Boden, dessen ungehobelte Dielenbretter staubaufwirbelnd ächzten unter der ungewohnten Last der C-Leute. Die Tuchlers führten mit Stablampe, Quades Pranke schloß sich mit mächtigem Druck um Erps Oberarm, Fräulein Lange und Frau Pachulke stützten Oma Masche, die sich nichts entgehen lassen wollte, nur die Göring war zurückgeblieben: Sie fürchtete für ihr Kleid und die frisch gefärbten Haare, den Boden betrat sie nur mit Kittelschürze und Kopftuch. Denn dort oben hatte die neue Ordnung noch nicht gesiegt, dort herrschten noch immer das Chaos und die Gesetzlosigkeit der offiziell längst erledigten Nachkriegszeit, dort endete die Wirksamkeit sämtlicher Hygiene-, Brand- und Luftschutzgesetze, dort wurden die ordnenden Vorstöße der Kommunalen Wohnungsverwaltung in Schmutz und Spinnweben erstickt, dort züchtete (genau über Fräulein Broders Zimmer) Kellner Wolff verbotenerweise seine Tauben, horteten hinter

Holz-, Draht- oder Papierverschlägen die Bewohner der oberen Etage ihre Kohlen, dort verrosteten Federböden und Nähmaschinen, in Klavieren und Büfetts toter Mieter tickten satte Holzwürmer, Nebel fiel durch zerbrochene Lukenscheiben, Fernsehantennenband schwang sich girlandengleich von Dachbalken zu Dachbalken. Der Schmutz, der allen in den Nasenlöchern kribbelte, als sie im Treppenlicht des Vorderhauses standen und sich die Spinnenfäden aus den Gesichtern wischten, ersparte ihnen einen Teil des Abstiegs, indem er bei Quade einen Niesanfall herbeiführte, der den hellhörigen Paschke (samt Tochter) aus der Wohnungstür und die Treppe hinauf trieb, so daß das Mißverständnis schon in der zweiten Etage beigelegt werden und die Gesellschaft beruhigt und enttäuscht den Rückzug antreten konnte. Paschke benutzte den Weg nach unten, um umwegreich aus Erp herauszulocken, was ihn interessierte. Nicht böse sein sollte er den Leuten, er als Genosse wüßte ja, wie wichtig die Wachsamkeit sei und hier in der Gegend besonders. In C war eingebrochen worden, seit Jahrzehnten zum erstenmal wieder. Aufpassen! hatte Leutnant Moll, der ABV, ein guter Freund von ihm, gesagt. Und das tun sie eben, haben aber keine Menschenkenntnis, andrerseits sieht man auch keinem den Einbrecher an der Nasenspitze an. Und daß die kleine Broder wieder hier ist, wußte wohl keiner. Ist ja wohl auch nicht für lange, nicht wahr? So, so, das freute ihn aber. Wenn sie den Zuzug hat, wird sie sich sicher eine bessere Wohnung suchen, vielleicht auch heiraten? (Blick auf Erps Hände, die aber in Handschuhen stecken.) Ihr Vater andrerseits hat sich immer wohl gefühlt hier. Ein feiner Kerl, der Wilhelm. Haben Sie ihn noch erlebt, Herr..., Herr...? (Fragender Blick.) Mein Name ist Paschke. Ja, hätte doch sein können, Herr Erp gehörte zur Verwandtschaft. Also Kollege, auch so ein Bücherwurm also : nichts für ungut, ist nicht schlecht gemeint, ihr Vater war ja auch so. Dann könnte Herr Erp sich doch vielleicht dafür einsetzen, daß sie was Besseres kriegt, Neubau vielleicht, Intelligenz wird doch bevorzugt. Was er denn von einem Schnäpschen hielte? Könnte doch nicht schaden auf den Schreck. Nein, nein, das machte gar nichts, verständlich, alles verständlich, auch er ist mal jung gewesen, so ein Abend zu zweit ist schnell vorbei. Und auch er – Paschke – wird sehen, was sich machen läßt für das Mädchen. Schließlich hat er sie schon als Baby auf dem Arm getragen, und er kennt viele Genossen hier, auch auf dem Wohnungsamt, das ist er seinem alten Freund Wilhelm schuldig. Anita wird ihn bringen, damit er sich nicht noch einmal verläuft. Alles Gute also und schönen Abend! Und er streckte ihm die Hand hin, und Erp mußte den Handschuh ausziehen, und der breite Ring, der vor zwölf Jahren letzte Mode gewesen war, blitzte im Treppenlicht, und da konnte Paschke nicht anders, er mußte noch einmal von der Wachsamkeit der Mieter reden, für die Herr Erp Verständnis haben muß, schon der Moral wegen, mit der es in dieser Gegend (sicher sind ihm Stein-, Mulack-, Ackerstraße noch Begriffe) nicht weit her war. Gegen diesen schlechten Ruf (unseliges Erbe kapitalistischer Vergangenheit) hat man sich zu wehren, da heißt es aufpassen, auf alte Frauen zum Beispiel, die stundenweise oder auch ganze Nächte Besuch von seltsamen Pärchen bekommen, auf alleinstehende Damen, die nur abends ihre Wohnung verlassen, da verdächtigt man lieber einen zuviel als einen zuwenig, da liebt man kein Fräulein Soundso suchende Herren in dunklen Hausfluren, weil man diese dienstreisenden Angestellten mit Aktentaschen und harmlosen Blicken ja kennt und ihnen klarmachen muß, daß hier keine anderen Leute wohnen als bei ihnen zu Haus, da achtet man ein bißchen aufeinander, damit nicht wieder Zustände einreißen wie vor fünfundvierzig oder wie jenseits der Mauer, das ist man der neuen Zeit und den Heranwachsenden doch schuldig. Dabei sah er seine südländisch-dunkle Tochter mit väterlicher Milde an, und sie lächelte zu ihm hoch, als verstünde sie nicht, wovon die Rede sei. Aber als sie Erp brachte (damit er sich nicht wieder verläuft), lächelte sie anders, nämlich so wie eine, die sehr wohl weiß, wie einem Mann zumute ist, der mit ihr allein über den dunklen Hof geht, und sie nahm ihren Auftrag sehr genau, henkelte ihn ein (damit er sich nicht verläuft), gab seinem Arm was zu spüren und behauptete, noch nie in ihrem Leben in einem Auto gefahren zu sein. Doch Erp reagierte nur mit zerstreuter Höflichkeit, denn seine Sinne waren nicht eingestellt auf frühzeitig entfaltete dunkle Pracht: Er war präpariert für Kühle und Helligkeit. Im dritten Stock endlich gelang es ihm, Anita loszuwerden, und dann stand er minutenlang vor der Wohnungstür, ehe er klingelte, weil er das Gefühl nicht loswurde, daß Anita noch immer auf der Treppe wartete, um zu hören, wie er Fräulein Broder und Fräulein Broder ihn begrüßt.

Er stand minutenlang, weil sein Herz so stark klopfte. Von morgens an hatte er sich auf diesen Moment gefreut, und jetzt hatte er plötzlich Angst, ein Wort, ein Blick von ihr könnte alle Hoffnung zunichte machen.

So hat er es mehr als einmal Fräulein Broder erzählt, ohne Anita zu erwähnen, was auch schlecht möglich war, weil er sein Abenteuer mit den Mietern des Nachbaraufgangs insgesamt verschwieg: Es hätte nicht in das Bild gepaßt, das er ihr von sich vorzumalen gedachte. Er war nicht gerade mutig, selbstbewußt oder kaltblütig aufgetreten, hatte sich nicht gewehrt, alles mit sich geschehen lassen, nur schüchtern protestiert und mit viel »Verzeihen Sie!« um Auskunft ersucht, war höchstens mal leicht ironisch geworden (»Es würde mich wirklich interessieren, für wen Sie mich halten!«) und hatte sich auf dem Boden ein wenig gefürchtet, kurz, er hatte sich so benommen, wie er war, und gar nicht so, wie er gesehen werden wollte. Sich ihr so zu zeigen, schien ihm, hätte das Ende vor dem Anfang bedeutet, und deshalb schwieg er sich über die ganze Geschichte aus. Sie hatten ohnehin genügend Stoff für die sechs Stunden, die er ihr gegenübersaß. Sie waren beide unermüdliche Plauderer, Erzähler, Diskutierer (deren Gespräche deshalb aus Platzgründen hier nie naturgetreu, sondern immer nur in Kurzfassung oder indirekt wiedergegeben werden können).

6

Da die Hauptpersonen dieses Berichts keine Schlafmittel nahmen und aller Seelenlage durch Verlust einiger Illusionen gestört war, schlief nachts drei Uhr keiner von dreien. Jeder lag im Bett (im eignen) auf dem Rücken (Fräulein Broder auf Seegrasmatratzen, Erp und Elisabeth auf Schlaraffia), starrte an die Decke, dachte an den Gestaltwandel des anderen und sprach ihn schuldig, dem Bild, das er sich von ihm gemacht hatte, nicht zu gleichen, Elisabeth allein mit einigem Recht; denn so, wie sie Erp gesehen hatte, war er ja gewesen, nicht ihr Bild von ihm hatte sich als falsch erwiesen, sondern er.

Was heißt hier falsch oder richtig, Recht oder Unrecht, Schuld oder Unschuld? Karl hatte sich geändert, das stimmt, aber alles ändert sich, Stillstand gibt es nicht.

Dialektik als Entschuldigung für Ehebruch?

Von Ehebruch konnte in diesem Stadium noch gar nicht die Rede sein, der schien weiter entfernt als je zuvor. Das wußte auch Elisabeth. Was sie erschreckte, war auch weniger seine (von ihr vage geahnte) Bereitschaft dazu als vielmehr die an sich unbedeutenden Veränderungen, die sie in der nächtlichen halben Stunde an ihm wahrgenommen hatte. Sie hatte um halb drei fest geschlafen, hatte ihn nicht vorfahren hören, war erst durchs Türöffnen erwacht, hatte seine Entschuldigung (»Ich dachte, du wartest noch auf mich«) stillschweigend akzeptiert, auf seinen Wunsch kein Licht gemacht und sofort mit Widerwillen den Schnapsgeruch gespürt.

Sagen wir besser nicht: mit Widerwillen, sondern: mit Ärger, denn Abstinenzler war schließlich nicht sie, sondern er, vor allem zu Hause, wo Alkohol lediglich gekauft wurde, um vor Gästen nicht lächerlich zu wirken. Da Elisabeth gern öfter mal getrunken hätte, stand ihr stille Wut wohl zu, wenn sie von Erps (allerdings seltenen) Trinkereien nur die Fahne mitbekam. Mit Befremden registrierte sie auch die späte Heimkehr (die er der festgelegten Schlafstunden wegen sonst zu vermeiden wußte) und den außergewöhnlichen Drang zur sofortigen Mitteilung, deren Quelle Karls Bedürfnis nach Ehrlichkeit war. Denn seit zwölf oder gar vierzehn Jahren hatte er keine Geheimnisse vor ihr gehabt (da sie für alles Verständnis gezeigt oder sich mindestens schweigend darum bemüht hatte). Da alles noch so nah war, fiel es ihm schwer, Wichtiges von Unwichtigem zu trennen. Trotzdem genügte eine halbe Stunde, denn das Ehepaar war aufeinander eingespielt; oft reichten Andeutungen und Stichworte aus. Erst erzählte er chronologisch: die Leitungssitzung, sein lächelndes Erwachen (ja, so ehrlich war er!), das Gespräch mit Kratzsch, Fräulein Broders Straße, das Haus, ihr Zimmer (mit Flurküche, das Klo – für alle Mieter – im zweiten Stock), die Einrichtung (Bücherregal mit der seltenen Mendelssohn-Ausgabe, Tisch, Sessel, Bett), Holz-Zitat: Ihr Dach stieß fast…, die weißen Wände, die Taubengeräusche von oben, die Friedhofsbäume vorm Fenster, das Fernsehstück von nebenan (als Hörspiel durch die von einem Kleiderschrank verstellte Tür genossen, gestelzte Dialoge); dann versuchte er sich der Themen zu erinnern, die sie beschäftigt hatten (aber das gelang schon nicht mehr so gut), Berlin natürlich und Bibliotheksprobleme, Urlaubswünsche, Christa Wolf, Kulturpolitik, Enzensbergers Katechismus, Reiner Kunzes Lyrik, die Deutschen, die Preußen, die Mauer, Leserpsychologie, zeitiges Aufstehen, die Atombombe, Pfefferminztee, Sport- und Sportenthusiasten, Frau und Beruf, der Spießer, Katalogsysteme, Johnnie Walker und Kleingärtner und DEFA-Filme und Bundeswehr, worüber hatten sie nicht gesprochen? Über Persönliches, das schien tabu zu sein; noch verworrener, aber ausführlicher wurde dann sein Bericht über ihre Eigenarten, sich beim Zuhören ständig die Augenbrauen glatt zu streichen zum Beispiel, kein Berlinisch zuzulassen (nicht einmal das jot-ähnliche G am Silbenanfang), jeden Gedankengang mit einem Anlauf zu beginnen, dessen Schwung sie nicht nur weit, sondern auch tief führte, ihre Unfähigkeit zum Witzeerzählen und ihr verzweifeltes Bemühen, es immer wieder zu versuchen, ihre unglaublich detailreichen Geschichtskenntnisse, ihre Freude an Fremdwörtern, die sie superkorrekt aussprach und manchmal des Guten zuviel tat (das schlichtlateinische pur beispielsweise zu pür französisierte), was aber seltsamerweise bei ihr weder lächerlich noch blaustrümpfig wirkte, man wußte nicht, warum; und dann schloß er mit einem Gesamturteil: Zum Teufel mit diesen durchwachten Nächten, verflucht diese Diskutiererei, gelobt die angenehmen Abende zu Hause mit Frau und Kindern, mit Radio und Büchern; und falls es nicht schon deutlich geworden sei, noch einmal: Sie ist das intellektuellste und anstrengendste Mädchen, das ihm bisher über den Weg gelaufen war, mit scharfem, oft vorschnellem Urteil, gebildet, aber unweise, intolerant aus Lebensunerfahrenheit, Musterexemplar einer nächsten Generation, die man so ganz nicht mehr versteht, weil sie in anderer Umwelt, mit anderen Büchern groß geworden ist. »Als sie sechsundvierzig das Abc lernte, hatten wir den Krieg schon hinter uns; unsere Erfahrungen sind für sie Geschichtsstoff, wir werden alt, Eli.« Er war wirklich enttäuscht und verärgert, aber Elisabeth ging nicht auf ihn ein, lag reglos im Dunkeln, spürte schon Gefahr (aber auch Kraft, ihr zu begegnen) und unterbrach ihn, weil sie mit all den für ihn bezeichnenden Einzelheiten (die weißen Wände ohne Schmuck, Bücher und so fort) nichts anzufangen wußte, nur einmal (ganz Ehefrau) mit der Frage nach dem Aussehen der Dame. Und als er fertig war und, enttäuscht von ihrer Stummheit, ging, sagte sie: »Du hast dich also verliebt.«

Den Strom, der ihm da halbstündlich entfloß, aus dem Bedürfnis nach Ehrlichkeit quellen zu lassen ist nur halbe oder Viertelwahrheit, also Unwahrheit; da waren mehrere munter plätschernde oder auch versteckt rieselnde Zuflüsse am Werk: der simple Drang nach seelischer Entleerung, das Beichtbedürfnis zur Reinigung des Gewissens, die Sorge um Beunruhigung ehefraulichen Gemüts, die Angst vor Vorwürfen. Natürlich sprudelte auch (sachte) der Quell der Ehrlichkeit, doch weiß man ja, wie es darum bei Liebenden und Eheleuten steht. Im Anfang, am Tage 0, ist das Beichten groß und ehrlich und die Absolution gewiß, denn alles, was geschah, war ja Vergangenheit, geschah vor der Zeitwende, gilt nicht mehr, man ist ein anderer geworden, nun hat sich alles, alles gewendet; ja, gewendet, denn vom Tage 1 an wird Ehrlichkeit zum Schmerz für den anderen, und man will dem Geliebten nicht Schmerz zufügen, aber auch lügen will man nicht, und wenn der andere sagt: Ich will alles wissen, stimmt das nur teilweise, denn auch er fürchtet den Schmerz durch Details, und deshalb begnügt man sich mit polierten Wahrheiten, schleift ihnen die wundenreißenden Kanten ab oder hackt sie in Stücke, wodurch sie leichter scheinen und nach und nach ohne Beschwerden geschluckt werden können. Man kann zum Beispiel auf die Frage nach dem Aussehen der anderen (eine sehr geschickte Frage Elisabeths, denn sie kannte sowohl den

Typ, auf den er ansprang, als auch die Äußerungsformen aller Schattierungen seiner Begeisterung) schmerzlos vorgehen, ohne zu lügen, indem man statt gertenschlank, zerbrechlich wie altes Porzellan, kurvenreich, wohlproportioniert, wie eine Rubensgestalt (oder was immer sonst die Begeisterung für Klischeewendungen findet) auch dürr, eine genormte Sexbombe, dicklich sagen oder gar witzig werden kann: Die hält nur noch der Glaube an ihre bibliothekarische Berufung aufrecht, oder: Viel Verstand braucht eben ein Riesengefäß (wobei dann noch eine simulierte Fehlleistung ein s anstelle des f unterlaufen lassen kann). Soweit ging Erp natürlich nicht, das war nicht seine Art, das wäre Verleumdung gewesen, das konnte er nicht, selbst wenn er es für nötig gehalten hätte, aber er handhabte Sandpapier und Feile auch in seiner Weise sehr geschickt (das Beil wurde erst später nötig), sagte zum Beispiel etwas Freundlich-Lobendes über ihr Gesicht, ließ aber dabei das Wörtchen fremd einfließen, was ehrlich war, denn entsetzlich fremd war ihm ihr Gesicht gewesen – von nah gesehen, aus einer Entfernung von 5 bis 10 Zentimetern nämlich, als er versucht hatte, das Fräulein zu küssen, und sie, nicht unwillig, nicht böse, nur müde und gelangweilt, ihn angesehen und dadurch den Kuß vereitelt hatte, was natürlich der Feile zum Opfer fiel, wie schon vorher der selbstherrliche Entschluß, zu ihr zu fahren (der unausgesprochen als Auftrag deklariert worden war), der Schnapskauf unterwegs und um neun Uhr der plötzliche Griff nach der Tasche: »Ach, ich habe zufällig Wodka bei mir. Dürfen Sie? Möchten Sie?« Auch die Gesprächsthemen waren selbstverständlich so harmlos nicht, wie die knappen Andeutungen es glauben machen sollten. Ganz sachlich (Dienst ist Dienst, und der Schnaps steckt noch in der Tasche) ging es zu, als vom Beschluß des Leitungskollektivs die Rede war, aber dann ist Berlin dran, es wird gefragt und geantwortet (ist Berlin eine schöne Stadt, aber die Umgebung, die märkischen Seen, die Laubenkolonien, die berühmte Luft, warum eigentlich Scheunenviertel, der preußische Barock, die Gründerjahre, die Neubausiedlungen, müßte das Schloß wirklich abgerissen werden, war es schade drum, der ehemals rote Wedding, die Viersektorenstadt, die Zweiweltenstadt, die zwei Weltstädte), und sie hat zu allem eine Meinung, enorme Kenntnisse, ein scharfes Urteil, interessant, interessant, wichtig aber ist nur, was man scheinbar am Rande durch geschicktes Fragen mitkriegt. In dieser Wohnung also ist sie geboren, schon damals gurrten die Tauben (da war er schon im letzten Schuljahr, dann kam das Landjahr in Ostpreußen, dann die Lehrzeit, ein unmöglicher Altersunterschied ist das nicht), und sie will hierbleiben, aber ein Mann steckt wohl nicht dahinter, oder doch?, nein, wohl nicht, wie kommt das? Enttäuschungen? Sie weicht aus, Persönliches ist tabu, allerdings nur bei ihr, er kommt immer wieder darauf zurück, Kinder würde er hier zwischen bröckelndem Putz und Asphalt nicht aufziehen wollen, überhaupt die Ehe (aber da geht nachts in Elisabeths Zimmer das Sandpapier rüber). Wie ist es zu erklären, daß die besten Frauen nicht am ehesten geheiratet werden? Ist es biologisch oder historisch bedingt, daß Frauen sich nach der Sklaverei der Ehe sehnen? Ist Gleichberechtigung in der Ehe überhaupt möglich? Wie wirkte das auf Kinder: die (kleiner Anlauf) Nutten in den Straßen der Nachkriegszeit? Sie hat auf alles Antworten parat, aber ohne von sich zu reden oder ihn nach etwas zu fragen, wovon er gern erzählen würde, Niederlage auf Niederlage, und um eins, als die Flasche leer ist, redet er plötzlich von sich, anfänglich um sie herauszufordern, eigentlich aber weil es eine Lust ist, ihr seinen Kummer zu beichten, wo sonst kann er das, wer versteht ihn, Elisabeth, die gute, selbstgenügsame, bestimmt nicht (aber das sagte er nicht, Elisabeth ist für ihn tabu). Er redet von seiner Laufbahn, von den Schwierigkeiten des Anfangs (der ehemalige Gärtner, Soldat, Kriegsgefangene auf den Bänken der Bibliothekarschule, sie kennt ja Kants Aula, so war es, genauso, schwer und herrlich, herrlich und schwer), von seinen Erfolgen, vom Haus, vom Garten, vom Auto: Alles, was man sich erträumt hat, ist da – und was nun? Aber Fräulein Broder spielt gelangweilt mit dem Schnapsglas, und Erp hat das Gefühl, etwas falsch gemacht zu haben. Vielleicht mag sie jammernde Männer nicht, sicher ist sie enttäuscht, daß er das Bild, das er äußerlich bietet, selbst zerstört, vielleicht fühlt sie sich vernachlässigt. Und er wechselt von einer Sekunde zur anderen das Thema und beginnt über intellektuelle Mädchen zu reden, wie schwer die das haben, weil die Männer (die anderen natürlich) nicht vertragen können, daß weibliche Wesen gleichwertig oder gar überlegen sind; es scheint da Gesetze der Erotik zu geben oder der Sexualität, aber die gibt es – oder doch? – ja gar nicht so rein (pur traut er sich nicht zu sagen, um sie nicht verbessern zu müssen), er versteht das nicht, weiß aber, wie die Männer über so etwas reden. Aber da wird Fräulein Broder persönlich, gibt ihm deutlich zu verstehen, daß das ihr Problem nicht ist, daß sie sich (vielen Dank für die Sorgen!) darüber nicht beklagen kann, und das faßt er (Idiot) falsch auf, glaubt seine Stunde gekommen, steht auf, geht um den Tisch herum und nähert sein Gesicht dem ihren. Als er wieder sitzt, fragt sie ihn plötzlich was, was Persönliches, was man nach Mitternacht und einer Flasche Wodka (dem teuersten, Import) und vielleicht überhaupt nicht fragen darf, so wenig wie: Glaubst du an Gott? Hast du schon einmal deine Frau betrogen? Welche Partei hast du 1933 gewählt? Sie fragt also (nach fast sechs Stunden ergebnislosen Flirts): »Warum sind Sie in der Partei?« Wie günstig war da (Nebenzufluß Berechnung) ein knapp bemessenes Nachtgespräch mit der Ehefrau, das Ausführlichkeit nicht zuließ. Denn die Wahrheit zu sagen fällt nicht nur schwer, wenn sie den anderen schmerzt, sondern auch, wenn mit ihr zugegeben werden müßte, daß man sich wie ein Hampelmann benommen hat. Wie bitte? Wiederholung der Frage. Er weicht in Galanterien aus: Mit einer so schönen Frau nachts allein und dann das? »Wissen Sie eigentlich, wie schön Sie sind?« – »Das hat man mir schon origineller gesagt.« Und sie wiederholt noch einmal ihre Frage. Er beginnt schließlich ganz von vorn, der Krieg, die falschen Ideale, der innere Zusammenbruch, die lächerlichen Aufbauparolen, die man erst ernst nimmt, als die ersten Erfolge sich zeigen, die Antifaschistin als Leiterin der Bibliothekarschule, die Literatur, der Frieden, die FDJ, Marx..., aber sie unterbricht ihn, will nicht wissen, warum er beitrat, sondern warum er drin ist, heute. Er fühlt sich angegriffen und versucht herauszubekommen, was sie ihm vorwirft. Seinen Katzenjammer (alles erreicht – und jetzt?), seine mangelnde Moral? Aber sie wirft ihm nichts vor, ist nur sachlich interessiert, ist überhaupt beleidigend sachlich. Letzte Rettung ist ein Blick auf die Uhr, Erschrecken. Sie hält ihn nicht zurück. Ehrlich war dann in häuslicher Dunkelheit das Gesamturteil über den Abend. Er war verärgert. Aber warum? Elisabeths Schlußwort erklärte er ehrlichen Herzens für Blödsinn. Aber es beruhigte ihn. Liebe war verzeihlich. Schlimmer wäre gewesen, sie hätte die Wahrheit gewußt: daß er nämlich die Kollegin mit der Absicht besucht hatte, einen nicht gar so verbindlichen Ehebruch mit ihr zu begehen.

Die Wege der Liebe sind selten die kürzesten Verbindungen zwischen zwei Punkten; die gehen hin und her, kreuz und quer, winden sich als Serpentinen, drehen sich wie Spiralen, führen über Berg und Tal, durch Lust und Qual, scheinen Labyrinthe – besonders dem, der sie geht oder kriecht oder fliegt. Warum sollen sie nicht durch bloßes Begehren führen? Aber das war bei Karl nicht einmal der Fall: Er liebt sie doch schon seit seinem lächelnden Erwachen (sein Ärger war nur entstanden aus dem Eindruck, etwas falsch gemacht zu haben, und der Angst, sie nie gewinnen zu können), und es gibt keinen Grund, ihn als kleinen erotischen Abenteurer zu diffamieren.

Nach dem Motto: Wahre Liebe hat immer recht! Denkste, hätte Fräulein Broder, als sie noch klein war und mit Rattenschwänzen über den Ohren in den Ruinen Holz klaute, dazu gesagt und mit dem Zeigefinger an die Stirn getippt. Jahre später hätte sie sicher (nach langem Anlauf) etwas über ethische Kategorien geäußert, die nicht aus mehr oder weniger beständigen Gefühlen abgeleitet werden dürfen. In jener Nacht aber, kurz vor drei (ihre abendliche Pflichtkosmetik hatte sie noch lange aufgehalten, dann aber schlief sie, als die noch am wenigsten Betroffene, am schnellsten ein), wäre, wenn sie zu Selbstgesprächen geneigt hätte, höchstens noch »Schade?« oder »Gott sei Dank!« (oder was Dazwischenliegendes) über ihre vielbewunderten Lippen gekommen, und das hätte keinem Motto oder theoretischen Gemeinplatz gegolten, sondern dem Mann und Chef Karl Erp, von dem sie enttäuscht war.

Weil er dem Bild, das sie sich gemacht hatte, nicht entsprach.

Jawohl, ihre Schuld, könnte man sagen. Aber auch sie, die nüchternste unter den diese Geschichte bevölkernden Personen, war ein Kind unserer Zeit, unserer Zeitungen, unserer Schule, unserer Literatur, hatte also gelernt, daß bedeutende Menschen weder Warzen haben noch die Zeit verschlafen, noch irren können, war eine Zeitlang von infantiler Begeisterung für diese Denkmalsvorbilder besessen gewesen, hatte sie dann kalt und fremd und langweilig gefunden, dazwischen aber die üblichen Krisen überstehen müssen: wenn die Warzen im Antlitz der Helden sichtbar wurden, wenn das Leben sich nicht aus großen Taten, sondern aus teils erfreulichen, teils widerlichen Kleinigkeiten zusammensetzte, wenn die gar nicht edlen Motive für richtige Entscheidungen aufgedeckt wurden, die großen Männer mit Leidenschaft Briefmarken sammelten, und die Liebe weh tat und Waschlappen nötig hatte. Sie hatte Krisen dieser Art recht frühzeitig hinter sich gebracht. Das Monumentalgemälde des gelehrten Vaters war zusammengeschrumpft zum Abziehbildchen eines peinlich wirkenden Quatschkopfes, der ständig über Dinge redete, die er nicht verstand, schließlich aber wieder angewachsen zum lebensgroßen, wirklichkeitsgetreuen Bild eines talentierten Menschen, dem die Umwelt tragischerweise niemals Gelegenheit gegeben hatte, seine Anlagen auszubilden; ihre erste Liebe, ein Lyriker, mit dem sie durch einen enthusiastischen Brief bekannt geworden war, hatte jeden Abend alkoholisch den alten Menschen in sich betäubt, um den neuen besingen zu können; ein FDJ-Funktionär war bereit gewesen, mit ihr (über Bulgarien – vor seiner Familie) nach dem Westen zu fliehen; erwartete Sommernachtsromantik in Ferienlagern hatte sich in Mückenbekämpfung erschöpft; Freundschaften waren durch unsinnige Eifersüchteleien zerbrochen; Bilder, ohne die man nicht mehr leben zu können geglaubt hatte, waren nach einem halben Jahr langweilig geworden; wochenlang vorbereitete Faschingsnächte hatten mit Erbrechen geendet; der Zauber von Lieblingsbüchern war zerronnen; mit Eifer Gelerntes hatte sich als nutzlos erwiesen. Sie hatte wahrhaftig gelernt, Ideal und Wirklichkeit, Kunst und Leben zu unterscheiden. Und trotzdem erwartete sie immer wieder von Menschen mehr, als diese geben konnten. Von Erp zum Beispiel. Aber das war nicht schlimm, keine Krise, kein Schock, nur eine kleine Enttäuschung vor dem Schlaf, der sich davon nicht aufhalten ließ, ein schwacher, schmaler Schatten in der sonnigen Landschaft ihrer Freude: Sie war angestellt, sie durfte in Berlin bleiben, ihre Arbeit fortsetzen. Denn die Freude an der Arbeit und an allem, was mit ihr zusammenhing, hatte sich über Enttäuschungen hinweg als beständig erwiesen, und da letzten Endes alles (Literatur, Politik, Wissenschaften, Technik und vor allem die Menschen) mit ihrer Arbeit zu tun hatte, war ihre Neugier auf Dinge und Menschen so unverändert geblieben wie ihr Ziel, das sie sich früh gesteckt hatte. Schon wenn sie als Schulkind unter vielen Buchbenutzern in der Stadtbibliothek gesessen hatte, um Vaters richtungslosen Wissensdrang zu befriedigen, war immer wieder die Frage aufgetaucht, was letzten Endes beim einzelnen die Frucht all dieses Lesens sei. Von ihrer Mutter abgesehen (die nicht ohne Grund alle Bücher verflucht hatte, weil sie ihr an dem dauernden Elend der Familie schuld zu sein schienen), waren alle Leute, die jemals Einfluß auf sie gehabt hatten, der Ansicht, daß Lesen eine gute Sache sei. Daran zu zweifeln schien so unsinnig wie die Skepsis gegenüber dem Einmaleins, weshalb sich auch niemand Mühe gab, genauer darüber nachzudenken, selbst Bibliothekare nicht, die doch mit dieser Behauptung ihre Notwendigkeit für die Gesellschaft begründen. Ihr aber (den Vater und die von der Literatur unterschlagenen Warzen der Helden vor Augen) schien das so eindeutig nicht zu sein. Durch wissenschaftliche Literatur lernte man Brücken bauen und baute sie, erfuhr von den Entwicklungsgesetzen der Gesellschaft und wendete sie an. Wie aber wirkte denn künstlerische Literatur? (Selbst wenn man nur sogenannte gute in Betracht zog?) Was wirkte denn da auf wen und wie? Erzog die Darstellung des Moralischen wirklich zur Moralität, wirkte die des Bösen wirklich abschreckend? Konnte man Willen zu Identifikation in jedem Fall voraussetzen? Wen lockte das Fremde, wen das Bekannte? Was wurde überhaupt aufgenommen, wie verarbeitet? Welche Rolle spielten Erfahrung, Bildung, Wissen? Wie funktionierte der psychologische Vorgang des Lesens? Ihr Studium war für sie vorwiegend Material zur Beantwortung dieser Fragen. Bibliothekstechnik- und -statistik betrieb sie mit Eifer, weil sie in ihnen Instrumente künftiger Forschung sah. Sie erschrak nicht, als sie herausfand, daß schon viele vor ihr sich mit Problemen dieser Art beschäftigt hatten, las alles und fand es unbefriedigend, wie auch die Literaturgeschichten, die unverständlicherweise völlig auf die Darstellung von Wirkungsgeschichte der Literatur verzichteten. In ihren Praktika saß sie über Statistiken, führte auf eigene Faust Befragungen durch (nicht um zu Ergebnissen zu kommen, nur um Methoden auszuprobieren) und erkannte bald, daß sie ohne psychologische und soziologische Ausbildung nicht weit kommen würde. Aber sie war noch nicht alt: Nach einigen Jahren Bibliothekspraxis würde sie studieren. In Fachzeitschriften vergangener Jahre hatte sie Artikel zu ihrem Thema gefunden, einige von Karl Erp, sachkundige, engagierte Artikel. Sie hatte sich nach Erp erkundigt. Er war als guter Fachmann bekannt, als Kollege beliebt; sie hatte sich bemüht, an seine Bibliothek zu kommen. Auf ihre Frage nach seinen Artikeln hatte er kaum reagiert. Nun war er zu ihr gekommen, ein Mann wie jeder andere, eitel, wie es eigentlich nur Dummköpfe sein können, selbstbewußt und wodkamelancholisch, von Problemen, die ihn einmal stark beschäftigt haben mußten, kaum noch berührt, vor allem daran interessiert, ob man mit ihr schlafen konnte oder nicht. Sie kannte das zur Genüge, war kaum noch überrascht, auch von der als Weisheit und Ironie getarnten Resignation nicht, hatte die Parteifrage eigentlich auch nur gestellt, um zu sehen, wie er sich beim Versuch einer Antwort benahm (angenehm in seiner Unbeholfenheit, fand sie, sie hatte Zynismus erwartet). Ein bißchen schmerzhaft war eigentlich nur, daß auch er ihr die Kränkung antat, nichts als Sexualobjekt in ihr zu sehen. Nur gut, daß er überraschend gekommen war und sie keine Vorfreude zurückzunehmen hatte! Aber sie mußte schlafen; der Arzt würde sonst am Morgen ihrem Herzen die fehlende Nachtruhe anmerken. Hätte ich ihn doch nur rausgeworfen, als er die peinliche Komödie mit der Wodkaflasche aufführte, dachte sie noch. Dann schlief sie schon.

Sie hatte keine Freude daran, zu gefallen?

Doch, sie aber zu unterdrücken gelernt. Sie würde sich in der Bewunderung sonnen, bis es zu spät war; aus Dankbarkeit, Mitleid (und auch weil es nicht einfach war, ohne Mann zu leben) würde sie ihm irgendwann einmal nachgeben, dem Chef, dem Mann einer anderen. Und was dann kam, würde entsetzlich sein: Lügen vor den Kollegen, vom Bett aus der Blick nach der Uhr, einsame Sonntage, Entschuldigungen, wenn eins seiner Kinder Geburtstag hat. Sie dachte nicht direkt daran, das war nicht nötig, sie hatte Erfahrungen, die ruhten in ihr, waren zu einer Art Instinkt geworden, brauchten nicht erst ins Bewußtsein gehoben zu werden, wirkten auch so, hemmten Gefühle, hielten sie nüchtern, schützten davor, Enttäuschungen zu vergessen.

Später, als sie Freude daran hatten, sich der Anfänge ihrer Liebe zu erinnern, betonte sie oft die positive Wirkung ihrer anfänglichen Zurückhaltung. Sieht das nicht nach Berechnung aus?

Seltsam, daß auf diesem Gebiet als edler immer gilt, sich von Gefühlen treiben zu lassen! Es war so: Sie mochte ihn nicht, weil sie ihn noch nicht kannte und er ihr noch nicht die Achtung entgegenbrachte, die Grundlage jeder wirklichen Liebe ist. Und wenn Berechnung dabei gewesen sein sollte, so war es kluge Berechnung, eine Rechnung, die aufging. Seine Liebe hatte Zeit zum Wachsen und Reifen; wer weiß, was aus ihr geworden wäre, wenn alles so fix gegangen wäre, wie er es sich gewünscht hatte. Als er um halb sieben den Schnaps kaufte, dachte er an ein Abenteuer, als er um vier noch immer nicht schlief und aufstand, um ihr den Brief zu schreiben, ging es ihm nur (oder besser: schon) darum, ihre Zuneigung zu gewinnen. Übrigens hat er trotzdem ihre These vom Vorteil des schweren Anfangs immer abgelehnt, weil er an die Schicksalhaftigkeit ihrer Liebe glaubte: Wie auch immer sie sich entwickelt haben mochte, sie gehörten zusammen und wären so oder so zusammengekommen. Sie fand schön und rührend, daß er so dachte, wußte es aber besser.

Sie gehörte eben einer anderen Generation an. Die Liebe (wie auch die Moral) war für sie vorwiegend ein praktisches Problem.

Vielleicht war es die Generation, vielleicht aber auch nur das andere Geschlecht, das die Männer gern als das schwache sehen, um nicht zugeben zu müssen, daß es in Wahrheit (zumindest dort, wo Fräulein Broder aufgewachsen war) das vernünftigere ist. Bei einigem Einblick in die Familienverhältnisse der Aufgänge A bis K des ehemals Wallsteinschen (jetzt kommunal verwalteten) Hauses beispielsweise mußte jeder unvoreingenommene Betrachter zu der Meinung kommen, daß Personen männlichen Geschlechts nicht nur (wie bekannt und unbestritten) spät, sondern überhaupt nicht völlig erwachsen wurden und deshalb nie ohne Spielzeug (Tarnbezeichnung: Hobby) auskommen. Da wurden (wenn achtstündiges Erwachsenspielen vorbei war) Tauben, Goldhamster, Orchideen gezüchtet, elektrische Eisenbahnanlagen bedient, Bierdeckel, Briefmarken, Streichholzschachteletiketten und Papierfähnchen gesammelt, Fußballplätze bevölkert, Skat gedroschen, Flugzeuge gebastelt und (weil man sonst nichts gilt unter den anderen) in Kneipen gesoffen. Die Frauen, die die Verantwortung für Essen, Kleidung, Wohnung, Kinder zu tragen hatten, ertrugen auch das mit der rührenden Liebe und Nachsicht der Großen für Unmündige, heuchelten sogar, um Freude zu machen, Interesse, versuchten, die Spielereien ernst zu nehmen, führten die noch lallend prahlenden Schnapskrieger aus den Kneipen nach Hause, brachten die Tauben (von ihren Lebensmittelkarten miternährt) über den Krieg, schleppten Briefmarkensammlungen in Luftschutzkeller und spotteten nie, wenn kindliche Kostümierungssucht auf komische Tuchmützen mit flatternden Bändern, auf Kordeln, Litzen, Sterne und Orden aus war. Auch Liebesschwüren widersprachen sie nie, freuten sich daran und wußten es besser. Kochende Gefühle wortreich überlaufen zu lassen war Sache der Männer, ihre, auf Sparflamme zu schalten, berechtigte Angst vor Folgen Anständigkeit zu nennen, und wenn es denn sein mußte, aufzupassen. Praktische Probleme? Natürlich, was denn sonst, auch Selbstbeherrschung ist eins, wer hat was dagegen? Selbst Elisabeth, die ganz anderes gelernt und erfahren hatte (die liebende Frau hat sich vertrauensvoll in den Schutz und Schirm ihres Mannes zu begeben und – als Preis – sich ihm anzupassen), kam in dieser Nacht (während Erp sein verantwortungsloses Abenteuer schriftlich fortsetzte) zu einer ähnlichen, als praktisch diffamierten Anschauungsweise, dachte nämlich trotz höllischer Seelenpein an Konsequenzen einer möglichen Trennung, an das Haus, das ihr bleiben würde, an Verdienstmöglichkeiten und Unterbringung der Kinder. Selbst feinsinnigste Mädchen lernen als Hausfrauen und Mütter rechnen; Schweigen und Denken schließen einander nicht aus, und auch geduldigste Leidensfähigkeit kann in Tat umschlagen. Sie hatte bisher für häusliche Ruhe und Ordnung gesorgt und es richtig zu machen gemeint. Vielleicht war das ein Irrtum gewesen, vielleicht brauchte er anderes. Aber das wußte er ja selbst nicht genau. In dieser Nacht dachte er auch nicht darüber nach, nicht einmal die Analyse seiner Broder-Gefühle beschäftigte ihn, er bemühte sich lediglich, mit seiner Niederlage fertig zu werden, dachte sich immer neue Antworten, mimische Reaktionen und Gegenfragen aus und schrieb schließlich den Brief Nr. 1 dieser Affäre, den bitterbösen, agitatorischen Brief eines Genossen an eine Parteilose, die (vom Mond oder aus Bonn kommend) endlich einmal Gelegenheit hat zu erfahren, daß die Partei kein asketischer Orden ist, sozialistische Moral keine Keuschheitsgelübde fordert und Verstöße gegen die Arbeitsmoral schwerer wiegen als welche im individuellen Bereich, die der Gesellschaft nicht schaden. Er verteidigte sich also gegen Angriffe, die gar nicht geführt worden waren, unterstellte ihr einfach, weil er den wahren Grund ihrer Enttäuschung nicht kannte, des Kußversuchs wegen sich zurückgehalten und die Parteifrage gestellt zu haben, und sparte damit die Mühe, über sich selbst nachzudenken und dabei zuzugeben, daß seine Eitelkeit eisige Ablehnung nicht vertrug, wenn er sich schon einmal der Anstrengung eifrigen Werbens unterzog. Es wurde ein scharfer, ein dummer Brief, der ohne Gruß und Unterschrift schloß und am Morgen, kurz vor sieben (wie geschickt dieser Kontrast, Donnerwetter!) mit folgendem Postskriptum verziert wurde: »Es ist vier Uhr dreißig. Ich wünschte, anstatt vergebliche Schlafversuche zu unternehmen, mit Dir (verbessert zu: Ihnen) über neblige Chausseen nach Alt-Schradow fahren zu können. In der ersten Helligkeit würden wir mit meinem Vater am flackernden Herdfeuer sitzen und den besten Kaffee der Welt schlürfen.« Fräulein Broder wurde ängstlich zumute, als sie auf dem Weg zum Arzt den Brief (ohne Marke und Stempel) schon in ihrem Kasten fand. Das sah nach Hartnäckigkeit aus.

7

Karl hatte Spätdienst in der Ausleihe; er war schlecht wie nie, machte Fehler, die er Kollegen und Praktikanten seit Jahren auszutreiben versuchte, saß mit offenem Buch in der Ecke, stand am Fenster, sah in abendliches Schneetreiben hinaus, während Leser zwischen Regalen umherirrten, nicht wußten, was sie wollten, nicht fanden, was sie suchten, Beratung brauchten und nicht wagten, den Mann mit dem verschlossenen Gesicht anzureden. Immer blieb er in Thekennähe, in Telefonnähe also, starrte den Apparat an wie ein Hypnotiseur, und der glotzte zurück mit seinem Zyklopenauge und blieb stumm. Da er an nichts als den angekündigten Anruf dachte, hatte er nach Stunden das Gefühl, daß seine Liebe, seine Hoffnung, seine Zukunft davon abhingen, ob sie anrief oder nicht.

Er ließ sich tatsächlich in einer für Alter und Stellung unerlaubten Weise gehen. Wie hatte er Haßler gegenüber, der in seiner Unkenntnis bibliothekarischer Ehrbegriffe zur Entlastung des Leiters den Verzicht auf Ausleihstunden vorgeschlagen hatte, Recht und Pflicht dazu verteidigt. Verzicht auf Ausleihe hieße Boden unter den Füßen verlieren, Basis verlassen, Verbindung mit der Praxis, mit den Menschen, den Massen aufgeben, im luftleeren Raum arbeiten, sich abkapseln, ins stille Kämmerlein zurückziehen, im Verwaltungskram, im Theoretischen ersticken und so fort, bis Haßler begriff: Die wöchentliche Ausleihe für den Bibliotheksleiter war wie das tägliche Lesen der Messe für den Bischof; denn die Ausleihe (so lernte man es in der Fachschule) ist das Kernstück der Arbeit des Bibliothekars.

Des Volksbibliothekars.

Bibliothekare aus wissenschaftlichen, Organisations-, Betriebs-, Heim- oder Anstaltsbibliotheken kommen hier nicht vor, und deshalb genügt die allgemeine Berufsbezeichnung, deren Verwendung drei Vorteile hat. Erstens kann, wenn er will, der Fachmann sie als Parteinahme für die seit Jahrzehnten geforderte Einheit des Bibliothekswesens werten, zweitens bietet sie Gelegenheit, den Laien unauffällig darauf hinzuweisen, daß

Bibliothekare nicht mit Buchhändlern (die schlechter bezahlt werden) verwechselt werden dürfen, und drittens läßt sich so die ministeriell vorgeschriebene Bezeichnung für Volksbibliothekare vermeiden, deren Verwendung dieses Buch rundgerechnet um zweiundzwanzig und eine halbe Seite verlängern, der Volkswirtschaft also (bei einer Auflage von hoffentlich zehntausend) etwa zweihundertfünfundzwanzigtausend Seiten Papier entziehen würde, was die Väter (oder besser Taufpaten) der Begriffsneuschöpfung: Bibliothekare an Allgemeinen Öffentlichen Bibliotheken nicht bedacht haben. Woran aber haben sie gedacht, als sie den Volksbibliothekar im Zeitalter der Volksdemokratie, der Volkspolizei, der Volkskorrespondenten, der Volkssolidarität und auch des Volksbuchhandels seines traditionellen Namens beraubten? An die Volksküchen, nach denen die alte Bezeichnung noch immer riecht, ist die Antwort, in der auf Geschichtliches angespielt wird, auf Karl Preußker aus Großenhain (Sachsen) und Friedrich von Raumer und die bürgerlichen Volksbildungsvereine des vorigen Jahrhunderts, auf Traditionen also, die man hat, aber nicht will und auf die hier nicht näher eingegangen werden soll, weil sie für Erp kaum eine und für Fräulein Broder gar keine Rolle mehr spielten und einem Roman nicht gut bekämen, der doch mit dem Papierdrachen gemeinsam hat, daß er aufsteigt, wenn man die Schnur straff hält, ihn zügelt, und sinkt, ja stürzt, wenn man locker läßt (eine Metapher, die zwar von Jean Paul stammt – aber wer kennt ihn? Und man hängt sich ja auch in eigene Stuben fremde Bilder). Das ehrwürdige Alter der Berufsbezeichnung war also gerade ihr Tod, denn den alten Namen beizubehalten ist das Vorrecht der Deutschen Reichsbahn (bei deren Erwähnung übrigens Erp jedesmal eine Kindheitserinnerung einfiel, über die Elisabeth nach achtmaligem Hören beim allerbesten Willen nicht mehr interessiert lächeln konnte, die für die Geliebte aber – ein viel zuwenig beachteter Reiz! – neu war: Er hatte das Zumacheding an seinem Hemd, weil alles, vom Reichsbund der Kinderreichen bis zum Reichspfennig, so hieß, für einen Reichsverschluß gehalten, und als er die Wahrheit erfuhr, sofort die Reichsbahn in eine Reisbahn – Reisebahn – umgetauft, was heute als Verbesserungsvorschlag eingereicht werden könnte: man wäre das Reich endlich los und könnte die Abkürzung DR behalten). Um aber die Schnur wieder zu straffen: Bibliothekar Erp verletzte heiligste Pflichten, indem er dem Wildwuchs seiner psychischen Erkrankung (die er erst Ärger, jetzt aber schon Liebe nannte) nicht mit der Hacke der Disziplin zu Leibe rückte, sondern wuchern ließ. Die Folge war, daß er schlecht schlief, entsetzliches Zeug träumte, kaum mit Frau und Kindern sprach, das empfindliche Fräulein Sawatzki grundlos anbrüllte, zu konzentrierter Arbeit unfähig war und an einer Art Verfolgungswahn litt. Betrat er einen Raum, in dem mehrere Kolleginnen schweigend arbeiteten, war er sicher, daß sie gerade über ihn gesprochen hatten; Kratzsch sah er nur mit Rachegedanken beschäftigt; Fräulein Westermann, die über alles, was in diesen Räumen seit zwei Jahrzehnten passiert war, Bescheid wußte, schien auch von seiner Liebe zu wissen, und jede Bemerkung Haßlers strotzte ihm von Anspielungen. Trotz Angst und Vorsicht aber war es ihm unmöglich, dem Drang zu widerstehen, sooft es ging, von Fräulein Broder zu reden. Der tägliche Umweg durch die Innenstadt und die langsame Fahrt an ihrem Haus vorbei waren ihm zur Gewohnheit geworden.

Aber er litt wie unter einer wirklichen Krankheit. Schon nach einer Woche wäre ihm selbst eine negative Entscheidung lieber gewesen als diese Qualen.

Aber vorsichtshalber forderte er sie nicht heraus. Er benutzte in Selbstgesprächen die aus Kriegszeiten bekannte Redensart: Lieber ein Ende mit Schrecken als ein Schrecken ohne Ende, scheute aber jedes Risiko, weil er natürlich doch auf ein Ende des Schreckens ohne Schrecken hoffte, bemitleidete sich, ließ das Unkraut seiner Gefühle gedeihen, die Edelpflanze Arbeitsmoral überwuchern (womit sich die Thesen seines Briefes als unsinnig erwiesen), litt auch darunter (sehr sogar), schob aber alle Schuld ihr zu: Hätte sie am ersten Abend schon ja und amen gesagt, hätten weder er noch die Arbeit zu leiden brauchen.

Eine schnelle Entscheidung hätte sie – die Ehrliche, Disziplinierte, Gleichberechtigte – auch von sich aus herbeiführen können. Spätestens nach dem ersten Brief wußte sie, wie es um ihn stand, und als er am selben Abend noch kam, angeblich nur, um sich nach dem Urteil des Arztes zu erkundigen, wäre es leicht für sie gewesen, sich diese Besuche zu verbitten. Er hätte sich entschuldigt und wäre nicht mehr gekommen. So aber wurde seine Hoffnung immer wieder genährt. Auf Flirt ließ sie sich zwar nicht ein, aber sie bat ihn ins Zimmer, bot ihm Abendessen an und ertrug ihn bis Mitternacht, obwohl sie laut ärztlicher Anordnung um acht im Bett zu liegen hatte. Zehnmal in der Zeit ihrer Krankheit ist er bei ihr, selten vor zwölf zu Hause gewesen, und nie hat sie ihm Gelegenheit gegeben, ein Wort zu sagen, das die Entscheidung hätte herbeiführen können. Ist es da ein Wunder, daß er am letzten Tag ihrer Krankheit die Ausleihe vernachlässigte, weil sie ihn auf den angekündigten Anruf warten ließ?

Die Ankündigung war eine Wunschkonstruktion von ihm. Kollegin Sawatzki hatte gesagt: »Kollege Erp, Kollegin Broder hat heute angerufen. Sie ist morgen wieder im Dienst.« Worauf der Kollege Erp hatte wissen wollen, ob die Kollegin Broder ihn hatte sprechen wollen. Die Kollegin Sawatzki hatte darauf (wie zu befürchten ist: mit Absicht) etwas unklar geantwortet, sie habe der Kollegin Broder gesagt, daß Kollege Erp bis neunzehn Uhr in der Ausleihe zu erreichen sei. Worauf Kollege Erp keine weitere Frage mehr zu stellen wagte, das Telefon belauerte und zum hundertsten Mal darüber nachdachte, warum die Kollegin seine Besuche ohne merklichen Unwillen ertrug, wenn sie nicht die Absicht hatte, seinen Bemühungen nachzugeben. Zu einem Ergebnis konnte er freilich nicht kommen, da er sich bei Frauen überhaupt und bei solchen wie Broder schon gar nicht auskannte und immer von sich und der falschen Frage ausging: Gefalle ich ihr oder nicht?, anstatt zu fragen: Was ist sie für ein Mensch? In welcher Situation befindet sie sich? Was braucht und was fürchtet sie? Aber so konnte er nicht fragen, da er (mit den meisten Romanschreibern) glaubte, daß der Versuch, Gründe für die Entstehung von Liebe (das heißt auch Boden, auf dem sie wachsen kann) zu suchen, ihre Profanierung bedeutet. Auch war die Denkfähigkeit in dieser Ecke seines inneren Nutzgärtleins schon so überwachsen, daß sie nur noch kraftlos, gelb und glasig dahinvegetierte. Er war nicht einmal mehr in der Lage, sich bewußtzumachen, was ihm an ihr eigentlich (außer Gestalt, Haar und Stimme) gefiel. Ihre Intelligenz, ihr Wissen, ihr Selbstbewußtsein? Das zu wissen wäre wenig genug, aber doch etwas gewesen und hätte ihn vielleicht veranlaßt, es eher aufzugeben, sie wie ein kleines Mädchen zu behandeln, das (ohne es zu zeigen) auf Flirt und Männer aus ist und einen starken, überlegenen, zu jeder Schandtat bereiten Mann bewundern will. So aber blieb sie ihm ein Rätsel – und er ihr auch, was ihre Neugier reizte. Sie wußte, daß er ihr eine Maske zeigte, ahnte aber nicht, was sich dahinter verbarg. Sie trug keine Maske, hielt sich nur zurück, wahrte Abstand, um sich alle Wege offenzulassen. Sie war zweiundzwanzig. Und sie war allein; aber das war vielleicht für die Arbeiten, die sie vorhatte, Voraussetzung. Sie wäre dessen sicher gewesen, wenn es den einen wichtigen Punkt nicht gegeben hätte, der sich zwar zeitweilig übersehen, aber nicht ausradieren ließ. Ein Punkt für Erp! Sie sah ihn gern an, nur so betrachtet, kam er in Frage – aber Dutzende andere auch; nur so ließ sich das eben nicht betrachten. Sie war ein gebranntes Kind; die Wunden waren vernarbt, aber nicht vergessen. Es waren solche Männer gewesen, wie Erp jetzt einen markierte: Ritter ohne Furcht vor Tod und Teufel, Zyniker aus Angst vor dem eigenen Gewissen, Roboter ihres Ehrgeizes, Melancholiker im Suff, Souveräne im Frauengemach; sie wäre unter diesen Bergen von Eitelkeit und Selbstsucht erstickt, wenn sie sich nicht rechtzeitig entfernt hätte. Der Wahn, an der Seite dieser Protze stärker zu werden, war endgültig zerrissen, die Kämpfe um Selbstbehauptung hatten sie geschwächt, aber erfahrener und vorsichtiger gemacht. Minuspunkt für Erp! oder vielmehr für Erps Maske, denn immer wenn die mal verrutschte, begann ihr Schutzpanzer ein wenig weich zu werden. So am Abend nach dem ersten Brief (der von keinem erwähnt wird), am zweiten Abend also, der (wie die kommenden neun ohne Kußversuch und Alkohol) bis Mitternacht geht, den Erp als forscher Chef, der mal auf einen Sprung raufkommt, um nach der kranken Kollegin zu sehen, beginnt und mit der eingebildeten Gewißheit beendet, sich jede Chance verdorben zu haben. Sie sitzen sich am Tisch gegenüber und essen, das Geschirr reicht gerade für zwei (alles Überflüssige hat sie beim Tod ihrer Mutter verschenkt), er trinkt tiefschwarzen Tee, den er eigentlich nicht verträgt, ißt Weißbrot, das er sonst verabscheut, lobt das gekaufte Schmalz, das er sonst nur hausveredelt (mit Zwiebeln, Äpfeln, Majoran) mag; daß Butter und Wurst (aus Arbeitsersparnis, sie verschwendet nicht gern Zeit für den Haushalt) im Papier auf dem Tisch liegen, verdirbt ihm den Appetit nicht, er legt die Gabel weg, als er sieht, daß sie keine benutzt, ist überhaupt befangen durch die Intimität des gemeinsamen Essens, überdeckt das aber durch Lustigkeit, bis sie von seinen alten Aufsätzen zu reden beginnt, und er sich nach einigen Witzeleien über jugendliche Illusionen gehenläßt, seine Rolle vergißt, von der Begeisterung erzählt, die ihn früh schon in der Fachschule, vor mehr als fünfzehn Jahren also, gepackt hatte, als er in ersten krausen Andeutungen in die Probleme der Leserkunde eingeführt worden war. Er schildert ihr den Eifer, mit dem er Psychologisches, Literatur- und Kulturgeschichten, Selbstbiographien durchforscht, Untersuchungen begonnen, Aufsätze verfaßt, übergeordnete Stellen mit Vorschlägen belästigt hatte, und schließlich seine Enttäuschung, als nicht einmal die genaue Formulierung der Fragen gelang, die Aufrufe zur Mitarbeit echolos blieben, die Zentrale warten ließ und schließlich abriet: Nichts gegen die Notwendigkeit solcher Untersuchungen, aber die vorgeschlagenen Methoden sahen verdächtig nach Soziologie aus (die als bürgerlich galt, damals) und müßten im übrigen auch viel genauer vorbereitet werden. »Und Sie haben aufgegeben?« – »Ja« (im Märtyrerton) und dazu ein Witzchen, das weises Darüberstehen andeuten soll, die Maske sitzt wieder, und nichts von dem, was jetzt (unbeabsichtigt) in ihm sich meldet und zur Sprache kommen will, kommt heraus. Wie stünde er da vor ihr, wenn er die Tiefe der Enttäuschung (besonders über sich und seine Unfähigkeit und Lauheit) zugäbe, den Schmerz bei Erkenntnis von Mittelmäßigkeit, Energielosigkeit, Feigheit (als der jugendliche Rausch des Aus- und Aufbruchs vorbei ist und ernste Arbeit beginnt), den Abbau allen Ehrgeizes, die Scham über äußere Erfolge (die zum Teil nur kommen, weil er nie unbequem wird), die lähmende Passivität und schließlich den Rückzug auf Behagen im Wohlstand, auf Haus, Garten, Auto? Das alles wird ihm bei der Konfrontierung mit ihr, die jung ist ohne Rausch, deren Aktivität auf ernste Arbeit gerichtet ist, erst voll bewußt, aber nicht artikulierbar. Ihre Fragen treffen ihn an den empfindlichsten Stellen, aber er schreit nicht, beißt sozusagen die Zähne zusammen, lächelt, weicht aus. Aber sie gibt nicht auf, versucht immer wieder von seiner Erfahrung zu profitieren, aus ihm herauszubringen, was ihrer Arbeit nützlich sein kann, nur das interessiert sie, aber dazu muß sie ihre Mittel auf ihn einstellen, sein wahres Gesicht erkennen. Flirt hilft da nicht, der bestätigt ihn nur in seiner Rolle, sie muß ihn durch sichtbares Interesse verlocken, über Dinge zu reden, die ihm wichtig sind, über Vergangenes, darüber spricht es sich leichter, über das, was ihn formte: die Dorfkindheit, den Krieg, die FDJ-Zeit (in der Elisabeth unterschlagen wird). Immer wieder kommt er darauf zurück, wenn sie nachhilft, und das tut sie, denn das bisher flache Bild dieser Jahre wird hier plastisch, und Historisches interessiert sie immer; er erinnert sich sogar noch an die Nazi-Literatur, dieses Loch, das gefüllt sein muß, wenn einen Wirkungsgeschichte von Literatur in Deutschland beschäftigt. Sie versucht stets, das Private seiner Erinnerungen vom Allgemeingültigen zu trennen, aber immer gelingt das nicht gleich, und es wird alles für sie wichtig, auch das kindliche Rebellieren gegen väterliche Autorität, die ersten Großstadteindrücke des Dörflers, die Flugblattaktionen in Westberlin, und sie rechnet immer schnell nach, wie alt sie war, als er über den Kasernenhof robbte, Treibhäuser heizte oder Büchereihandschrift übte, und ihr fällt auf, wie jung er wirkt, wenn er Geschichten von eigenen Niederlagen ohne Eitelkeit lustig erzählt, wie die von früh gescheiterten Versuchen, ein Don Juan zu werden, oder die vom Fluch versäumter Zeitungslektüre, der ihn trifft, als er in einer Kulturministeriumsoperationsbrigade vor Übereifer den Beginn einer neuen Kampagne nicht mitbekommt. Und während er erzählt, bereut er es schon, schilt sich einen Idioten, würde gern was dazu erfinden, endlichen Sieg, gewaltiges Aufbegehren, Faustschläge auf den Tisch, Beschwerde beim Minister, kann sie aber nicht direkt belügen, sieht sie lachen, ahnt nicht, daß sie denkt: wie jung er ist, den sie fragt nach den von ihm angewandten Methoden, an die er sich angeblich nicht mehr erinnert, weil er (wieder in seiner Rolle) den Satz anbringen möchte: »Mit Ihnen zusammen möchte ich mal Untersuchungen machen«, auf dem Lande natürlich, weit weg von Frau und Kindern (die sie mal sehen möchte; denn was kennzeichnet einen Mann mehr als die Frau, die er geheiratet, die Kinder, die er erzogen hat?). Sie ärgert sich über Bemerkungen dieser Art, weil sie ihr zeigen, daß er Absichten, die ihre nicht sind, nicht aufzugeben gedenkt und so eine sachlich-freundschaftliche Beziehung unmöglich macht. Auch raucht sie zuviel, wenn er da ist, versäumt ihren ärztlich verordneten Schlaf, wäre sonst vielleicht schon gesund, sieht es deshalb nicht gern, wenn er kommt, zeigt es ihm auch und nimmt sich jedesmal vor, ihn um zehn rauszuwerfen. Dem Arzt spielt sie Besserung vor, um wieder arbeiten gehen zu dürfen. Daß ihr Anruf ihn nicht erreicht, ist ihr ganz lieb, denn ihre Absicht, ihm den vertrauten Ton abzugewöhnen, kann sie am ersten Arbeitstag besser verwirklichen als am Telefon, das Erp also vergeblich mit konzentrierten telepathischen Liebeskräften zum Klingeln zu bringen versuchte. Punkt neunzehn Uhr gab er es auf, entschlossen, nicht nur, wie gewohnt, stadteinwärts zu fahren, sondern auch das Ende mit Schrecken endlich herbeizuführen. Als er den letzten Leser durch Lichtausschalten hinausgewiesen und der Technikerin zerstreut einen guten Abend gewünscht hatte, wurde er noch aufgehalten, weil ein Mädchen in Jeans und Pullover ihn zu sprechen wünschte: Anita, die schwarze Rose aus Aufgang A, die sich für Paschkes Tochter hielt. »Janz zufällig war ick hier in de Nähe jewesen, und da hab ick mir jedacht: jehste mal mit ruff, vielleicht nimmt Herr Erp dir mit, wo er doch jeden Tach bei uns vorbeifährt.« Frau Eiselt, die Technikerin (sie stand noch in der Tür und band sich Kunststoff über frisch frisiertes Haar, denn draußen fiel nasser Schnee), sah aus, als wollte sie Erp zu Hilfe kommen; der aber wünschte sie trotz seiner Hilfsbedürftigkeit nur hinaus, bevor der Name Broder fiel, konnte es ihr aber schlecht sagen, da der Wunsch, mit dieser jungen Üppigkeit allein gelassen zu werden, zu falschen Vermutungen Anlaß gegeben hätte, versuchte deshalb, Anita abzulenken, fragte (was lag näher) nach Lesewünschen, kam aber schlecht an damit, provozierte leichte Entrüstung und die unklare Bemerkung, so eine wäre sie nicht! Was für eine? Eine mit Brille und ohne Brust, eine, die ihre Zeit mit Lesen totschlägt, anstatt zu arbeiten, oder vielleicht eine wie Fräulein Broder? Es schien besser, nicht danach zu fragen und zur FDJ überzugehen, die doch sicher schuld daran hatte, daß Anita in diese Gegend verschlagen worden war. Aber sie ließ sich nicht ablenken, wischte die Frage mit einer Handbewegung beiseite und kam wieder auf Autos zurück, mit denen sie angeblich noch nie gefahren war, auf das Sauwetter und den weiten Weg zur Straßenbahn, ging dabei ungezwungen umher und unterbrach sich selbst mit Bemerkungen wie: »Die vielen Bücher! Ham Se die alle jelesen?«, während Erp Frau Eiselt zublinzelte: Lassen Sie nur, mit der werde ich schon fertig!, aufatmend ihre Hand zur Klinke greifen sah und ihren Gruß erwiderte. Aber genau in diesem Moment fragte Anita, wo denn Fräulein Broders Arbeitsplatz sei. Zwar benutzte sie den Vornamen, aber den kannte Frau Eiselt natürlich auch.

Die Leser aber noch nicht.

Aus Fairneß. Denn es gibt Namen, die ihre Träger unverschuldet entstellen und Assoziationen hervorrufen, die um der Wahrheit willen nicht hervorgerufen werden dürfen. Romanschreiber wissen das und legen deshalb großen Wert auf die Namensgebung ihrer Helden, und die Leser wissen auch, daß Wilhelm Meister oder Maske, Tonio, Bonifaz oder Weichmantel nicht zufällig so heißen. Sie Claudia, Katharina, Bettina oder besser vielleicht Anna zu nennen, wäre ein Ausweg, den aber Chronistenpflicht verbietet. Es ist also besser, über Erp zu reden, der sich um 19 Uhr nicht nur zum Entscheidungszwang, sondern (als Antriebs- und später Schmerzbetäubungsmittel) auch zum Wodkakauf entschlossen hatte, letzteres aber durch das Auftauchen Anitas gefährdet sah, da er (Fräulein Broders wegen) in ihrer Gegenwart unmöglich einen Schnapsladen betreten konnte. Er sagte also, nein, er führe heute nicht in die Stadt, machte ihr aber das Angebot, sie bis zur Straßenbahn mitzunehmen, das sie mit feindseligem Murren annahm. Auf der Straße ärgerte sie sich darüber, daß niemand Notiz davon nahm, wie elegant sie ins Auto steigen konnte. Sie schien sich überhaupt viel zu ärgern: über ihre jugendlichen Liebhaber, die sie als doof bezeichnete (was wohl ein Synonym für schüchtern sein sollte), über die Kürze der Fahrt und über Erps Schweigsamkeit und seine höfliche Weigerung, mit ihr noch ein Lokal zu besuchen. An der Straßenbahn, als der Wagen stand, interessierte sie sich plötzlich für Technisches, wollte die Schaltung erklärt haben, fand an der Bezeichnung Kupplung irgendwas Zweideutig-Lächerliches, wollte auch mal das Lenkrad anfassen, lehnte sich weich an Erp, der plötzlich an die Flaschenbirnen (die van Marums, wie er aus Zanders Gartenlexikon wußte) vor dem Alt-Schradower Küchenfenster denken mußte. Erst nach der dritten Aufforderung stieg sie schmollend aus. »Tschüs, bis dann!« Von der nächsten Telefonzelle aus rief er Elisabeth an. Im Spätverkaufsladen am Bahnhof Friedrichstraße mußte er lange warten. Erst als er an der Reihe war, vermißte er seine Tasche. Er hatte sie in der Bibliothek liegenlassen, mußte also die beiden Flaschen in der Hand tragen. Den Wagen parkte er am Monbijouplatz und ging zu Fuß weiter. An der Haustür traf er Anita. Seine Entschuldigungen waren kläglich. »Ach, nee!« sagte sie nur und verschloß hinter ihm die Tür.

8

Es wird Zeit, Elisabeth genauer ins Bild zu bringen.

Aber wie? Nichts in dieser Geschichte ist schwieriger.

Vielleicht so: Auf Kommoden von Großmüttern liegen manchmal bizarr gezackte Muscheln. Legt man ihre Öffnung ans Ohr, rauscht es. Man schüttelt: nichts. Man sieht hinein: dunkel. Aber das geheimnisvolle Rauschen dauert an. So war Elisabeth.

So redete Erp über sie!

Irgend etwas Geheimnisvolles war an ihr. Fragte man Leute, die sie kannten, ob sie schön sei, zögerten sie lange, sagten dann ja und suchten Erklärungen: eine eigenartige, stille, zurückhaltende, unauffällige Schönheit. Aber jeder, der sie sah, fühlte, dachte, wußte, sagte sofort: Sie ist gut.

Wobei unklar blieb, wie man zu diesem Urteil kam.

Andere sagten: temperamentlos, einer sogar: keusch. Wahrscheinlich aber bestand ihr Geheimnis nur darin, daß sie stetiger als andere still und freundlich war.

Sie war verschlossen wie kaum einer.

Das besagt wenig. Verschließen kann man Fülle und Hohlheit. Und außerdem muß man fragen: Wann? Vor zwölf Jahren, zur Zeit dieses Berichts oder ein halbes Jahr später?

Sie hatte früher geschrieben, Gedichte, Geschichten, Epigonales (Hausmann, Hofmannsthal, Rilke, Hesse), und sie hatte gezeichnet, Blätter, Blüten, Phantasielandschaften aus feinen Bleistiftstrichen, auch nach der Hochzeit noch, abends, wenn Karl arbeitete und es nicht sah; denn sie fürchtete seine Belehrungen, denen sie nichts entgegenzusetzen hatte. »Auf Karls Rat die Probleme der Sprachwissenschaft gelesen. Ich verstehe alles, begreife nur nicht, warum ich das wissen muß, es bringt mich nicht weiter, sowenig wie ›Der Ritter des goldenen Sterns‹, der mich nur langweilt; ich müßte verzweifelt darüber sein. Vielleicht hat Karl recht: Meine Herkunft versperrt mir den Weg zu gesellschaftlichem Fühlen und Denken. Aber warum eigentlich ihm nicht? Und stellt es denn wirklich unsere Liebe in Frage, wenn mir Tonio Kröger wichtiger ist als die Junge Garde?« Das sind Sätze aus ihrem Tagebuch, das sonst wenig Aussagewert besitzt: Schwäne im Winter, man müßte Krankenschwester sein, Igel im Garten, Herbst am Meer, Bücher, van Eycks Madonna, die Jerichower Klosterkirche, verhaltener Liebesjubel, Angst im Koreakrieg, die Bibliothek, Möbelkäufe, Haushaltssorgen, die Kinder, die Kinder, Krankheiten, Kuba, Filme und nur manchmal ein Satz wie der beim Passierscheinbesuch der Eltern: »Wenn ich Mutter neben Vater sehe, frage ich mich immer: Muß das so sein?« Was? Darüber weiter kein Wort. Sie selbst war unzufrieden mit ihrem Tagebuch, denn am Abend dieses schneenassen Novembertages ohne Karl schrieb sie, als die Kinder im Bett waren: »Wie unnütz, diese Notizen aus 14 Jahren, kaum brauchbar als Stützen zur Erinnerung an das, was wirklich geschah, Halbwahrheiten, Oberflächen, Wollgrasschönheit über Sümpfen, bunte Fassaden. Wie schwer es doch ist, ehrlich zu sich selbst zu sein!« Vielleicht wollte sie weiterschreiben, aber da klingelte es, und sie ging öffnen und schrieb an diesem Abend nicht mehr.

Viel aufschlußreicher ist auch die Episode nicht, die Erp wie eine Sage (vielleicht auch mit dem Wirklichkeitsgehalt einer solchen) zu erzählen pflegte. Da wurde er (noch im prähistorischen Zeitalter ihrer Liebe) von der Fachschule zu ihr geschickt, um Verzweiflung durch zukunftsfrohe Reden zu lindern, fand sie in ihrem (später seinem) Zimmer am Fenster, freundlich, ohne Tränen, obwohl sie tags zuvor von dem erbsgroßen Loch in ihrer Lunge erfahren hatte und der Platz in der Heilstätte schon reserviert war. Als er mit zurechtgelegten Trostworten beginnen wollte, wies sie plötzlich hinaus, weil sie (er nicht) einen Eisvogel sah, dessen (für ihn wieder unsichtbare) Rückkehr dreißig Minuten lang schweigend abgewartet werden mußte, worauf sie den Tröster nach Beschreibung des schnellfliegenden Wundervogels lächelnd verabschiedete. »Das Rätsel, das sie mir damals mit sich aufgab, habe ich bis heute nicht gelöst. Über alles habe ich reden können mit ihr, nur nicht über sie. Ich weiß alles über sie, nur Wesentliches nicht. Sie kann sich auf jeden Menschen einstellen, gibt aber niemandem die Möglichkeit, sich auf sie einzustellen. Die für sie passende Aufgabe wäre die einer Fee: gestaltlos Gutes tun«, meinte Erp. Aber was sagt das schon? Doch höchstens was über ihn. Daß er es sich nämlich im wärmenden Schein ihrer Liebe wohlsein ließ und nicht an das rührte, was er ihr Rätsel nannte.

Wollte sie es anders? Schließlich waren sie ein Dutzend Jahre auf ihre Weise glücklich miteinander.

Er war zufrieden mit ihr. Das ist alles, was man weiß. Für ihr Schweigen über eigne Gefühle gibt es nur einen Grund: Sie konnte mit ihm nicht reden. Sie konnte es aber mit anderen, an dem zu beschreibenden Novemberabend auch, als es klingelte, sie das Tagebuch weglegte, öffnen ging, ein Mann nach Erp fragte, der ihr Angebot zu warten kurz entschlossen annahm, sich den Schnee vom Mantel schüttelte, mit knarrender Prothese hereinkam, sich Peters Lego-Baukasten (Geschenk der Westberliner Großeltern) nahm, Elisabeth bat, sich nicht stören zu lassen, und zu bauen begann. Mit diesem Mann konnte sie reden.

Vielleicht weil sie Schnaps dabei trank?

Hätte nicht auch Erp mit ihr trinken können? Ihm sind sein

Jahresbericht, der neue Scholochow, der Rasen, das Wagenwaschen immer wichtiger gewesen, und wenn er abends mal bei ihr gesessen hatte, war es immer nur um ihn gegangen.

Wie sehr ihre schweigsame Aufmerksamkeit zur Beichte verlockte, erfuhr auch Haßler.

Aber er begnügte sich nicht damit. Er war zum ersten Mal mit dieser Frau allein und begriff nicht, wie ihr lächelndes Interesse an seiner Spielerei die Fremdheit zwischen ihnen auftaute, warum er eigentlich zu reden begann, während er die Kunststoffsteine aufeinandersetzte zu einer Wand und noch zu einer parallel dazu, zu langen Wänden, dreißig Meter etwa, die durch kurze Seitenwände, fünf Meter vielleicht, mehr nicht, verbunden werden; ein lang gestrecktes Ding von Haus wird das also, das in der Längswand acht oder neun Türen haben muß, aber soviel hat der Baukasten gar nicht, also nur sechs. Und hinter jeder Tür ein Kabuff, das ist die Küche, und dahinter ein größerer Raum, das ist die gute und die schlechte Stube, das Eß-, Schlaf-, Wohnzimmer mit einem Bett für Oma Haßler, die so krumm ist, daß am Fußende noch ein Enkel Platz hat, mit einem zweiten Bett für Vater und Mutter Haßler, einem dritten für zwei kleine Haßlers und einem Korb für den Kleinsten, dazu Schrank und Tisch, und das Ganze neunmal und das Dach drauf, ein spitzes natürlich, gibt's hier nicht, nehmen wir also das Diktatheft, und fertig ist das Arbeiterhaus in Neustrieglau, das die Polen hoffentlich abgerissen oder wenigstens umgebaut haben. Man brauchte nur diese und diese Wand wegzunehmen, diese und diese Tür zu versetzen und hätte wunderbare Dreizimmerwohnungen für die neuen Gutsbesitzer. Wie schade, daß man nicht Architekt geworden ist, Spezialist für den Umbau alter Arbeiterhäuser. Natürlich darf man sich die Wände nicht so glänzend weiß und rot vorstellen, wie sie hier aussehen, sondern schmutzig-gelb, Eigenproduktion aus der Gutsziegelei, die nicht weit weg war, dort vielleicht, wo Frau Erp sitzt. Und hier war die Pumpe und hier das Klo, Doppelsitzer für neun Familien, auf der anderen Straßenseite gleich die Schule, daneben das Pfarrhaus und die Kirche, wo die Feste gefeiert wurden: Taufe, Erstkommunion, Firmung, Trauung, Ostern, Fronleichnam, Weihnachten und die glanzvollen Begräbnisse, Ministrant Theo Haßler natürlich immer dabei, selbst als Ziegeleistift noch, wenn Not am Mann war; der schwang die Glöckchen immer zur rechten Zeit, der kniete, stand, ging von links nach rechts und von rechts nach links auf die Sekunde genau, trug würdig das Meßbuch und schnurrte das Latein herunter, als verstünde er es, hatte es noch bei Stalingrad wie am Schnürchen, konnte aber das Bein nicht retten damit. Das war also die Kirche, wo er sich wohler fühlte als zu Haus; so hoch war sie mindestens, fürs Läuten zahlte der Küster in Dauerlutscherwährung, im Dachgestühl wohnte eine Eule, auf dem Boden wartete von den älteren Geschwistern im ersten Krieg gesammelte Brennessel und Kamille auf den zweiten. Die Kirche in Warnewitz (Betonung auf der zweiten Silbe) war winzig dagegen, sah etwa so aus, mit einer Andeutung von Turm, eine Miniaturkaserne, angeblich auch innen, aber drin war er nie, für den neugebackenen Kommunisten war das exterritoriales Gebiet und außerdem protestantisch. »Trinken Sie noch einen mit? In Gesellschaft schmeckt es besser. Übrigens habe ich immer angenommen, daß Karl das Abstinenzlerische von Ihnen hat. Verzeihen Sie.« Bürgermeister? Nein, das war er erst später in Müsewitz, da gab es überhaupt keine Kirche; in Warnewitz (an der falschen Betonung erkannte man jeden Fremden) ist er Vorsteher und einziger Angestellter des Standesamtes gewesen, Geburts- und Sterberegistrator, getraut hat er nur anderthalbmal. Haßler schwieg, demontierte Arbeiterhaus, Klo, Kirche, Schule und entwarf einen neuen Bau. Die glänzenden Steine machten alles zu modernen Neubauten, ohne Erklärung wurde das nur für ihn ein Häuschen am Dorfausgang mit winzigen Stuben, Holzschuppen und Stall für zwei Ziegen. »Hat Karl gesagt, wann er kommt?« – »Nein. Aber weshalb erzählen Sie nicht weiter? Was ist das für ein Gebäude? Ihr Traumhaus?« Nennen könnte man es so, wenn auch in anderem Sinne: ein Haus, in dem er traumhaft glücklich war, ein Haus, wo Glück endete wie ein Traum, mit Erwachen nämlich. Da wohnte Gudrun, die hatte Haare wie Rapunzel, nur blond, in Neustrieglau war sie drei Türen weiter aufgewachsen, ihretwegen war er nach Warnewitz gegangen, ihretwegen auch wieder weg. 180 Mark verdiente er damals, besaß einen Rucksack mit Wäsche, ein Parteibuch und eine Prothese, der andere aber eine Goldgrube von Fleischerei; manch einer hatte Verständnis für sie: Das konnte von ihm keiner verlangen, dazu war der Wechsel zu schnell gekommen, von heute auf morgen, denn er erfuhr es erst, als die Trauung angemeldet wurde, bei ihm, dem die Aufgebotswochen zum Fegefeuer wurden, auf das aber nicht Reinigung und Erlösung folgte, sondern die Hölle des Hochzeitstages, deren Bratenglut er selbst anzublasen hatte mit feierlicher Rede, Amtsakt und Glückwunsch. Die Rede hielt er, sprach glatt und kalt von Prüfung, Entscheidung, Glück und Verpflichtung, fühlte es glimmen in sich, als er Gudruns Tränen sah, redete plötzlich von Verantwortungslosigkeit, sträflichem Leichtsinn, Seelenverkauf, wurde zur Flamme, verweigerte die Mithilfe an diesem Verbrechen des Menschenfleischhandels und verließ Amtsstube und Ort. In Elisabeths Augen taute es wie immer, wenn fremde Traurigkeit zur Sprache kam, aber das war kein Zeichen von Schwäche, sondern nur eines von regen Tränendrüsen, die seltsamerweise seit Jahren schon bei eigenem Schmerz trocken blieben. »Es ist schon elf«, sagte Haßler, »ich werde gehen.« – »Bleiben Sie doch. Weshalb sind Sie eigentlich gekommen?« – »Es ist nicht eilig.« – »Unangenehmes?« – »Ja, ich möchte Sie nicht behelligen damit.« – »Natürlich, was geht die Frau das an!« Das klang so bitter, daß Haßler von seinem Spielzeug aufsah und um Verzeihung bitten wollte, aber die Frau war schon wieder bei ihm, bei seiner Geschichte, bei dem Mädchen mit dem Rapunzelhaar. »Haben Sie deshalb nie geheiratet?« – »Wer weiß, was aus mir geworden wäre, wenn ich mich in Warnewitz festgesetzt hätte.« Das wußte freilich niemand, auch Elisabeth nicht, die aber über Nichtwissen solcher Art nachgedacht hatte, darüber reden konnte und dabei sogar sich selbst nicht ausließ. »Was wäre aus mir geworden, wenn ich nicht geheiratet, nicht Bibliothekarin gelernt, nicht hier, sondern in Neustrieglau oder in München gelebt hätte. Über mögliche Einflüsse zu grübeln wäre nur sinnvoll, wenn die tatsächlichen sich klar bestimmen ließen, wenn die Summe äußerer Einwirkungen den ganzen Menschen ergäben. Selbst bei der Pflanze sagen Umwelt, Wetter und Boden nicht alles, wenn man die Beschaffenheit des Samens nicht genau kennt. Und der Mensch nimmt doch nicht nur, er gibt auch, er spiegelt nicht nur seine Verhältnisse, sondern arbeitet auch an ihnen. Warum läßt Peter kalt, was Katharina liebt? Warum beeindruckt ihn, was sie in Opposition treibt? Die sorgsam behütete Kindheit zwischen Gartenhecken hat mich an diesen Platz gefesselt, und ich frage mich, was das für mein Fühlen und Denken bedeutet – und für meine Ehe, was auch wieder heißt: für Karl. Warum empfindet man Bindung als Fessel, warum manchmal nicht? Warum liebt man einen Menschen, selbst um den Preis eigenen Glücks? Für alles gibt es Erklärungen, aber die erklären nie alles. Bei den Möglichkeiten, die wir heute haben, ist Unbildung fast eine Schande, aber ist es nicht eine größere, über das eigene Ich nicht Bescheid zu wissen? Wenn ich die Kinder belehre, frage ich mich oft, woher das kommt, was ich da als Wahrheit und Maßstab ausgebe, zu wessen Sprachrohr ich mich damit mache. Würde ich dasselbe denken und reden, wenn ich nicht geheiratet oder einen anderen geheiratet hätte? Wenn ich die Verschiedenartigkeit und Unberechenbarkeit menschlicher Entwicklungen bedenke, wird mir unbegreiflich, wie Ehen jahrzehntelang halten können. Ich weiß, gemeinsame Entwicklung heißt die Patentantwort, die man gefunden hat, um unangenehme Vokabeln zu vermeiden. Anpassung und Unterordnung sind wohl in den meisten Fällen der Kitt, der die auseinanderstrebenden Hälften zusammenhält, wenn nicht gar Schlimmeres: gegenseitiger Vorteil, Gewöhnung, Angst vor Veränderungen, äußerer Druck auf innere Leere, wie bei Guerickes Halbkugeln. Immer nur Hälfte zu sein ist nicht jedermanns Sache, und oft ist man ja nicht einmal das, sondern nur (und allein das zu erkennen und zuzugeben ist schwer) der Trabant, der das größere Gestirn umkreist, umkreisen muß, weil das Gesetz, nicht der Natur, manchmal sogar das der Liebe, es befiehlt.«

Haßler wehrte sich gegen Verallgemeinerungen, dachte an den Mann, für den alle Engländer rote Bärte hatten, weil der eine, den er kannte, einen besaß, an überlebte Klassen, die ihren Untergang für den der Welt ansahen, fragte aber (obwohl er Persönliches gern vermieden hätte, aber wußte, daß Ausweichen meist schlechte Taktik war) direkt nach der Erpschen Ehe, die er immer für gut gehalten hatte, was Elisabeth lächelnd bejahte, noch einmal mit der Behauptung, daß erfüllte Liebe und Glück auch einander ausschließen könnten, allgemein blieb und dann (wie es ihrem Wesen eigentlich entsprach) einfach zu erzählen begann, wobei einiges, wenn auch beileibe nicht alles, klarer wurde. Die Sache war so: Erp wußte alles besser als sie, tatsächlich, er war gebildeter, geschulter, beschlagener, erfahrener, hatte mehr gelernt, mehr gesehen, mehr erlebt und gründlicher nachgedacht. Und er zeigte es ihr täglich.

Das klingt nach Besserwisserei und Bildungsprotzerei. Aber so war es nicht. Er half ihr, wo und wann er konnte. Anfangs erschrak er manchmal über ihre Unwissenheit, ließ es sich aber selten anmerken. Ja, eigentlich störte es ihn auch gar nicht; so, wie er später an seiner Tochter die kleinen Eigenheiten, Albernheiten, Dummheiten liebte, liebte er damals Elisabeths Schwächen, und es fiel ihm nie schwer, sich immer geduldig, freundlich, liebevoll zu bemühen, ihr Wissen und Können dem seinen anzunähern.

Es ist Juni, noch im Frühsommer ihrer Liebe, außer Pullover und Unterwäsche ist nichts Trennendes zwischen ihren Herzen, in ihren Augen ist nur er (wenn er hineinsieht), speziell für sie hat die Sonne die vielen Blüten auf der Spreewiese geöffnet, und Elisabeth dankt es ihr, denn sie findet an jeder was Staunenswertes und nennt sie mit Namen, ob sie sie weiß oder nicht, denn sie kann auch welche erfinden: Violetta, Sonnenstäubchen, Rehäuglein, Wiesenpreis oder Traumirnicht, Namen, die auch er schöner findet als die richtigen, die er weiß und (noch lachend über ihre Tauflust) auch nennen muß mit dem lateinischen hinterher, wie er es in der Berufsschule gelernt hat, was auch er komisch findet, aber ein bißchen imponierend auch; denn sie kennt nur zwei amtliche Bezeichnungen: Primula veris und Viola tricolor, weil die als Titel bei Lenau und Storm vorkommen, die wiederum er mit Jahreszahlen und entscheidenden Schwächen sofort parat hat wie auch die Unterscheidungsmerkmale der Moor- und Sandbirke, an denen Elisabeth nur das schleirige Grün bewundert. Als sich am Kanal herausstellt, daß sie die sogenannte

Akazie tatsächlich für eine hält und nicht weiß, daß es sich dabei um die Robinie (Robinia pseudo-acacia) handelt, die (wie was noch? Die Kartoffel, der Mais, der Tabak!) aus Amerika kommt und nicht wie die echte Akazie in Afrika und Australien beheimatet ist, und auch von Francis Drake und Captain Cook (die einem dabei doch gleich einfallen) nichts gehört hat, werden plötzlich ihre Tränendrüsen aktiv, lassen nicht nur Wasser tropfen, sondern hemmen auch die Stimmbänder, so daß der erschreckte Liebende lange warten muß, bis er auf seine verzweifelten Fragen endlich die Antwort bekommt: »Weil ich so dumm bin!« und die erleichterte Frau, halb lachend, halb selber weinend, in die Arme schließen kann.

Das ist der Vorgang! Aber ihr Kommentar war der: »Glauben Sie mir, Herr Haßler, das schlimmste war, daß ich für die Tränen, gegen die ich nichts machen konnte und die ihn schmerzten, keinen Grund wußte; denn ich wollte ihn ja so, wie er war, forderte ihn heraus, so zu sein; er sollte sein Wissen ausbreiten, damit ich es aufnehmen konnte, um ihm ebenbürtig zu werden.«

Sie schreibt (der Tbc wegen mit einjähriger Verspätung) ihre Examensarbeit, mit der er sich (fast gegen ihren Willen) viel Arbeit macht, indem er Unklarheiten klärt, Fehler berichtigt, Ergänzungen vorschlägt, durch sokratische Fragerei neue Ideen in ihr wachruft; er opfert viel Zeit dafür, sie wird innerlich weich vor Dankbarkeit – und weint. Täglich kommen sie aus ihrer kleinen, verwahrlosten Bibliothek mit Fragen und Zweifeln nach Hause; bis in die Nacht hinein sitzt er bei ihr, hilft katalogisieren, systematisieren, entwirft Regalaufstellungen, sieht ihre Anschaffungs- und Aussonderungslisten durch – und hinterläßt in ihr das Gefühl völliger Hilflosigkeit: Nie hätte sie ohne ihn Ordnung in diesen Bücherhaufen bringen können! Sie ertappt sich dabei, auf Fehler von ihm zu hoffen, opponiert gegen seine Auffassungen, die er ihr (obwohl er natürlich sein Spezialwissen uneingestanden für allgemeines hält) geduldig erklärt, bis sie einsehen muß, daß er recht hat, immer wieder, es schließlich aufgibt und sich ans Schweigen gewöhnt, was ihm erst nach Jahren auffällt und ärgerlich macht, weil er es sich nicht erklären kann. In dieser Zeit wird der Wunsch nach einem Kind in ihr wach. Als sie den dicken Bauch vor sich her trägt, ist alles gut: Das konnte nur sie. »Und jetzt, wo die Kinder groß werden?« fragt Haßler. – »Wissen Sie eigentlich, daß es schon ein Uhr ist?« – »Hat Karl gesagt, wo er hingeht?« Und sie darauf ohne eine Spur von Tränen, ruhig, lächelnd: »Ja, er ist mit dem Genossen Haßler verabredet.« So war Elisabeth! Haßler wußte nicht, ob er sie bewundern oder ein bißchen unheimlich finden sollte, hielt es aber jetzt für angebracht, Offenheit gegen Offenheit zu setzen, ihr also (obwohl ein Rückzug um diese Nachtzeit vertretbar gewesen wäre) von dem Anlaß seines Besuches zu erzählen, die Behörde damit in die beginnende Familientragödie einzuschalten, so ungeeignet er, der Junggeselle, auch dazu war. (Nicht einmal die einschlägige Literatur hatte er gelesen, und die Zeiten waren vorbei, in denen man sagen – und vielleicht auch glauben – konnte: Dort bekommen Sie auf alles eine Antwort.) Die schüchtern in ihm aufkeimenden Solidaritätsgefühle (Muß der Mensch mit dem gleichen Dokument und den gleichen Geschlechtsmerkmalen nicht in jedem Fall gedeckt werden?) wurden schnell gekappt, zornige Ausfälle gegen Erp unterdrückt und konserviert, und nach der ihre Schmerzempfindlichkeit prüfenden Testfrage: »Sie wissen, wo er ist?« begann er, während aus Bausteinen geometrische Figuren entstanden, aus denen ein Psychologe sicher etwas über den Grad seiner Erregung hätte ablesen können, den Bericht, der bei Elisabeth eine für ihn unerwartete Reaktion hervorrufen sollte. »Sitzungen, Treffs, Meetings, Zusammenkünfte, Konferenzen, Versammlungen, Tagungen, Kongresse haben mit Prozessionen, Andachten, Wallfahrten, Gottesdiensten gemeinsam, daß ihr eigentlicher Wert oft nicht in, sondern außer ihnen liegt, auf dem Platz vor dem Kirchenportal, in der Pilgerherberge, der Konferenzpause, beim familienlosen Spesenessen, wo man mit Leuten redet, die man bis dahin nur dem Namen nach kannte, neue Witze, die Volksdichtung unserer Tage, hört, wo das Informationsmonopol der Fachpresse gebrochen und durch die Spalte Personalnachrichten ergänzt wird, wo erste Spatenstiche für die Fundamente von Bibliothekarsehen getan und die Rückseiten von Verdienstmedaillen sichtbar gemacht werden. Da kann es dann auch mal passieren, daß man unverschuldet mitbekommt, wie ein Wodkafreudiger bei der Selbstentwässerung den am Nachbarbecken beschäftigten Kollegen, der, wie bekannt, von der Literaturvermittlung zur -produktion übergehen will, auf gestaltenswerte Konflikte hinweist: Chef, 40, verheiratet, liebt Praktikantin, die aber auch von Praktikant verehrt wird, doppeltes Dreiecksverhältnis im Bibliotheksmilieu, noch nie dagewesen, Joseph und seine Broder. Die Erwählte. Leicht wird's dem Chef (der unter anderem auch für Kollektivhygiene zuständig ist) natürlich nicht, dem Brunnenvergifter auf die Spur zu kommen; er muß dem Schmutzbächlein folgen bis hinauf zu einer seiner vielen Quellen, wo er endlich den jungen Mann mit Stoppelhaar findet, der ihm erklärt, das Gift sei schon da, er mache es nur sichtbar, färbe es nur ein – mit dem Rot der Wahrheit, wie er behauptet, mit dem Grün des Neids, wie der Abteilungsleiter vermutet. Kratzsch heißt die Kanaille, die glaubhaft zu machen versucht, daß sie bei einem geplanten Abendbesuch des Wundervogels aus N 4 das Nest schon von Erp besetzt gefunden und durch die Tür mancherlei verfängliches Gespräch gehört habe. Rot oder grün, das ist oder war hier die Frage.« Für den Abteilungsleiter, der inzwischen den Tisch mit weißen und roten Rechtecken belegt hatte, die er jetzt verband zu einem Gebilde, das wie ein Hopsefeld aussah mit Himmel und Hölle.

Und Elisabeths Reaktion?

Sie interessierte sich für Kratzsch, wollte wissen, ob er tatsächlich ein Auge auf die Broder geworfen, zwei Hoffnungen gleichzeitig also durch Erp verloren hatte, versetzte sich in seine Lage, bekam feuchte Augen bei dem Gedanken an sein Entsetzen vor der Tür der Verehrten, wäre sicher noch vollends übergelaufen, wenn ihr nicht Klingeln mitleidige Vorstellungskraft und Wort abgeschnitten hätte. Sie ging zum Telefon. Haßler sah erst auf die Uhr (es war zwanzig vor drei), dann in ihr Gesicht. Kannte diese Frau keinen Ärger, keine Angst, keine Wut, keinen Haß? Saßen die zu tief, um sich mimisch zu äußern? Oder hatte sie das alles schon hinter sich gelassen? Auch Überraschung oder Schreck wurden an ihr nicht sichtbar, als eine fremde Männerstimme sagte: »Hier ist das Revier der Volkspolizei 120...«

9

Es war fast schon so, als ob er nach Hause kam. Der Durchgang, der dunkle Hof, die Eisentreppe zum Aufgang B hatten nichts Unheimliches mehr, den Schalter, gleich links neben der Tür, fand er sofort, das Ticken der Lichtuhr, der Geruch, die ausgetretenen Stufen, von denen er mit einem Schritt drei nahm, waren nicht mehr fremd, der Hund im ersten Stock (in jedem Aufgang gab es mindestens einen! Gab es in Alt-Schradow mehr?) begrüßte ihn bellend, wenn er vorbeihastete, die eine himmelblau gestrichene Wohnungstür war das Zeichen für die halbe Höhe, die zweite Etage, in der dritten wackelte das Geländer, und dann sah er schon das Zielband vor sich, das breite messingglänzende Namensschild: W. Broder und die Drehklingel daneben, die nur kläglich schepperte und der Unterstützung durch Klopfen bedurfte, wenn drin das Radio lief. Aber diesmal war es nicht das Radio, sondern Frau Wolffs Stimme, gegen die das Klingeln nicht aufkam, und geklopft wurde nicht, da es Karl unmöglich schien, Fräulein Broder heute in Gegenwart Dritter zu begegnen, er hatte sich vorgenommen, ihr in der ersten Minute zu sagen, was er wollte: die Entscheidung – die jetzt ohne eigne Schuld aufgeschoben werden mußte. Gern wäre er noch eine Stunde durch den Schnee gestampft, hätte das Farbenspiel der Ampeln am Oranienburger Tor beobachtet oder durch die Scheibe der Schnellwäscherei dem lautlosen Rotieren der Laken und Hemden zugesehen (das war, als starrte man in einen Fluß), kam aber nicht hinaus, denn Anita hatte hinter ihm die Haustür verschlossen. Also zog er sich zurück, die halbe Treppe hinauf ins Dunkle, vor die eiserne Bodentür, hinter der er Geräusche hörte, Trippeln, Trappeln, Schleifen, Zerren, Kratzen. Die Tauben? Oder waren es Ratten? Er setzte sich auf die oberste Stufe, stellte die Schnapsflaschen neben sich und hörte Frau Wolff zu, die jetzt wohl schon in der Tür zwischen Stube und Flurküche stand und so schnell redete, als hätte sie es eilig, was aber wohl nicht stimmte oder was sie wieder vergaß bei ihren Geschichten aus Hunger- und Kältezeiten, von denen zu erzählen so wohl tut, wenn der Ofen glüht und der Magen voll ist. »Und ich war ja damals auch noch jung, siehst du, und mein Mann schon seit 42 in Gefangenschaft, im Westen, wo man was hörte von ihm, und da bin ich dann auch manchmal ausgegangen, nicht schlimm, nur mal ins Haus Vaterland, wo man an der Wand den Rhein sehen konnte mit Schiffen und Burgen, das kennt ihr heute gar nicht mehr, siehst du, und dann machten sie auch Gewitter mit richtigem Donner und Blitz, und duster war's, und der Kamm von der Lorelei war richtig aus Gold, und von den Soldaten, die da hinkamen, der Anhalter Bahnhof war ja nicht weit, hab' ich einen mal mit nach Hause nehmen wollen, die haben einem doch leid getan, aber nicht nur deshalb, siehst du, doch auf der Monbijoubrücke gab's plötzlich Alarm, und in den Splittergräben im Park waren wir ganz allein, Erwin hieß er, weiß ich noch wie heute, und ein Dummbart in solchen Sachen war er nicht, aber da fiel mir plötzlich aufs Gemüt, daß Max ganz allein zu Hause war; ich also los und der Feldwebel immer mit bei dem Geballer, gezittert hat er, aber auf den Boden hoch ist er doch gerannt, siehst du, aber als er dann wieder im Keller war, hat er geflucht, und alles war aus, weil er nämlich gedacht hat, daß es ein Kind gewesen ist, der Max, du kannst dich doch sicher noch erinnern an ihn, siehst du, von da an hab' ich ihn immer mitgenommen im Deckelkorb, und er hat ganz ruhig gesessen, auch beim Friseur, wo ich mit nassem Haar und Lockenwicklern in den Keller mußte und so gelacht habe über den Fritz, der nur zur Hälfte rasiert war, und daß es mit dem nichts geworden ist, lag nicht an Max, sondern an deiner Mutter, siehst du, denn als er die Jacke ausgezogen hat (das hat nur so geklappert, alles Orden und solch Klimbim), hat deine Mutter plötzlich in der Tür gestanden, hier, damals stand der Schrank noch nicht vor, und hat lauter Schnickschnack geredet, bis es zu spät war und er zum Fronturlauberzug mußte, und so bin ich meinem Mann immer treu geblieben, aber am meisten hat ihn doch gefreut, daß der Max noch gelebt hat, siehst du, und rupf sie gleich, ist die halbe Arbeit, wenn sie noch warm sind, Besuch kriegst du wohl heute nicht, sonst war er doch schon immer da um diese Zeit, und denke an dein Herz, so stabil wie deine Mutter bist du nun mal nicht, und so was zehrt, und wenn die Zeiten heute auch anders sind, verheiratet ist verheiratet, und in die Nesseln geraten tut dann doch immer die Frau, siehst du, und eigentlich wäre ich's ja deiner Mutter schuldig, auch mal so reinzukommen und ihm die Leviten zu lesen, aber da steht ja nun der Schrank vor, und schlau genug bist du auch, um nicht auf jeden Renommierbruder reinzufallen, vorher können sie alle wunderbar reden, aber danach haben sie's eilig, und wenn gar was schiefgegangen ist, lösen sie sich in Luft auf, wie's der Paschke ging mit ihrem Serschanten...« Und so weiter, immer weiter, bald schon in der Küche, dicht hinter der Wohnungstür, dann in ihr, auf dem Treppenabsatz, den Finger auf dem Lichtschalter, so daß der tickende Automat nicht zur Ruhe kam, und schließlich »Schlaf schön!« und Händeschütteln und Schritte, aber nicht abwärts, wie erwartet (vier Treppen runter, über den Hof, vier Treppen rauf), sondern in Richtung Boden (über den es näher und auch trocken war), auf Karl zu also, der im Dunkeln saß, nicht gesehen wurde, aber sah und so sanft wie möglich sagte: »Erschrecken Sie bitte nicht!«, dann aber selbst erschrak vor dem Schrei der Wölffin und dem zornigen Gesicht Fräulein Broders, als sie ihn (und seine Schnapsflaschen) erkannte und erst nach der dritten Wiederholung seines Entschuldigungsgestammels einließ, ihn mit einer Kopfbewegung auf den gewohnten Sessel dirigierte, sich auch setzte, die wieder beginnenden Entschuldigungen nicht unterbrach, auch nicht bereit war, die Sache komisch zu finden, wie er es mühsam versuchte, stumm blieb, es ihm so schwer wie möglich machte, die entscheidende Frage zu stellen, ihn aber andererseits dazu zwang, indem sie keinen Plauderumweg akzeptierte, ihre angeblich so verachtete Frauenrolle also vollendet spielte, ihn kommen ließ, um dann schließlich, obwohl sie sah, wie sehr ihn das quälte, weder ja noch nein zu sagen, ihn im ungewissen ließ, ihn hinhielt, indem sie sofort in Allgemeines auswich, wenn es darauf ankam, von sich selbst zu reden. Vielleicht hatte sie Spaß daran, ihn vor sich winseln zu sehen, vielleicht war sie froh über seinen Besuch; sie schickte ihn nicht weg, sondern lud ihn zum Taubenbraten ein. Und er war ihr schon so weit verfallen, daß er das Spiel mitmachte, nicht auf einer Antwort bestand oder kurz entschlossen ging, sondern, Widerwillen überwindend, eines der noch blutenden, warmen, kopflosen Tiere in die Hand nahm, brav rupfte, braten half, glücklich war über das gemeinsame Essen und den nicht verschmähten Schnaps, mit dem er Hoffnungen verband, weil er sich einredete, daß Hemmungen bei ihr klare Antworten verhinderten. Natürlich hatte der Alkohol Wirkungen: Sie redeten (über das ernste Problem heiterer Literatur ausgerechnet) so viel und so schnell, als hätten sie ihr Leben lang nur darüber nachgedacht und niemals mehr Gelegenheit, sich dazu zu äußern; ihm schien nach einigen geleerten Gläsern eine Entscheidung gar nicht mehr so wichtig, wenn er nur immer, immer hier sitzen und sie sehen und hören konnte; sie strich sich unaufhörlich die Augenbrauen glatt, reihte (Wiederholungen fremdwortreich kaschierend) eine treffende Wendung an die andere, hielt es auf ihrem Sessel nicht mehr aus, ging redend, zuhörend, redend zum Ofen, um sich die Hände zu wärmen, zu ihrem Sessel zurück, als Karl aufstand, um am Rücken die Wärme zu spüren, ging wieder umher, weich, leise, redend, als er wieder saß, saß wieder, als er wieder ging, stand auf, umarmte den Ofen, legte die Wange, die linke, an die glatte braune Kachel, wich auch nicht, als Karl wieder kam, um die Wange, die rechte, zu wärmen, redete, redete, schien all die Bewegung im Raum nicht zu bemerken, sagte gerade (als habe sie das Resultat ihrer Überlegungen für diesen Moment aufgespart): »Penetrant wird die Heiterkeit wohl dadurch, daß die Dinge so heiter nicht sind!«, da hob Karl seine Hand, die linke, legte den Zeigefinger leicht, ganz leicht auf die Haut über ihrem Pullover, dorthin wo der Hals in die Schulter, die rechte, übergeht, sagte dabei: »Genau das ist es!« und gab Beispiele aus drei-, nein zehnmal verfluchten Militärhumoresken alt- und neudeutscher Fasson, zu deren Wesen Lügenhaftigkeit und Niveaulosigkeit zu gehören scheinen, während sie (die Wange noch immer an der Kachel) für eine Sekunde die Augen schloß, drei Sekunden ganz starr wurde und (als seine Fingerkuppe höher glitt, den Hals hinauf, am Haaransatz liegen blieb) noch mindestens zehn Sekunden brauchte, ehe ihr zum Humor Thomas Manns etwas einfiel. Doch das hörte er schon nicht mehr zu Ende, denn da war schon ihr Mund da und ihr Haar und ihre Brust.

Und er dachte an nichts anderes mehr und dann was von Seligkeit und drei Punkten (1. Punkt: Vorspiel, 2. Punkt: Akt, 3. Punkt: Nachspiel). Aber so war es doch nicht! Beide hatten gewußt, was Alkohol bewirken würde; für beide hatte das Laufspiel um den Ofen etwas Groteskes (so wie Krieg Groteskes hat: erwachsene Menschen, die sich beschleichen wie Karl-Maysche Helden, die sich hassen, ohne sich zu kennen, oder auch Geld: existenzbedingendes Papier; wie vernünftig menschenwürdig das Ziel, Krieg und Geld abzuschaffen!), aber beide hatten es trotzdem spielen müssen; sie, weil sie doch nicht sagen konnte: Ich erwarte jetzt Ihre Umarmung, zwar liebe ich Sie nicht, aber der Alkohol hat freigemacht, was ich sonst beherrsche; er, weil die Angst groß war, etwas zu tun, was Mißfallen erregen konnte (noch war der mißglückte Kußversuch nicht vergessen); er mußte das leicht entwürdigende, aber sehr spannende Spiel mitspielen, um sicher zu sein, daß sein Finger auf ihrer Haut erwünscht war. Und als der Finger auf der Haut lag, dachte sie: Mein Gott, das ist mehr, als je war, und fürchtete um ihre Unabhängigkeit, er aber spürte seine Macht über sie, ohne ihrer froh zu werden, denn Sinnlichkeit war es ja längst nicht mehr, was er suchte. Aber er wollte sie nutzen. Und deshalb ließ er den Finger über ihren Hals gleiten und zerwühlte ihr Haar, und deshalb küßte er und umarmte und streichelte und schob sie zum Bett und lag neben ihr und preßte sie an sich und zeigte ihr sein Begehren, begehrte auch wirklich, war sich aber bewußt, daß es ihm nicht mehr ankam auf ihren Mund, ihre Brust, ihren Schoß, nicht auf seine Lust, sondern auf mehr, hoffte, daß beider Begierde, wenn sie groß genug war, umschlagen würde in Liebe. Und irrte sich. Denn sie erkaltete in dem Maße, in dem die Äußerungen seines Verlangens wuchsen. Die Berührung seiner Fingerkuppe hatte sie überwältigt, die Macht seines Angriffs ernüchterte sie. Jetzt war er wie alle. Immer wenn er sein wollte, wie seiner Meinung nach ein Mann zu sein hatte, entzog sie sich ihm innerlich, wurde sie zur Zuschauerin, die über das Gebaren des Mannes lächelte, schmerzlich, enttäuscht, ein bißchen aber auch so, wie man über altkluge Kinder lächelt. Bildete er sich wirklich ein, sich ihrer gegen ihren Willen bemächtigen zu können? Sie hielt die Hand, die sich unter ihren Pullover schob, fest und sagte mit normaler Stimme: »Wie spät ist es eigentlich?« Aber das half nicht, und sie verschärfte den Ton: »Bitte, lassen wir das!« Doch er ließ nicht ab von seinen Bemühungen, verdoppelte seine Kräfte, sein Griff wurde schmerzhaft: weil er nicht loskam von dem Glauben, daß Frauen bezwungen sein wollen, weil er (zum letzten Mal) ihr imponieren zu müssen glaubte, weil er nicht wahrhaben wollte, daß diese Chance verpaßt war, kurz, weil er sie nicht kannte. Seine Begierde war nur noch Heuchelei, seine Kraft die der Verzweiflung. Der war sie nicht gewachsen. Und deshalb wehrte sie sich nicht mehr, lag still, starr und stumm. Da ließ er von ihr ab. Sie lagen nebeneinander, ohne sich zu berühren. Aber ihr schien Vorsicht geboten (auch gegen sich selbst). Deshalb redete sie. »Wie suspekt doch alle Darstellungen von Liebe und Sexualität sind!«, begann sie ausschweifend und unpersönlich wie immer, wenn sie Subjektives zu verkünden hatte, und ließ Erp Zeit, Herz und Lunge wieder in normalem Rhythmus arbeiten zu lassen. Ihr Hochdeutsch (das nichts von Herkunft, Milieu, Berlinbewußtheit ahnen ließ) war auch bei dieser Gelegenheit makellos wie immer, ohne Dialekteinschlag, sauber, klar, fehlerlos, gereinigt, poliert – eine Kunstzüchtung, sicher, aber warum nicht? Sie hielt viel von Kunst und Kultur und fand am Menschen vor allem das lobenswert, was ihn über die Natur erhebt. (Erp hatte darüber noch manchen Streit mit ihr, wobei sie sich zu der Äußerung hinreißen ließ, daß jede Museumstonscherbe ihr wichtiger sei als Nachtigallen, Seerosen oder Gebirgspanoramen.) Ein bißchen davon klang auch in dem an, was sie einleitungsweise über Literatur, Liebe und Sinnlichkeit zu sagen hatte. »Die einen finden sich mit der Irrationalität der Liebe ab, nehmen den nicht so eindeutig edlen Teil der Angelegenheit nicht zur Kenntnis und machen uns mit durch Konvention bekannten Details – Blicke, Worte, Gesten – glauben: Da lieben sich zwei und könnten, käme niemand dazwischen, problemlos glücklich werden. Die anderen beschränken sich auf das Triebhafte, das sie entweder als ekelhaft – ein Vieh der Mensch! – darstellen oder als höchste Lust preisen.« Sie baute immer gleich ein kleines theoretisches Gebäude um das, was sie sagen wollte, holte weit aus, kam dann aber zielsicher auf ihre Sache zu, jetzt erst einmal auf die Apostel der Sinneslust, die neuen Griechen, die Renaissancemenschen (die Riesen auch an Charakter, vor allem aber an Leidenschaft, die Sexriesen also), die die Sinnlichkeit endlich befreien wollten und nun nach Mitternacht im Aufgang B gefragt wurden: Wovon denn eigentlich? Von Prüderie? Wo war die denn wirklich noch Fessel? Von der Kultur vielleicht, von der menschlichen Kraft, sie zu zügeln also? Soll denn hurra geschrien werden, wenn Staudämme brechen und der befreite Fluß Felder und Dörfer überflutet? Befreiung von Moral, von gesellschaftlichen Normen also, kann doch nicht gemeint sein, wenn man die befreite Sinnlichkeit als der neuen Gesellschaft adäquat preist! Der Verdacht drängt sich auf, und Fräulein Broder sprach ihn aus, daß die Fessel Realität oder genauer Realismus gemeint war. Davon will, ja, muß man sich befreien, wenn man frenetisch bejubeln will, was Fiktion ist, aber dem Wunschtraum vieler entspricht. Denn diese puren Bettfreuden gibt es in Wirklichkeit noch nicht, am wenigsten bei den leicht verfetteten Dichtern, die einmal wöchentlich ihren gertenschlanken Geliebten beiwohnen und danach im Lied alles störende Beiwerk sorgfältig eliminieren: die Lüge für die Ehefrau, die Angst vor einem Kind und vor Skandalen, die Sechs-Tage-Einsamkeit des Mädchens, die stets unterdrückte Frage nach der anfangs versprochenen Scheidung, von möglichen Mängeln körperlicher Genußfähigkeit ganz zu schweigen. Sie geben sich soviel Mühe, das alles dabei zu vergessen, können es aber nur nachträglich – im Gedicht. Das war ihr verständlich, denn auch sie konnte es (ohne Dichterei) nur in der Erinnerung, die immer wieder Illusionen für die Zukunft nährt – und war damit endlich angelangt bei dem, was sie zu sagen hatte in dieser etwas ungewöhnlichen horizontalen Situation. Irgendwann in den nächsten Tagen würde es eine Minute geben, in der sie denkt: Das nächste Mal wird alles vergessen, auch das Häßliche, das daraus entsteht. Aber zum Glück wird sie es auch beim nächsten Mal nicht können. »Denn meine Sinnlichkeit ist nicht frei – von der Sehnsucht nach Beständigkeit zum Beispiel und von Monopolansprüchen. Ich halte zu große Stücke von mir, um Ihre Geliebte sein zu können. Nein, bitte, sagen Sie jetzt noch nichts, ich bin noch nicht fertig. Sie haben zu Beginn dieses Abends von Liebe geredet, ein bißchen leichtfertig, finde ich; eine Antwort muß ich Ihnen schuldig bleiben. Ich weiß keine, und alles in mir sträubt sich dagegen, eine zu finden, vielleicht weil ich die Verantwortung scheue; denn die werde ich zu tragen haben, wenn Sie sich weiterhin nur von Gefühlen treiben lassen. Soll ich uns Kaffee kochen?« Aber der Chef wollte keinen. Er wollte auch keine Küsse mehr und keine Worte der Entscheidung. Und er wollte auch nicht mehr imponieren, sprang also nicht auf, um mit heroischer Geste ein Wort endgültigen Abschieds zu sagen, das sowohl seine Qual als auch die Kraft männlicher Überwindung ausdrückte, deutete nicht düster lächelnd an, daß ein Sprung aus diesem Stockwerk ihn frei machen würde, verlangte nicht einmal nach einer Zigarette, sondern begann zu diskutieren, und zwar über den ersten allgemeinen Teil ihrer Erörterungen. Ihr Hang zur Verallgemeinerung sei hier doch wohl mit ihr durchgegangen, ihre Behauptungen konkret zu belegen dürfte schwierig sein, wer sollte denn in welche Kategorien eingeordnet werden, Namen sollte sie nennen und vor allem mal historisch werden, das sei doch ihr Gebiet, historisch auch auf die Gegenwart bezogen, denn schließlich verliefe doch einige hundert Meter weiter so etwas wie eine geographische Grenze zwischen zwei Epochen; zwar seien ihm die dichtenden Sexualprotze auch zuwider, noch mehr aber die Moraltrompeter, die gut trompeten hätten, weil sie es hinter sich haben, am meisten aber die Kolumbusse, die immer neu entdekken, was gerade gewünscht wird, auch die Moral hin und wieder, und von wegen: keine Prüderie mehr, da könnte er nur lachen – lachte aber nicht, war vielmehr ganz ernst wie sie auch, als sie ihm antwortete, sich verteidigte, bald sogar heftig wurde, als er ihr mit »Sie haben aber gesagt...« ins Wort fiel, sie dabei falsch zitierte und unbeirrt von ihren Zwischenrufen, es ginge ihr um Wahrheit und nicht um Moral, weiterredete, ihr (mit Recht) widersprüchliche Argumentation nachwies, was sie ihm (mit Recht) zurückgab, er ein fast passendes Marx-Wort anbringen konnte, das sie nach verzweifeltem Aufstöhnen veranlaßte, ihm klarzumachen, daß durch Zitate alles einschließlich des Gegenteils belegt werden könnte, ihm als Beweis einen improvisierten Vortrag über die Minderwertigkeit der Frau hielt, der nicht etwa auf Mohammed, Schopenhauer oder Nietzsche, sondern auf den immer und allseits verehrten Goethe baute (dessen Spruch »Was die Weiber lieben und hassen, das wollen wir ihnen gelten lassen, wenn sie aber urteilen und meinen, da will's oft wunderlich erscheinen« sie aus Ärger auswendig wußte), was ihn zum Lachen brachte, aber auch (erstaunlicherweise) zum Widerspruch reizte, obwohl er sonst bei jeder Gelegenheit der Seuche der Zitiererei den Krieg erklärte. Er widersprach ihr also und sie ihm und er ihr, und sie sahen beide sehr böse aus und hätten sich sicher angebrüllt, wenn sie schon verheiratet gewesen wären. Und das alles nachts auf ihrem Jungmädchenbett, mit Alkohol im Blut! Ein seltsames Paar.

Feuer und Wasser.

Sie natürlich das Wasser! Schon immer ist bei Frauen Disziplin Kälte, Selbstachtung Berechnung genannt worden – von den Männern, die in derlei Bereichen den Ton angeben und im Grunde ihres weiten Herzens überzeugt sind, daß die Gesetze der Monogamie nur für die Frauen gelten. Wir, Mann von Gottes Gnaden, erotisch erfahren und auch zu wärmendem Seelischen fähig, tun hiermit kund und zu wissen, daß unser Programm vorsieht, das Fräulein zur Buhlerin, zur morganatischen Gattin, zur Frau linker Hand, zum Kebsweib, zur Nebenfrau auf Zeit, zur Geliebten zu machen, womit, wenn nicht Frigidität vorliegt, gemeinsamen Bettfreuden nichts im Wege steht! Und die Mädchen, die nicht als unmodern, zickig, verkorkst gelten wollen, richten sich danach, gehorchen nicht ihrer weiblichen Klugheit, die ihnen (um Steigerung möglich zu machen) befiehlt, nicht als Anfang vorwegzunehmen, was Höhepunkt zu sein hat, machen es dem Mann zu leicht, verlangen ihm nichts ab, stellen ihn nicht in Frage, legen sich gehorsam hin, lassen sich Majestät in den Schoß fallen, um nicht zu enttäuschen, und enttäuschen dadurch erst recht, weil sie sich billig machen, sich selbst zur preisgeminderten Ware degradieren, anstatt sich ein Beispiel an Fräulein Broder zu nehmen, deren Weigerung die Liebe nicht erkalten, sondern stetiger brennen ließ und aus S. M. Carolus Magnus den viel sympathischeren Karl Erp machte, der, die Grenzen seiner Macht erkennend, den benachbarten Souverän de facto und de jure anerkennen und endlich auch entsprechend achten mußte.

Sie trennten sich ohne ein versöhnendes Wort!

Ohne Kompromiß gingen sie auseinander, aber mit der Gewißheit, sich noch viel zu sagen zu haben. Und sei es im Streit. Das hätte ihn bedenklich stimmen müssen.

Er bedachte es auch, kam aber dabei zu positiven Ergebnissen. Das ist es doch, was die Beurteilung dieser Affäre so erschwert: Sie war ein Gewinn, für sie, für ihn, für alle (die Kinder vielleicht – vielleicht! – ausgenommen). Er war aus jahrelanger Lethargie erwacht. Als er die Treppen hinunter und über den verschneiten Hof ging, fühlte er sich den Entscheidungen, die auf ihn zukamen, gewachsen, allen, nicht nur denen, die direkt mit Fräulein Broder, Elisabeth und den Kindern zusammenhingen, auch denen der Bibliothek also, die ihm plötzlich in sein Gedankenkarussell geriet, ohne Umwege, die nicht nötig waren, weil Broder und Bibliothek zusammengehörten wie Elisabeth und Garten, weil so gewiß, wie er mit der einen immer wieder über Kinder, Heckenschnitt und Dachreparaturen sprechen, die andere mit ihm über alle Projekte streiten würde, die verschüttet worden waren und die er jetzt wieder auszugraben gedachte: die Parkbücherei, die Musikabteilung, die Koordinierung mit den Betriebsbibliotheken, der Vortragssaal. Nicht der Alkohol machte ihn so entschlußfreudig, es war die Niederlage, die künftige Siege in sich zu bergen schien, es war der Streit mit dem Fräulein (diese sachlich unbedeutende Auseinandersetzung ohne klare Positionen, die, entstanden aus männlich-kindlichen Rachegelüsten, die Peinlichkeit der Situation hatte verdecken sollen, die ihm aber dabei gezeigt hatte, daß er das noch konnte, das Streiten mit Gleichberechtigten, daß es sich lohnte, bequemes Autoritätsgehabe beiseite zu lassen), und es war die Erkenntnis, daß ernste Defensivreaktionen seine Gefühle nicht zu töten vermochten. Haßler wird sich wundern, dachte er, als er im dröhnenden Beat durch das Vorderhaus auf die offene Tür zuging, in der der Bursche mit dem Kofferradio stand und den beiden neben ihm zum Verwechseln ähnlich sah, weil die Frisuren ähnlich waren und die Jacken und die Hosen und die rhythmischen Bewegungen und die Schnalzlaute, mit denen sie Anita anfeuerten, die mit angewinkelten Armen und gebeugten Knien Gesäß und Prachtbusen zum Zittern brachte, auch weiter zitterte, als er vorbeiging und die jungen Herren um Durchlaß bat, den diese ihm verwehrten, dafür aber das Radio lauter drehten und lauter schnalzten, bis er seinem Drang nach Aktivität nachgab und sie auseinanderzuschieben versuchte. Er verspürte (wie sonst nur manchmal im Traum) große Lust, seine aus der Jugendzeit vielleicht noch übriggebliebenen Boxkünste anzuwenden, kam aber nicht dazu, weil die Burschen ihn schon gepackt hatten, rechts, links, an Handgelenk und Oberarm, ihn auf die Straße schoben und polizeigerecht abführten, Anita nach, die den Weg wies und erklärend, beruhigend, drohend redete, durch menschenleere weiße Straßen, deren historische Bedeutsamkeiten (Jüdisches Altersheim, Chamisso-Denkmal, dem noch immer die dem Zweiten Weltkrieg zum Opfer gefallene Nase fehlt, Synagogen-Ruine, Humboldts Wohnhaus, Hegels Grab, Borsig-Haus) er erst später kennenlernte und bald wieder vergaß. Sie gaben ihn erst frei in einem schäbigen Hochparterre, wo ein müder Volkspolizist gern bereit war, sich eines Falles ausführlich anzunehmen, der aus so vielversprechendem Munde vorgetragen wurde.

Laut Wachbuch geschah das ein Uhr zweiunddreißig.

Und es dauerte eine Stunde, in der Erp vergeblich nach der für ihn passenden Rolle suchte.

Aber er hatte sich doch vorgenommen, ganz er selbst zu sein!

Ja, und vor Fräulein Broder spielte er auch keine Rolle mehr, hier aber sah er sich wieder dazu gezwungen, weil sein Selbst ganz woanders war und er für die Polizeistation also so etwas wie einen Stellvertreter brauchte, dem er Anweisungen geben konnte, die dann allerdings sehr inkonsequent gerieten. Scharfer Protest wurde abgelöst von einer Haltung des Verständnisses für den Polizisten, der erst einmal eine Partei zu Ende anhören mußte, Empörung unter Benutzung des Wortes Freiheitsberaubung wich mühsam beherrschtem Ertragen aller Lügen, die Anita über ihn und seine Angebetete verbreitete, mit verzweifelter Miene wurde der Kopf geschüttelt, den sanften Versuch einer

Unterbrechung des weiblichen Redestroms (»Hören Sie bitte, Genosse Unterleutnant...«) beendete ein resigniertes Lächeln, dann wurde, der müde Kopf mit der Hand gestützt, endgültige Wartehaltung angenommen. Die Zeitungswahrheit, daß ein Nur-Beobachter-Standpunkt nicht genügt, bewies sich hier glänzend: Erp machte keinen Eindruck, weil er nicht mit dem Herzen dabei war. Aber einen Vorwurf kann man ihm daraus nicht machen, denn bei allem und jedem kann man gleichzeitig mit dem Herzen nicht sein, und schließlich hat das auch etwas mit den verschiedenen Charakteren zu tun; manch einer neigt eben stark zur Beobachtung, auch des eigenen Ichs, und über seinen Schatten kann keiner springen, auch wenn es bei denen so scheint, die keinen mehr haben, weil sie ihn an irgendeinen grauen Herrn verkauften.

Anita hatte ihre Racheaktion gut vorbereitet. Ihre Kleidung war schlicht, aber formbetonend, ihre Rede einfach und aufrichtig, ihre Anklage schwerwiegend und gut durchdacht. Sie hatte bei Paschke viel gelernt: den nur mit leiser, ganz leiser Ehrfurcht vor dem Beamten gemischten herzlich-offenen Ton, das Bemühen um eine Sachlichkeit, die in unregelmäßigen Abständen vor moralischer Entrüstung überflammt wird, die Hinweise auf eigene Unzuständigkeit; und sie gab dazu, was ihrem angeblichen Vater fehlte: jugendliche Gestalt und Unschuld, die deshalb so rührten, weil sie einander widersprachen, weil eine Spannung zwischen ihnen bestand, die nicht auf der Stelle lösen zu können jeder Mann (also auch ein Volkspolizist) bedauern mußte. Die überreife Unberührtheit also hatte, von einem fröhlichen Abend im Jugendclub kommend, mitansehen müssen, wie der Mann dort, Genosse (Blick auf den Jackettaufschlag), Ehemann (Blick auf die rechte Hand), schwankend (»schwer anjeschlagen«), aus dem Haus auf den Wagen zugegangen war, sich ans Steuer gesetzt, den Motor angelassen hatte und abgefahren wäre, wenn die drei Jugendfreunde und sie ihn nicht beherzt ergriffen (»ans Schlafittchen jekriegt«) und hierher geführt hätten. Vielleicht waren sie nicht befugt dazu. Aber ist Trunkenheit am Steuer (»noch immer hübsche Fahne, nicht?«) ein Verbrechen oder nicht? Und hat nicht jeder Bürger, auch der junge, das

Recht und die Pflicht, Verbrechen zu verhüten? »Aber bloß darum jeht's ja nich!« Da war noch was, worüber schlecht reden ist als Mädchen, schon weil man die richtigen Wörter dafür nicht kennt, die anständigen, amtlichen, nur die man so hört im Haus und auf der Straße, aber sein muß es, die Polizei wird schon verstehen. Der Mann also kam von einem Mädchen, einem Fräulein, einer Frau oder wie man da sagen soll, die allein lebt, Aufgang B, bei Wolff, und die nicht nur diesen Mann empfängt, während die armen Ehefrauen wohl weinend zu Hause sitzen, was aber die Polizei nichts angeht, denn Ehebruch ist doch wohl nicht strafbar. Oder? Verstehen kann Anita das nicht, denn der Staat schließt doch die Ehen und trennt sie, wenn nötig, müßte sie eigentlich auch überwachen, aber darum geht es ihr und der Hausgemeinschaft nicht, sondern um dieses saubere Fräulein und den Ruf des Hauses und der Straße, der doch noch immer unter der Vergangenheit leidet, da muß doch jeder wachsam sein, und wenn man Bestimmtes nicht weiß, ein Hinweis kann nie schaden; wenn er sich als falsch erweist: um so besser. (»Dann will ick nischt jesagt haben.«) Das war's, und nun sollte der Mann mal zu leugnen versuchen; noch stand der Trabant da, eingeschneit natürlich, nicht einmal die Scheiben hatte er vorher abgewischt. Anita trat bescheiden einen Schritt zurück zwischen ihre stummen Begleiter, und ihr Mund war auch reizend, wenn er geschlossen war, so daß die Rüge wegen des Übereifers sehr freundlich ausfiel und Karls dürre Berichtigungen wenig Eindruck machten. Daß von einer Bestrafung nicht die Rede sein konnte, da der Mann schließlich nicht gefahren war, sah Anita ein; ihr genügte, daß die Sache notiert war. Broder hieß die Dame, sie selbst Paschke, da war ihr Ausweis! »Und jetzt macht, daß ihr ins Bett kommt!« Gute Nacht! Anita deutete sogar einen lustigen Knicks an, da bot sich ihr noch ein unerwarteter Triumph. Karl hatte seinen Ausweis nicht bei sich. Der war in der Aktentasche, die er bei seinem durch Anita gestörten Aufbruch um neunzehn Uhr in der Bibliothek hatte liegenlassen.

Während Erps Stellvertreter äußere Reaktion vorführte, hatte er selbst noch auf Fräulein Broders Bett gelegen und die Diskussion weitergeführt, die ihm dabei immer wesentlicher für sie beide geworden war. Da seinen Argumenten jetzt nicht widersprochen werden konnte, fand er sie treffend und zu wertvoll, um nur gedacht zu werden. Er vereinigte sie deshalb, anstatt zu schlafen, einige Stunden später (nach dem Gespräch mit Elisabeth) zu einem Brief, dem Brief Nr. 2, der zwar Datum und Unterschrift, aber keine Anrede hatte und nur aus Gedankensplittern bestand, die er nicht ordnete, weil sie sich nicht ordnen ließen. Das sah dann so aus:

»Die größten Geschehnisse im Leben sind kurz und einmalig: Geburt und Tod. Heißt da nicht Angst vor Kürze und Einmaligkeit in der Liebe Angst vor Größe?

Realitäten liebt sie? Der Rausch ist eine – wie die Ernüchterung. Mir scheint, sie liebt sie nicht, sie fürchtet sie.

Ein Wunsch findet nie Erfüllung: daß es so bleibt, wie es ist. Zu bedauern ist, wer die gedeckte Tafel nicht sehen kann ohne Gedanken an schäbige Reste, schmutzige Teller, benagte Knochen und Flecken im Tischtuch.

Nur selten begegnet man einem, mit dem zu streiten sich lohnt. Leben im eigentlichen, streng-realen Sinn kann doch nur sein: bewußtes Dasein im Jetzt. Lebt der überhaupt, der das nicht kann: auf dem Schnittpunkt von Vergangenheit und Zukunft stehen, furchtlos, schwindelfrei, Erfahrung und Voraussicht vergessend?

Gibt es das: eine, die zu klug ist für die Liebe?

Das sicherste Mittel gegen große Liebe ist, der kleinsten Versuchung nachzugeben.

Ein Ereignis: Wenn ihm bewußt wird, daß er für das, was sie sagt, auch Interesse hätte, wenn sie keine Frau wäre.

Die Wahrheit über Dornröschen: Sie weckte den Prinzen, der um seiner Ruhe willen die Hecke zwischen sich und die Welt gepflanzt hatte.«

Das dachte er sich während Anitas Anklagerede aus und noch mehr, was er nicht in den Brief aufnahm, zum Beispiel das: Jeder Versuch einer Verführung baut auf eine Lüge. Wahrscheinlich hätte sich Fräulein Broder Lüge mit Illusion übersetzt und eine Bestätigung ihrer These von der Unvollkommenheit der Lust darin gefunden, vielleicht aber (was noch schlimmer gewesen wäre) auch erraten, woran er dabei gedacht hätte: an Elisabeth. Daß ihr Name nie zwischen ihnen gefallen war, war eine Lüge, eine Lüge durch bewußtes Verschweigen. In ihrem Nachtgespräch gab es kaum eine Strecke, auf dem ihm die Frau, mit der er vierzehn Jahre gelebt hatte, nicht als Vergleich, Beweis oder Widerlegung in den Sinn gekommen wäre.

Er hatte nur Gutes über sie zu sagen und fühlte, daß das nicht der richtige Zeitpunkt dafür war.

Es war der beste aller Zeitpunkte. Später hatten seine Erklärungen kaum noch hemmende Wirkung. Verleumdet hat er Elisabeth nie, ihr nie Schuld zugeschoben, die sie nicht hatte, aus Ehrlichkeit, gewiß, doch nicht ohne (gegen sich selbst gerichtete) Taktik. Der Hauptgrund für sein Schweigen an diesem Abend aber war, daß ihr Name wie eine Barriere zwischen ihn und Fräulein Broder gefallen wäre. Solange er noch auf einen Sieg hoffen konnte, mußte er das Gefühl des Unrechts bei ihr so klein wie möglich halten, durfte er die Betrogene nicht individualisieren, mußte er der Betrügenden die Möglichkeit lassen, sich einen Hausdrachen vorzustellen, eine Spießerin, eine Frigide oder Mannstolle, die zu betrügen nur ein Akt der Gerechtigkeit war. Und er hatte gewußt: Der Name seiner Frau aus ihrem Munde wäre der beste Schutz gegen ihn gewesen.

Und das kluge Fräulein hat das nicht geahnt? Warum hat sie nicht nach der Ehefrau gefragt, nichts über die Kinder wissen wollen? Vielleicht ist ihr ein so sicherer Schutz gar nicht lieb gewesen?

Über den Ansatz zu diesem Gedanken kam Erp nicht hinaus, weil der Schreck über den nicht vorhandenen Ausweis ihn in die Wachstube zurückrief und zu Erklärungen verpflichtete, die der Polizist, nachdem er Anita und die Jungen weggeschickt hatte, auf und ab gehend, anhörte, ihnen wohl auch glaubte, überhaupt vertraulicher wurde, Erp Zigaretten anbot, später sogar Kaffee kochte und sich zu ihm setzte. Er war etwa in Erps Alter, ein Hüne mit Kinderaugen und Lehrerstimme, der erst einmal auf Alkoholfolgen im Kraftverkehr hinwies, Bilder zeigte (Kühler in Schaufensterscheiben, Kinderleichen, Kotflügelfetzen, Totalschäden), Paragraphen zitierte, Gerichtsurteile anführte, irgendwo einen Übergang zum Rennsport fand, beim Kaffee über Brauchitsch, Caracciola, Stuck plauderte, noch Rundenzahlen und Zeiten wußte, aber nebenher leise, versteckt, fast verschämt Erps Unmoral kritisierte, traurig den Kopf schüttelte, er als Genosse, dazu in leitender Position und ohne DPA! Was sollte er machen mit ihm? Jemanden anrufen, der seine Angaben bestätigen konnte, aber wen? Einen von der Abteilung Kultur? Wirklich? Na gut, Haßler, die Nummer stand im Telefonbuch. Hatte der einen so festen Schlaf? Warum waren eigentlich Autorennen heute nicht mehr so populär? Aber wer kannte damals die Namen von Radrennfahrern? Betrinken dürfen sich weder die einen noch die andern oder gar fremdgehen. Nein, da meldete sich niemand. Also doch die Frau! Aber es war halb drei! Was würde Erp wohl sagen, wenn seine Frau um diese Zeit noch nicht zu Hause wäre? Wenn er einen Rat hören wollte: die Wahrheit war immer das beste! Beichten und Besserung geloben! Was konnte ihm denn an so einer schon liegen! So eine war sie nicht? Na gut, aber trotzdem oder vielmehr: noch schlimmer, viel schlimmer. Die Arbeit durfte mit solchen Geschichten nicht belastet werden. Wenn er sich vorstellte, daß sein Chef mit einer der Schreibkräfte was hätte, verflucht noch mal! Liebe? Jetzt wußte der Unterleutnant nichts mehr zu sagen, machte ein feierliches Gesicht und wählte die Nummer, die Erp ihm aufgeschrieben hatte, aber nur bis zur vorletzten Ziffer, dann drückte er die Gabel wieder nieder. »Und wie soll das weitergehen?«

Dieser Volkspolizist, dessen Name nicht bekannt ist, war für den weiteren Verlauf der Ereignisse von gewisser, wenn auch nicht ausschlaggebender Bedeutung, allerdings nicht in dem Sinne, der zu wünschen wäre: daß nämlich das ethische Prinzip, das er vertrat, über die Unmoral triumphierte. Im Gegenteil: Der ausgestreckte Zeigefinger wies zwar die genaue Richtung, aber nur die Luftlinie, nicht den Weg, so daß die Abgründe nicht vermieden, sondern schneller erreicht wurden. Die Ermahnungen dieses aufrechten, unparteiischen Mannes zu Ehrlichkeit, Wahrheit, Gradheit ermunterten Karl zu voreiligen Entschlüssen. Außerdem machte er die Erfahrung, daß man der Schilderung seiner Nachterlebnisse nicht glaubte. »Nun erzählen Sie mir nur noch,

Sie hätten bis nach Mitternacht über Bücher diskutiert!« sagte der Unterleutnant; er war ärgerlich und wählte endlich Erps Nummer.

10

Das Gespräch (nachts von vier bis sechs) hatte viele Etappen, deren eine von Karl so eröffnet wurde: »Ich bin nicht sicher, ob ich dich jemals geliebt habe.« Elisabeth: »Aber du hast mich geheiratet.« Er: »Weil du es wolltest.« Sie: »Habe ich das gesagt?« Er: »Nein, aber ich wußte es und wollte dir eine Freude machen. Außerdem war damals gerade die Geschichte mit Gerhard dran. Ich hatte zufällig sein Gedicht für dich gefunden.« Sie: »Er war nie wichtig für mich, das weißt du.« Er: »Ohne ihn hätten wir uns lösen können voneinander, ohne Schock und Schmerz. Aber ich konnte dich ihm nicht überlassen. Stolz, Eitelkeit, Besitztrieb, verstehst du!« Sie: »Nur deshalb also?« Er: »Nur deshalb. Du warst schön.« Sie: »Warum willst du nicht zugeben, daß wir uns liebten?« Er: »Weil es nicht stimmt. Ich hätte dich einen Tag nach unserer Hochzeit schon betrügen können.« Sie: »Hast es aber zwölf Jahre aufgeschoben, bis heute nacht, nicht wahr?« Er: »In Gedanken und Träumen habe ich dich vorher schon hundertmal betrogen. Wir konnten nicht allein sein, das war alles. Durch Zufall blieben wir zusammen. Einsamkeit, Zufall und ein bißchen Mitleid! Warum wehrst du dich gegen die Wahrheit? Du forderst Ehrlichkeit, kannst sie aber nicht vertragen. Immer hast du es verstanden, die harten Tatsachen nicht zur Kenntnis zu nehmen oder sie durch Gefühle aufzuweichen!« Er hatte wirklich ehrlich sein, hatte alles hervorholen wollen, was in zwölf Jahren verschwiegen worden war, war nun erleichtert, weil es gesagt war, und bedrückt, weil es so leicht gewesen war, es zu sagen; er war stolz auf seine Ehrlichkeit, aber auch schamerfüllt, weil viel Lust ihr wehzutun dabeigewesen war, und weil Berechnung sich eingeschlichen hatte: die Hoffnung, Gefühle selbst leichter loswerden zu können, wenn er sie bei ihr tötete. Er hatte zu zerschlagen versucht, was zu zerschlagen er für nötig gehalten hatte, fühlte aber, daß ihr gemeinsames Gebäude noch nicht in Trümmern lag, daß weiter zerstört werden mußte, auch die Vergangenheit. Daß sie sich geliebt hatten, durfte nicht stimmen. Er hätte sonst zugeben müssen, daß die Liebe irgendwann unterwegs gestorben war, ohne Absicht, aber nicht ohne Schuld. Das hätte die Größe seiner neuen Liebe verkleinert, auch seine Ehrlichkeit, die er anerkannt sehen wollte und um derentwillen er lügen mußte: »Stolz, Eitelkeit, Besitztrieb, Einsamkeit, Zufall, Mitleid!«

Eine andere Etappe. Sie: »Und die Kinder?« Er: »Ich werde immer für sie dasein.« Sie: »Du willst sie mir bei der Scheidung also nicht streitig machen?« Er: »Wer redet denn von Scheidung?« Sie: »Ich. Gibt es eine andre Möglichkeit?« Er: »Ich weiß nicht. Du mußt mir Zeit lassen.« Sie: »Wozu?« Er: »Bisher weiß ich nur, daß ich sie liebe. Deswegen bist du mir aber doch nicht gleichgültig geworden. Wir sollten nichts überstürzen, sollten uns um Toleranz bemühen und abwarten.« Sie: »Ich brauche keine Toleranz, sondern klare Verhältnisse.« Er: »Du machst es dir zu leicht. Bei mir liegt die akute Schuld, gut. Aber glaubst du wirklich, daß dich keine trifft? Weißt du nicht mehr, mit welchen Hoffnungen wir unsere Ehe begonnen haben? Wie oft haben wir vor uns und vor andern die Bibliothekars-Ehe verteidigt: Man hat die gleichen Aufgaben, die gleichen Interessen, man kann sich helfen, bringt sich gegenseitig voran. Und was ist daraus geworden?« Sie: »Und was wird, wenn Fräulein Broder Kinder bekommt?« Er: »Ich will meine Schuld doch nicht verkleinern, will nur zum Nachdenken und Abwarten raten. Glaubst du, ich bin weniger verzweifelt als du? Aber ich kann nicht anders. Alles, was ich jetzt für dich tun kann, ist: ehrlich sein.«

Er konnte wirklich nicht anders, er mußte ehrlich sein, war es auch (sogar mehr als das, indem er als geschehen ausgab, was erst, wie er hoffte, noch geschehen sollte), aber nicht allein weil sein Gewissen es ihm diktiert oder die Polizei es ihm geraten hatte, sondern weil Elisabeth ihm zuvorgekommen war, ihm die Qual der Wahl erspart hatte, indem sie (noch ehe er mit der von ihr gefürchteten detailreichen Ausmalung des Abends bei Haßler hatte beginnen können) ihn über dessen Besuch bei ihr aufgeklärt hatte. Ihr lag nichts an billigen Triumphen nach heimtückischem Schweigen, sie wollte keine Beschmutzung durch Lügen. Und das war schlimm für sie; denn es nahm diesem wichtigen Gespräch die Scheußlichkeit, die vielleicht alle Gefühle für Erp ausgeätzt hätte. Ein erbärmlicher Lügenbold, der sich von einer Schwindelei in die andre rettet, um Vertrauen bettelt, sich aufbläst vor Ärger über ihr Mißtrauen oder in Grobheiten flüchtet, wäre sicher heilsamer für sie gewesen.

Wer kennt sich in Elisabeth aus? Daß sie bei jeder Kinderstimme im Radio zu weinen begann und auf Banketten die Garderobenfrauen mit Kaviarbrötchen versorgte, ist kein Beweis für ihre Unfähigkeit zu planvollem Handeln. Vielleicht war es so: Sie hatte Karl noch nicht verloren gegeben und verhinderte die Lüge, um ihn weiter lieben zu können. Vielleicht wollte sie auch verhindern, daß durch Lügen neue Gemeinsamkeiten zwischen Karl und Fräulein Broder entstanden. Erstaunlich (fast verletzend für Karl) war die Ruhe, mit der sie alles aufnahm. Sie schrie nicht, weinte nicht, schwieg natürlich viel und ließ Karl reden, stellte aber oft klare Fragen, die zur Offenheit provozierten.

Sie konnte Ruhe bewahren, weil sie vorbereitet war, und zwar nicht nur durch Haßler und das polierte Viertelgeständnis ein paar Wochen zuvor, sondern auch durch die Angst, die Zutat jeder Liebe ist, die immer übertönt werden soll durch tägliche, stündliche Erneuerung der Liebesschwüre, durch Selbstbeschwörungen (unmöglich, bei uns nicht, wir sind anders als andre) und die doch nie schweigt, auch wenn sie mit der Zeit stiller wird, in irgendeiner abseitigen Seelenkammer zu schlummern scheint, im Wachsein vergessen ist, nur in Träumen aufschreckt, in einsamen Nächten, wenn der andre auf Reisen ist, oder im Faschingstrubel, wo ein fremder, gar nicht sympathischer Mund, eine durchaus nicht schönere Brust plötzlich Erregungen hervorrufen, die Erinnerungen mitführen an die Zeit, in der der Körper des andren noch nicht so bekannt war wie der eigne und Sehnsüchte erzeugte, in der am Morgen, beim Abschied, beim Wiedersehen, beim Zubettgehen noch nicht geküßt wurde, wie man Schuhe am Abtreter säubert, die Zähne putzt oder nach dem Frühstück zur Zigarette greift; sie verkriecht, aber verliert sich nicht, die Angst, sie wird verdrängt durch Sorgen des Alltags, wird verpackt, eingewickelt in Zutrauen und Gewohnheit und ist doch immer wieder da, ungerufen, steigert sich manchmal bis zu unsinniger Sehnsucht nach ruhigem, weil begierdelosem Alter und malt immer wieder in blassen Umrissen Variationen von Schmerzensbildern vor, deren eines dann später einmal, in einer Novembernacht um vier Uhr, die Realität mit Farbe und Körperlichkeit füllt. So ist man vorbereitet, hat das Gefühl, das schon einmal erlebt zu haben, vergleicht, versucht sich zu erinnern, weiß, daß es noch schlimmer hätte kommen können, schreit nicht, weint nicht, ist ruhig, sogar daran interessiert, wie es dazu kam, trotz aller Schmerzen, die erst zu voller Größe anschwellen, wenn das Erstaunen darüber, daß man es gewußt hat, vorbei ist.

Das Gespräch dauerte, ohne einen Abschluß zu finden, zwei Stunden, dann schrieb er (als hätte es nicht stattgefunden) den Brief Nr. 2; es hätte auch zwanzig dauern können, dauerte es auch, über die nächsten Abende verteilt; denn die Offenheit, die zwischen ihnen ausgebrochen war wie eine fieberhafte Krankheit, mußte sich austoben, abends, wenn die Kinder im Bett lagen und das zwanghafte Familiespielen vorbei war. Sie wurden dabei vertraut miteinander wie nie zuvor, bekannten Intimitäten, deren Lautwerden früher zerstörend gewirkt hätte, er vor allem (sie ließ sich selten nur mitreißen), denn er wollte Brücken abbrechen (aber nicht ganz, einen Fußsteg hätte er gern noch stehenlassen), die sie (vorläufig noch) zu bewahren trachtete (was er aber nicht merkte). Er redete, redete, von der Vergangenheit, die umgedeutet, zerstört werden mußte, die ihm Anlässe, Ursachen, Gründe, Motive, Schuldbeweise zu liefern hatte, sie sehr viel weniger und nur von der Zukunft, mit der sie durch Reden vertraut zu werden hoffte und die ihm Angst machen sollte, redete auch von Praktischem, davon besonders, weil sie merkte, wie er davor zurückschreckte. Denn im Gegensatz zu ihr, die wußte, was sie nach der Trennung erwartete, begann für ihn ein Marsch ins Dunkel. Er ließ sie stehen unterwegs, dachte er, sicher schlimm genug, aber doch in vertrauter Umgebung, während er in die Schwärze eines Tunnels hinein mußte, von dem nicht bekannt war, ob er einen

Ausgang hatte. Man muß sich Zeit lassen! Wozu? fragte sie und sprach über Haus und Garten, die ihr gehörten, und über das Auto, das er mitnehmen dürfte, weil sie es doch nicht würde halten können; aber davon wollte er nichts hören, benutzte es nur, um zu fragen, was geworden wäre, wenn sie das Haus nicht bezogen, keine Kinder bekommen, den Beruf gewechselt, Berlin verlassen, wer weiß was getan hätten. Manchmal gab es jetzt Tränen, manchmal wurde geschrien, manchmal verstummten sie, manchmal kam Verlangen auf wie ein spätes Echo und erstarb unter Vorwürfen (Wer hat wen vernachlässigt, körperlich, seelisch, geistig, wer wen verraten lange vor der Katastrophe?), manchmal wurde er melancholisch, wenn er an die geplanten Reisen dachte (Wenn die Kinder groß sind!) oder an den Garten, der verwildern würde, wenn er weg war und Elisabeth arbeiten ging; manchmal versuchte er lustig zu sein, fragte sich beispielsweise, welchen Verlauf die Affäre genommen hätte, wenn Fernsehleidenschaft mit im Spiel gewesen wäre. (Mit dem Programm hätte es immer etwas Verbindendes zwischen den Eheleuten gegeben, nie wäre aufgefallen, daß sie sich nichts mehr zu sagen wußten, das allmähliche Nachlassen der Leidenschaften wäre erklärlich gewesen: Wann sollten sie sich lieben, wenn täglich das Programm bis zum mitternächtlichen Ende gesehen werden mußte? Er wäre ans Haus gebunden gewesen, hätte nie auch nur eine Abendstunde fremder Weiblichkeit geopfert. Oder Fräulein Broder als passionierte Fernseherin: Beim gemeinsamen Abendessen hätte sie an ihm vorbei auf den Bildschirm gestarrt, ihm nie zugehört, immer Grund zum Ausweichen gehabt; Gespräch wäre nie möglich gewesen, und nie hätte er sie kennengelernt ohne Gespräch, nie ohne Gespräch sich in sie verliebt.) Elisabeth fand das wenig komisch, versuchte ein Lächeln, ließ ihn reden, hielt zurück, was sie ihm vorzuwerfen hatte (die ständigen Wiederholungen seiner Geschichten und Ansichten, die schamlosen Eigenlobe, das Abladen allen Ärgers bei ihr, die nie verstimmt, traurig oder müde sein durfte), und dachte über seine Vorwürfe nach. Daß sie nur Küche, Wiege und Ehebett im Kopf gehabt hatte, stimmte nicht ganz, aber fast; aber wie hätte es anders sein sollen bei dieser von ihm gewünschten Form der Arbeitsteilung? Wäre es anders gekommen, wenn sie arbeiten gegangen wäre, wenn auch sie abends den Abglanz einer größeren Welt mit ins Haus gebracht, vielleicht auch Verehrer gehabt hätte? Wäre sie ihm länger begehrenswert erschienen, wenn er gesehen hätte, daß auch andre sie begehren? Brauchte er vielleicht Angst vor Nebenbuhlern, bekam seiner Liebe die Sicherheit nicht? Wäre für sie ein anderer Beruf besser gewesen, von dem er nichts verstand, sich also nicht auch dort als der Überlegene hätte fühlen können? Aber hätte die auf den Feierabend verdrängte Arbeit mit Kindern, Haus, Garten sie nicht beide zermürbt und schon eher auseinandergetrieben? Lag es vielleicht daran, daß sie in den letzten Jahren ihre Garderobe, die Gesichtspflege, die Frisur vernachlässigt hatte? Ihre Lippenstifte reichten Jahre. Hinter der Tagesmode war sie einige Saisons zurück, was ihr kaum auffiel in ihrer Haus-und-Garten-Einsiedelei. Hätte sie die angepriesenen Präparate zur Erhaltung einer vollendet schönen Büste nicht doch probieren sollen?

Hat sie das gesagt, hat sie das gedacht?

Das wußte sie später nicht mehr, wußte nur noch, daß er unentwegt geredet hatte, Unsinniges, Fragwürdiges, auch Richtiges, das ihr nicht half, aber ihm wohl, der Reden brauchte, weil jeder unausgesprochene Gedanke ihn krank machte, nicht schlafen ließ. Er glich damit Fräulein Broder aufs Haar; Elisabeth dagegen war ihm hierin eine schlechte Partnerin. War es vielleicht nur das, was Fräulein Broder vor ihr auszeichnete, oder war es ihre Jugend, ihre Haut, ihr Haar? Oder nur das Neue, Fremde? Dann wäre zu hoffen, der Zeit zu vertrauen!

Aber wollte sie denn hoffen? Sie schickte ihn doch weg.

Wenn man von einer notwendigen Operation erfährt, fragt man den Arzt, ob er das nicht gleich erledigen kann, aus Angst vor der Angst, aus Furcht vor der Vorfurcht. Vielleicht war es das, vielleicht aber hielt sie einen Schock für heilsam, so, wie man dem Kind sagt: Na gut, fahr doch ins Ferienlager, erst dann wirst du wissen, wie herrlich es zu Hause ist. Vielleicht aber schien es ihr unmöglich, bei einem Mann zu bleiben, der bei einer anderen gelegen hatte, ja, vielleicht wünschte sie sogar die Trennung, weil sie plötzlich von später Selbständigkeit träumte? Vielleicht! Wer kennt sich in Elisabeth aus.

11

Karl sah sie erst beim Mittagessen. Sie saß allein an einem der Tische links des Durchgangs. Rechts saßen Fräulein Sawatzki, Fräulein Westermann, Frau Eiselt, Kratzsch und Rieplos. Frau Eiselt nahm ihre Handtasche von dem noch unbesetzten Stuhl und wies Karl durch eine Handbewegung darauf hin. Er verlangsamte seine Schritte, um Zeit zu gewinnen. Fräulein Broder sah nicht auf. Sie löffelte Kohlsuppe und las dabei.

Eine dumme Angewohnheit, die schon vor Erp (der jetzt noch bereit war, sie reizend zu finden) einige Leute zur Verzweiflung gebracht hatte! Als erste die Mutter, die aus der großen Küche (nach vorn raus, wo später Frau Wolff ihren wortkargen Taubenzüchter bekochte) keine gute Kinderstube hatte machen können, weil Wilhelm, ihr Mann, nicht auf Formen Wert legte, sondern auf Inhalte (des Kopfes), gleichzeitige Aufnahme von materieller und geistiger Nahrung deshalb befürwortete, zu Schrotsuppe oder Rouladen über den Thronstreit zwischen den Inkaherrschern Huascar und Atahuallpa las, es gern sah, daß auch die Tochter an Sirupbrot und Rotkäppchen, Eisbein und Timurs Trupp, Käseschrippe und Faust Doppelgenuß fand, die Mutter also allein ließ bei Tische, auf die besorgte Frage »Schmeckt's denn?« nur zustimmend knurrte und die Tränen nicht sah, mit denen sich Mutters Essen salzig verdünnte. Da zeigte es sich mal wieder, wie schlechte Erziehung sich später schlimm auswirkt, noch mit zweiundzwanzig Jahren im Speiseraum der städtischen Straßenreinigung, wo Kehrer und Kehrerinnen, Sprengwagenfahrer, Toilettenfrauen, Angestellte der Sparkasse und der Versicherungsanstalt das lesende Mädchen taktlos fanden und die Bibliothekarinnen sich darüber hinaus in ihrer Berufsehre gekränkt fühlten, weil eine der Ihren das tat, was den Benutzern der Bibliothek aus gutem Grund (der zu erwartenden Fettflecke wegen nämlich) verboten wurde. Aber Fräulein Broder hatte nicht die Absicht, ihr normal erscheinende Gewohnheiten abzulegen, weil andre sie nicht mochten. Sie langweilte sich beim lektürelosen Essen und konnte nicht einsehen, warum sie ihre knapp bemessene Lesezeit nicht auf diese Weise verlängern sollte.

So langsam wie Karl Entschlüsse faßte, konnte er nicht gehen, stand also, noch immer unentschieden, zwischen den beiden Tischen, fühlte sich elend vor Müdigkeit, hielt den Teller schief, so daß fettige Suppe über den Rand lief, sah nach links auf Haar, Buch und gleichmäßig bewegten Löffel, grüßte nach rechts in fünf ihm zugewandte Gesichter, wußte genau, daß er sich nach diesen Sekunden des Zögerns nur noch für den Stuhl neben Frau Eiselt entscheiden durfte, hörte Rieplos in scherzendem Ton etwas sagen (»Wie Buridans Esel« oder so ähnlich) und setzte sich nach links, Fräulein Broder gegenüber, die nicht aufsah. Am Nebentisch war es still. Sogar Rieplos schwieg. Auch das Summen der Gespräche ringsum und das Tellerklappern schienen leiser geworden zu sein. Karl hatte das Gefühl, daß alle Kohlesser im Saal auf seine ersten Worte warteten. Sein noch immer nicht alkoholfreies Gehirn gebar den Wunsch nach Überraschungseffekten für die Kollegen, blies ihm Anreden ein wie: Hoffentlich haben Ihnen die paar Stunden Schlaf genügt – Ich bin entsetzlich glücklich, Sie wieder zu sehen – Wie schön du bist! Er hatte Mühe, die notwendigen Hemmungen einzuschalten, starrte auf ihren Haaransatz und sagte schließlich (viel zu laut): »Mahlzeit!« Da ließ sie den gefüllten Löffel wieder in den Teller zurückgleiten, hob ihr Gesicht und erschrak.

Schreck ist wohl nicht das richtige Wort, auch Ärger nicht, aber etwas Dazwischenliegendes, Sorge vielleicht oder Bestürzung. Sie hatte gehofft, daß er sie im Dienst in Ruhe lassen würde, nicht weil sie Unterhaltungen mit ihm nicht mochte (die mochte sie sogar sehr gern), sondern weil sie das Lügen vermeiden wollte, das nicht zu vermeiden war, wenn andre zuhörten, und auch sofort begann mit den Belanglosigkeiten, zu denen er gezwungen war, da er doch nicht nur vor ihr sitzen und sie anstarren konnte, sondern wie ein guter Chef mit der eben gesundeten Mitarbeiterin reden mußte, über ihre Krankheit, über die Ärzte, über gesunde Lebensweise (»Vor allem früh ins Bett!«), über ihre zukünftige Arbeit, ihr Examen, die Finanzsorgen an der Jahreswende, freundlich, besorgt, locker, aufgeschlossen, und weil sie zu Entgegnungen gezwungen war, die genauso gut geheuchelt waren wie seine Fragen und doch nicht gut genug für die Westermann, Eiselt, Sawatzki, Kratzsch am Nebentisch, die zwar von der Sicherheit der Redereien enttäuscht waren, sich aber nicht täuschen ließen, auf die Worte gar nicht mehr achteten (sie auch bald nicht mehr verstehen konnten, weil Rieplos anfing zu reden und nicht aufhörte, und weil eine Fegerkolonne lärmend an Fräulein Broders Tisch Platz nahm), dafür aber auf die Augen der beiden achteten, die nicht abließen voneinander, und auf die Löffel, die Ruhe hatten, und auf den Kohleintopf, der langsam erkaltete. Alle (bis auf Rieplos, zu dem kein Wort irgendwelchen Klatsches drang, weil er niemanden zu Wort kommen ließ) ahnten, was hier gespielt wurde, und empfanden (in individuell unterschiedlicher Mischung) erstens Rührung, zweitens Schadenfreude, drittens Ärger über die Heuchelei und viertens Angst vor einer drohenden Katastrophe, aber jeder dachte dabei an anderes. Frau Eiselt identifizierte sich mit Elisabeth und dachte an die zwei Jahre, in denen ihr Mann angebliche Sonderschichten mit der Kranführerin gefahren war, die ihm keinen Lohn, aber achtzehn Alimentenzahljahre eingebracht hatten. Fräulein Sawatzki glaubte wie alle treuen Sekretärinnen, ein Recht zur Eifersucht zu haben. In Fräulein Westermanns austrocknendem Herzen regte sich Mitleid mit Fräulein Broder, die (dessen war sie sicher) mit Erp das gleiche erleben würde wie sie mit Fred Mantek: Er würde weiter aufsteigen, in die Zentrale oder ins Ministerium, und sie in der Bibliothek zurücklassen wie den Schreibtisch oder die Regale, und dann würde sie, Luise Westermann, ihr übers Haar fahren, sie mit »Mein Kind« anreden und ihr, auf den Katalog weisend, das Resultat ihrer Lebenserfahrungen mitteilen: Das einzig sichere Glück liegt in der Arbeit. Kratzsch aber sann auf Rache; er war der Betrogene, der Leidtragende, ja, die Leiche, die auf der Strecke blieb, über die die Liebeskarosse hinwegrollte, wenn er sich nicht wehrte, aber er würde sich wehren, mußte sich wehren, weil für ihn nicht nur eine gutbezahlte Stelle oder die Annehmlichkeiten der Großstadt, sondern heiligste Ziele auf dem Spiele standen; nicht sentimentaler Erinnerungen wegen (wie bei der Broder) war Berlin für ihn wichtig, sondern als Startplatz für seinen künstlerischen Höhenflug, der ihn einmal bis hinauf in die Spitzengruppe der deutschen Regisseure führen würde; in einer Kreisstadt, in die vierwöchentlich eine Abstecherbühne triste Inszenierungen brachte, würde er unfruchtbar werden und sich aus dem Bibliothekskäfig, diesem Futterplatz für sterile, oberflächliche, unschöpferische Halb- und Viertelgebildete, nie befreien können; er brauchte Berlin seiner Theater wegen, und er würde kämpfen um seinen Platz in dieser Stadt mit allen Mitteln; in der nächsten Gewerkschaftsversammlung würde er aufstehen und die Brodersche Form der Prostitution anklagen; er würde zu Haßler gehen oder zum Bürgermeister, er würde dem Stadtrat für Kultur schreiben oder auch dem Staatsrat – natürlich ohne seine Pläne zu enthüllen, die nach drei Jahren Bibliotheksausbildung und Stipendium niemand billigen würde. Ehe ich mich zur Leiche machen lasse, gehe ich über Leichen, dachte er, während Rieplos (als ob er danach gefragt worden wäre) zu erklären begann, wie er das mit dem Esel gemeint hatte, mit dem von Buridan, was aber kein Dorf war oder Stadt oder Land, wie man auf Grund des trojanischen Pferdes assoziieren könnte, auch kein Bauwerk wie das Kapitol mit seinen berühmten Gänsen, die im Gegensatz zu dem Pferd die Stadt (Rom in diesem Fall) gerettet und nicht (wie Troja) vernichtet hatten, was aber selbstverständlich nur Legende war, wie auch die Geschichte der Milchmutter der Rombegründer, der Wölfin, die natürlich auch ihre propagandistische Aufgabe gehabt hatte wie alles Wappengetier, das bezeichnenderweise in Klassengesellschaften vorwiegend Raubzeug gewesen ist und nicht die friedliche Taube, das nützliche Lamm, Pferd, Rind und natürlich auch nicht der Esel, den man heute und hier fast nur noch aus Märchen kennt, als Müllers Esel vor allem, oder aus der Bibel, wo Jesus hoch zu Esel in Jerusalem einzieht und der des Bileam sogar reden kann, als er ungerechterweise geschlagen wird, weil er mehr sieht als sein Herr – ein Vorgang, der ihn zum Sinnbild des Intellektuellen hätte werden lassen können, wenn er nicht schon das der Dummheit gewesen wäre, zu Unrecht sicherlich, was der Erfinder des Ausdrucks Eselsbrücke gewußt haben muß und auch Herr Buridan oder besser Büridan mit Betonung auf der letzten Silbe und nasalem n, dessen Eselsbild ja nicht auf Dummheit zielte, sondern auf philosophische Problematik, wobei unklar bleibt, warum es gerade der Esel sein mußte und nicht vielleicht die Hegelsche Eule oder die Pferde Platons, um von dem heiligen Viehzeug aller möglichen Religionen ganz zu schweigen, aus denen sich mit Leichtigkeit ein ziemlich vollständiger Zoo zusammenstellen ließ – meinte Rieplos und noch viel mehr Seitenfüllendes über Tier, Mensch, Natur und Gesellschaft, das man sich schenken kann, weil es mit Erp und dem auf ihn bezogenen Eselsgleichnis nicht viel zu tun hatte. Da hört man besser ein Weilchen weg wie die Kollegen am Tisch, schaltet sich erst ein, wenn das Stichwort Esel wieder fällt, und sagt inzwischen ein paar Worte über den Mann, dem dieses Buch viel, nämlich den Titel, verdankt und der würdig wäre, die Hauptgestalt eines Bibliotheksromans zu sein oder der Held eines Schauspiels, einer Tragödie, die im Irrenhaus beginnen und (mit nur leichter Überhöhung) auch dort enden könnte (was dichterische Freiheit sich um größerer Wahrheit willen erlauben darf, während dieser Bericht hier sich an die platte Wirklichkeit zu halten hat), die so aussah: Rieplos, Laurin mit Vornamen, leptosomer Typ, groß, hager, mit mehr Zahnlücken als Zähnen, ehemals Kanalisationsarbeiter, Autodidakt, Bibliotheksschüler der zwanziger Jahre, war ein Volksbüchereienenthusiast reinster Prägung und dadurch (man möchte sagen: zwangsläufig) der einschlägigen Berufskrankheit erlegen, die Polyhistoritis oder Universalitätsmanie, die nach neuesten Forschungen in dieser Stärke nur auftreten kann, wenn sich überdurchschnittliche Intelligenz mit dauernder jünglingshafter Begeisterung paart (was selten ist) und volksbildnerisches Sendungsbewußtsein erzeugt, das unter anderem seinen Träger dazu verpflichtet, die unsinnige Hoffnung nicht aufzugeben, über alle Bücher, die er ausleiht, auch Bescheid wissen zu können. Für die Vor- und Nachteile vielseitigen Wissens bot Rieplos' Leben Anschauungsmaterial in Hülle und Fülle: Der liebevollen Beschäftigung mit plötzlich verbotener Literatur wegen machten ihn die Braunhemden wieder zum Gullytaucher; die Kenntnis der Buchgruppe Psychopathologie wies ihm den Weg aus der Wehrmachtskaserne in die Heilanstalt, wo wiederum ihm seine hervorragende Systematisierungsfähigkeit (und -leidenschaft) zum

Verhängnis wurde, als ein listiger Naziarzt ihm die Leitung der Anstaltsbücherei übertrug, um dann an Hand der fehlerlos gebauten Kataloge den Psychosimulanten zu entlarven; im Mittelmeer retteten seine nautischen Studien dem mit einem Kahn geflohenen Strafbataillonssoldaten das Leben; die neue Ordnung, die Wissen brauchte und nutzte, zog und schob den antifaschistischen Vielwisser aus seiner Zweigbibliothek auf steilem Wege nach oben bis zur zentralen Verwaltung, wo er die Reinigung der Bibliotheksbestände zu organisieren hatte, was er mit einer unermüdlichen Gründlichkeit besorgte, an der seinen weniger vorbelasteten Vorgesetzten nur die Langsamkeit nicht gefiel; da er oberflächlicher Radikalität nicht fähig war und seiner Krankheit immer rettungsloser verfiel, begann sein langsamer und ehrenvoller Abstieg, der ihn über die Stufen Bibliotheksschulleiter, Dozent (als der er in Erp Berufsethos entzündet hatte, das aber durch regellose Wissensströme fast wieder gelöscht worden wäre), Redakteur der Fachzeitschrift, Bibliotheksdirektor in seine hauptsächliche Zweigstelle (mit Erp als Chef) zurückführte, ohne daß seine Universalitätsillusionen beschädigt worden wären – zum Glück, wie Erp meinte, der in diesem Fall Herzinfarkt oder Irrenhaus als Endstationen dieses Lebens vermutete. »Ein Gespenst geht um in unserm Beruf«, sagte er, als der Lärm der Straßenfeger ein unbelauschtes Gespräch erlaubte, »das Gespenst des Zwanges zu oberflächlicher Vielwisserei, das die Besten, gerade die Besten, nur die Besten zerstört, wenn sie nicht Reißaus nehmen, nach oben, in die Leitungs-, also Verwaltungstätigkeit, wie Fred Mantek, seitwärts, in andre Berufe, nach unten, in die ideologie- und geistlose Bibliothekstechnik, wie Fräulein Westermann – oder in die Resignation.« – »Wie Sie!« sagte darauf Fräulein Broder und meinte es natürlich kritisch; nicht weil sie zu jung war, um das Dilemma sehen zu können, sondern weil sie erzogen worden war zu einem Denken, das mit Veränderungen rechnet, zu einem perspektivischen Blick, der alles Bestehende auch als Vergehendes sieht, als Vorstufe zu Höherem, Besserem, Schönerem, zum Denken in Zusammenhängen, das Schwierigkeiten als Teil eines Größeren begreift und damit kleiner macht, zu einem Elan, der zur Überwindung jedes Dilemmas Stichworte bereit hat, die in diesem Fall Technisierung und Spezialisierung hießen und von Fräulein Broder gegen die Resignation ins Feld geführt wurden, worauf Erp (was immer wieder geschehen und sie ärgerlich machen sollte) die Ebene des Prinzipiellen und Zukünftigen verließ und von Praxis und Vergangenheit sprach, von dem Aufbau unrationeller Zwergbibliotheken (die Technisierung und Spezialisierung verhindern) in einer Zeit, die die Zwergschulen abschafft, was Fräulein Broder (obwohl sie seine Meinung teilte) wegen der auch durch ständige Wiederholung nicht sinnvoller werdenden Gleichsetzung von Schule und Bibliothek aggressiv werden ließ. Da fühlte Erp sich plötzlich alt und dachte: Neue Generation! und hatte große Lust, von der Zeit nach 45 zu reden, als sie im Blauhemd ohne geistiges Rüstzeug, mit offener Brust sozusagen, glühend vor Begeisterung gegen die bürgerlichen Bastionen vorgegangen waren – für wen denn? –, für die Nachkommenden doch wohl, für Fräulein Broder zum Beispiel, die damals das Einmaleins noch nicht konnte und heute, überlegen lächelnd, alles besser wissen wollte; aber er unterließ diesmal noch die mahnenden Erinnerungen, machte sich die gar nicht mehr recht gewohnte Mühe, auf Gedankenebenen andrer mitzudenken, und begnügte sich damit, hin und wieder die Praxis ins Spiel zu bringen, die doch ganz anders war, als ihre Prinzipien vorsahen. Es wurde wieder ein schöner Streit, der die Straßenfeger zum Kopfschütteln brachte, die Beobachter am Nebentisch (bis auf Kratzsch) an der Wahrheit des Klatsches ein wenig zweifeln ließ und Haßler (der nur gekommen war, um Erp zu sprechen) veranlaßte, sich schweigend zu setzen, zu löffeln und zuzuhören, während Rieplos von der Herstellung der Schaumbetonplatten aus Steinkohlenfilterasche zum Esel zurückfand, sich aber ausführlich den Kreuzungsmöglichkeiten mit Pferd und Zebra widmete, also offensichtlich noch nicht wieder bei Erp angelangt war.

Haßler war nicht wohl zumute. Sein Herz hatte ihn den Rest der Nacht schlaflos liegen lassen, und wie nach allen Überanstrengungen schmerzte sein Beinstumpf. Schlimmer aber war sein Unbehagen vor dem Gespräch mit Karl, zu dem er sich nachts entschlossen hatte, obwohl er wußte, daß ein paar Tage abzuwarten besser gewesen wäre. Das wurde ihm noch klarer, als er die beiden beieinander sitzen und unbefangen diskutieren sah. Er spürte eine ungerechtfertigte, unsachliche Wut auf Karl, der ihn in diese Geschichte hineingezogen hatte.

Er hatte Grund genug zur Wut. Als bewundernswert hervorzuheben ist, wie gut er sie unterdrückte, das Ende des Geplänkels der beiden abwartete und dabei sogar noch fähig war, Kollegin Broders Schärfe der Argumentation anzuerkennen. Daß er dann (mit Erp allein) den sonst bei ihm üblichen gemütlichen Ton nicht traf, wer will es ihm verdenken!

Karl war gefaßter als er. »Beichte, Konzil oder gleich Bannfluch? Was kommt jetzt?« fragte er, aber Haßler winkte unwillig ab und wurde groß und direkt: »Willst du mit Macht deine Autorität untergraben? Alle wissen über euch Bescheid.« – »Nur ich nicht«, sagte Karl, was Haßler mißverstehen mußte. »Aus der Pubertät müßtest du doch schon raus sein!« – »Was wirfst du mir vor?« – »Erstens, daß du deine Frau betrügst.« – »Das geht dich nichts an.« – »Meinst du, Genosse Erp?« – »Und zweitens?« – »Nicht zweitens, das hängt alles zusammen. Du verletzt deine Pflichten als Leiter.« – »Du willst sagen: Ich mißbrauche meine Rechte. Aber du hast meiner Entscheidung für Broder zugestimmt.« – »Weil ich nicht wußte, was zwischen euch los ist.« – »Du hältst die Entscheidung plötzlich für falsch?« – »Unter diesen Umständen, ja.« – »Du weißt also, daß sie die Geeignetere ist?« – »Auch wenn sie zehnmal geeigneter wäre, hätte in dieser Lage die Entscheidung nicht für sie fallen dürfen.« – »Da bin ich anderer Meinung.« – »Dann muß die Angelegenheit vor höhere Instanzen.« – »Du drohst also, anstatt zu diskutieren.« – »Ich will dir helfen. Was soll denn werden? Zu vertuschen ist nichts mehr; dafür wird Kratzsch schon sorgen. Es gibt nur eine Möglichkeit, die Sache ohne Opfer ins reine zu bringen: Offenheit. Du erklärst allen Kollegen, daß die Gerüchte nicht wahr sind.« – »Das kann ich nicht.« – »Du kannst es, wenn du vernünftig wirst.« – »Mit vernünftig meinst du: moralisch, sauber, anständig, nicht wahr? Aber ob es das wäre, ist die Frage.« – »Es gibt keinen anderen Weg, um Skandale zu vermeiden, die Opfer fordern werden.« – »Ohne Zweifel. Nur begreifst du nicht, daß es mir um mehr geht als um die Vermeidung von Skandalen.« – »So schlimm ist es also.« – »Ja, so schlimm.« – »Aber was um Himmels willen soll daraus werden?« – »Laß mir Zeit.« – »Gern, wenn es nach mir geht. Aber ich fürchte, es geht nicht nach mir.« – »Ich werde alles vermeiden, was dem Klatsch Nahrung geben könnte.« – »Wenn nicht Schule und Kaderleitung schon informiert wären, würde ich die Entscheidung für Broder rückgängig zu machen versuchen.« – »Das lasse ich nicht zu, eher gehe ich.« – »Zum Glück wird man Entscheidungen darüber kaum dir anvertrauen.« – »Ich bitte dich: Laß mir Zeit!« – »Brauchst du die für dich?« – »Ja.« – »Gut. Aber vergiß bei deinen Überlegungen die Kinder nicht.« – »Mahlzeit!« – »Mahlzeit!« – »Mahlzeit!« – »Mahlzeit!« – »Mahlzeit!«

Das zuletzt waren die Straßenfeger, die wieder in den Schneematsch hinausstampften. Der Nebentisch war schon leer. Auch Haßler hatte es eilig. Eine Küchenfrau, die die Tische abräumte, wollte von dem allein sitzenden Erp wissen, ob ihm der Kohl nicht geschmeckt hatte. Dann kam Fräulein Broder zurück, um ihr Buch zu holen, und lobte Erp, weil er nachts nicht mehr Auto gefahren war. Erp schlug ihr einen kurzen Besuch vor, da er abends doch den Wagen holen würde, aber sie schüttelte den Kopf, sagte was von kaltem Zimmer, frühem Schlafengehen und ging. Erp wartete noch ein paar Minuten, ehe er ihr folgte, und es kam ihm sehr heroisch vor, sie nicht begleitet zu haben.

Und wo bleibt die Eselsgeschichte?

Als Rieplos sich draußen von den anderen verabschiedete, war er über Laserstrahlen und Offenställe schon ganz in die Nähe der Sache, nämlich auf die Scholastik gekommen. Vielleicht hat er auf dem Weg in seine Ein-Mann-Bibliothek in Selbstgesprächen das Gleichnis geklärt. Aber das weiß man nicht. Doch kam das Tier an diesem Tag noch einmal vor. Als Erp (nachdem er das verschlossene Tor des alten Judenfriedhofs überklettert hatte, durch den Schnee zum neuen Grabstein des buckligen Gelehrten gestapft war, dort lange mit kalten Füßen gestanden und zum Broderschen Fenster hinaufgestarrt hatte) endlich zu seinem Wagen ging, sah er auf dem verharschten Schnee der Kühlerhaube die treffende Aufschrift: Wer das liest, ist ein Esel!

12

Am Rand eines Kältehochs über Polen strömte milde Luft aus dem Süden nach Deutschland, machte den Schnee zu Schmutzwasser, das in Gullys floß, im Sand versickerte, den Wasserspiegel der Spree um Zentimeter hob, verhängte die Stadt mit Wolken, die die Morgen- und Abenddämmerung verlängerten, stimmte Straßenreinigungsleute und Grenzwachen froh, Kinder traurig, ließ Weihnachtsbaumschmuck in Schaufenstern deplaciert erscheinen, drosselte den Stromverbrauch und gab Kleingärtnern letzte Gelegenheit zu Wintervorbereitungen. Das Kreischen der Möwen zwischen Zoo und Märkischem Museum klang weniger hungrig, auf den Rasenflächen beim nasenlosen Chamisso war die Cityvogelwelt (Krähen, Dohlen, Amseln, Tauben, Spatzen) tätig, aus dem Straßenbild verschwanden für einige Zeit die Pelzmützen wieder, Mädchenbeine waren zu sehen, Frau Wolff konnte ohne Angst vor Erfrierungen eine Stunde lang mit der Göring im Treppenhaus schwatzen, Paschke lag (mit Wollschal und abgetakelter Postmütze) im offenen Fenster und wartete vergeblich auf Karl, der (da ihm Lesen, Schreiben, Radiohören unmöglich war) jeden Abend, jedes Wochenende (wenn er nicht mit Elisabeth Aussprachen hatte) in Haus und Garten arbeitete und Fräulein Broder zu vergessen versuchte.

Man kann es auch anders sagen: Da Konzentration am Schreibtisch Träumerei über Glück im Hinterhaus ausschloß, er aber der Versuchung zu Gedankenorgien nur zu gern erlag, stürzte er sich in Handarbeit, die Zweigleisigkeit zuließ, Nützliches mit Schönem verband, ihm trotz aller Wonnen der Versionen ein ruhiges Gewissen bescherte und nur für Elisabeth grausam war, die (schon zu diesem Zeitpunkt) nicht wußte, ob sie die Rückkehr zu altem Zustand hoffen oder fürchten sollte. Wenn er Bodenluken abdichtete, Laufbretter zwischen Schornsteinen befestigte, Regenrinnen säuberte, dachte er an Fräulein Broders Haar, Augen, Brauen und die Finger, die darüber streichen, während Elisabeth sich sagte: Was ginge ihn das Dach noch an, wenn er wirklich weg wollte? Er reparierte Jalousien, ölte Schiebefenster, erneuerte Fliesen und sah dabei Fräulein Broder vom Sessel zum Ofen gehen mit ihrem unnachahmlichen Gang, sah ihr Profil, die Wange an der Kachel und ihren Hals, über den sein Finger gleitet, während Elisabeth wußte: Er richtet sich neu ein. Er setzte den Komposthaufen um (Will er im Frühjahr, wenn Kompost gebraucht wird, noch hier sein?), beschnitt Obstbäume und lichtete sie aus (Denkt er an die nächstjährige Apfelernte?), hackte Holz, stapelte Kohlen, deckte Rosen ein, strich Katharinas Puppenstube, erneuerte Speichen an Peters Fahrrad und hörte Fräulein Broder reden dabei, fand schlagfertig Antworten, erklärte ihr seine Tätigkeiten (Der Kompost, das wissen Sie Großstadtpflanze nicht, muß möglichst oft umgesetzt werden, die Latexfarbe kann man mit Wasser verdünnen, auf die Fruchtholzbildung kommt es an, das Rosenholz muß reif sein, sonst fault es in der Erde), er duzte sie sogar, konnte aber ihren Vornamen nicht aussprechen, dachte sich Kosenamen aus, die aber alle nicht paßten, während Elisabeth sich fragte: Warum ist er jeden Abend pünktlich zu Hause und nicht bei ihr? Ja, warum eigentlich?

Er wollte sie vergessen.

Ohne Zweifel gab es Momente (besonders morgens in den fünf Minuten zwischen Weckerklingeln und Aufstehen), in denen er sich wünschte, Vergessen wirklich wollen zu können, aber dabei blieb es, und es gelang ihm nicht einmal, sich einzureden, daß er die Gegend nördlich der Museumsinsel wochenlang mied, die Kollegin Broder nicht einmal mit den Augen suchte und sie behandelte wie Westermann oder Eiselt oder den stets lauernden Kratzsch, weil er den tapferen Versuch einer Rücknahme des verbotenen Verhältnisses machte; er wußte zu genau, daß es ein Rest von Überlegung und einer fast instinktiven Klugheit waren, die ihm diese Zurückhaltung anrieten. Und er sah die Erfolge. Kratzsch wurde nervös und ließ sich zu kleinen Bösartigkeiten hinreißen, die ihn ins Unrecht setzten, der Klatsch verendete aus Nahrungsmangel, Haßler verlor kein Wort mehr über die Affäre, obwohl er fast täglich mit Erp zusammensaß, weil dessen auf der Treppe des Aufgangs B geborene Ergänzungen zum neuen Jahresplan mit den Finanzen in Übereinstimmung gebracht werden mußten, und Fräulein Broder, deren Willen er jetzt respektierte (mit dem Hintergedanken: Bis es ihr zuviel wird), gab ihm niemals zu erkennen, daß sie ihm irgend etwas übelnahm. Das war nicht viel, genügte aber, um Hoffnungsgedanken gedeihen zu lassen, die zu Riesenbäumen aufgeschossen wären, wenn er gewußt hätte, daß sie abends auf ihn wartete, nur anfangs mit Angst vor ihm, daß die Erleichterung, die sie von seinem Wegbleiben erhofft hatte, nicht kam, vielmehr eine Unruhe, die ihr wieder Angst machte, Angst vor sich selbst, Angst vor Unkontrollierbarem in ihr, das revoltieren, mächtig werden, ihren Willen lenken könnte in eine Richtung, in die sie nicht wollte, in Erpsche Richtung, in Richtung Chefgeliebte, Nebenfrau, Ehebruch, Ehekrach, Lügen, Stundenliebe. Sie wußte doch Bescheid. Warum richtete sich nicht alles in ihr danach? Woher kam diese Unruhe, das Warten am Abend? Warum sah sie so häufig in den Hof hinunter, hörte auf jeden Schritt im Treppenhaus? Warum saß sie an freien Tagen jetzt oft müßig am Fenster, zählte die Schornsteine, die sie (ohne sich zu bewegen) sehen konnte (es waren 36), beobachtete die Rauchsäulen, die über ihnen standen, und den Himmel, dessen Grau dunkler wurde, wenn eine Möwe, weiß, ihn durchkreuzte? Warum waren die Straßenbahnfahrten am Morgen jetzt anders? Hatte sie vorher nie gesehen, daß die Lichter des Museums und die farbigen Schiffahrtszeichen noch unverblaßt in der Nachtschwärze über der Spree schweben konnten, während über den Kuppeln schon Tag war und einzelne mausgraue Wolken, nah, von einem weit entfernten blaßblauen Himmel vorbeizogen? So fragte sie sich und wußte natürlich die Antwort: Der Körper verlangte sein Recht, na gut, sie war in dem Alter, aber da hätte es Ersatzlösungen gegeben, vielleicht sogar einen fremden Mann, der sich nie wieder sehen ließ, nicht mehr störte bei der Arbeit, keine Konflikte zurückließ, nur ein bißchen Ekel und neue Freude am Alleinsein. Warum war Erp kein Fremder? Sie könnte ohne Angst seinen Finger auf ihre Haut zurückwünschen! Aber es war nicht nur das; sie hatte oft Fragen an ihn. Über die Antworten würde sie sich wieder ärgern müssen, gewiß, weil sie zu eng waren, ganz nur von der Praxis bestimmt, zu wenig prinzipiell, aber eben doch mit Erfahrung gesättigt, die ihr fehlte, und aus der sie schon den grundsätzlichen Kern würde herausschälen können. Sie diskutierte oft mit ihm, böse manchmal, rechthaberisch, weil sie schon wußte, wie er auf ihre Thesen reagieren würde, wie er sein Alter, seine Reife, seine Erfahrung, seine Männlichkeit, seine angebliche Überlegenheit ausspielen würde, widerlich, und sie siegte dabei natürlich, weil er nie ganz bei der Sache war, immer in Flirterei abfiel, die ihm wichtiger war und sie erniedrigte, weil er sie dadurch mit jeder dummen Gans gleichsetzte, dieser Kraftmeier, dieses Ekelpaket aus Eitelkeit, Großmannssucht und Egoismus, dieser saturierte Wohlstandskommunist, dem zu Haus und Auto noch die Geliebte fehlte, die er nach Nahkampfniederlagen jetzt brieflich zu erobern suchte. (Wie scheußlich dieser Militärjargon in Mädchenhirnen! Wo kommt das her?) In seinen Aphorismen hatte sie einige neue Töne entdeckt, die ihr gefallen hatten; daß er sich (vom ersten Tag abgesehen) im Dienst korrekt zu verhalten verstand, hatte sie erleichtert, aber sein Brief Nr. 3, ein klassischer Liebesbrief, ein schöner Brief ohne Zweifel, rührend bei aller Klugheit, hatte sie doch sehr erschreckt und verärgert, weil er trotz anscheinender Aufrichtigkeit im Teilbereich der Gefühle doch Verlogenheit bewies, indem er alle potentielle Häßlichkeit ausklammerte und so tat, als wären Herr Erp und Fräulein Broder allein auf der Welt, als bräche sofort reine Glückseligkeit aus, wenn sie seine Gefühle nur erwiderte. Selbstverständlich antwortete sie nicht. Sie hat nie einen Brief an ihn geschrieben.

Das war schon in der zweiten Dezemberhälfte, kurz vor Weihnachten. Täglich hatte Karl Briefe an Fräulein Broder formuliert, ohne sie aufzuschreiben. Als er es dann tat, geschah es wie unter Zwang. Er beabsichtigte nicht, ihn abzuschicken. Zugeklebt lag er auf seinem Schreibtisch. Da sah ihn Töchterchen Katharina und erklärte sich bereit, ihn zum Postkasten zu tragen. Er hatte nicht den Mut, nein zu sagen, weil sie sonst Erklärungen von ihm verlangt hätte. Sie klebte eine Marke auf und las dabei im Singsang der Schulanfänger die Adresse vor. »Nun geh schon«, sagte er ungeduldig.

Der Brief liegt vor, wird aber unterschlagen. Weil jeder Liebesbrief etwas Lächerliches hat, nicht weil er ein Plagiat war. Wer plagiiert in solchen Fällen nicht? Erp hatte klassisches Erbe verarbeitet. Goethes »Nähe des Geliebten« (»Ich denke dein, wenn mir der Sonne Schimmer...«) war, in Prosa natürlich, als Muster verwendet, von Weimar nach Berlin umgeortet, von siebzehnfünfundneunzig auf neunzehnfünfundsechzig verschoben und mit Bibliotheks- und Spreesiedlungsmilieu gefüllt worden, so daß nur das Schema übrigblieb: Was der Geliebte auch tut, nichts tut er ohne Gedanken an die Geliebte. So war es auch!

Gewiß; sogar am Heiligabend, als er in Erwartung strahlender Kinderaugen Kerzen entzündete. Aber dazu wird ein neues Kapitel gebraucht.

13

Die Domkuppel über dem Gebirge steinerner Geschmacklosigkeit ist grün wie die Lustgartenbäume, unter denen papageienbuntes Militär paradiert, die säulenprächtige Börse ist rot, die Spree blau wie die Walzerdonau, die Schleppkähne haben bunte Wimpel geflaggt, die Damen unter den Kolonnaden der Nationalgalerie tragen Blumen- und Federhüte, eine gelbe Sonne steht über dem Schloß: die Kaiserstadt bei Kaiserwetter, in vergoldete Blumenketten gerahmt, groß, schwer, Anita hatte sich abgemüht, im ersten und dritten Stock haltgemacht, dann das Bild auf den Tisch gestellt und sich in einen Sessel fallen lassen. »Schönen Gruß von Vadda und schönet Fest, und den Schinken schenkt er Ihnen, echt Öl, stand immer bei uns uff'm Boden 'rum. Schön ham Sie't hier, und so ville Bücher, nur 'n bißchen kleen; für det Jemälde mein' ick.« Die Größe war wirklich erschreckend, nicht weniger die Buntheit; da hatte einer viel teure Farbe verbraucht, ein Dilettant, ein schlechter Maler, aber wohl kein dummer, falls er gewußt hat, wie aufschlußreich das war: Schloß, Militär, Dom und Börse dicht beieinander. Jetzt sah das alles anders aus: keine Börse mehr (welch Glück), kein Schloß mehr (ein bißchen schade), kein Militär (die Neue Wache sah man nicht), keine

Kuppel mehr auf dem Dom (welch Unglück, daß alles andere noch stand), keine Sonne, keine Menschen, die Lustgartenbäume kahl und schwarz, die Spree grau, die Straßen und die Museumsdächer weiß, denn es schneite seit Stunden, wie es sich für Heiligabend gehört. Auf dem Ufergitter hatten sich Möwen zur Perlenkette formiert, unter der Brücke hielten Rallen und Enten Versammlungen ab, ein Schwanenpaar glitt gen Westen, stromabwärts, der Havel, der Elbe, der Nordsee zu, wollte aber sicher nur bis zur Kongreßhalle (West), was aber sinnlos war, auch dort war jetzt niemand mit Schwanenfutter, kein Buchhalter mit Hasenbrot, kein Junge mit Schulstullen, keine Greisin mit Tüten voll Brotkrusten, kein Bundestagsausschuß, kein Landsmannschaftstreffen, kein Orchideenzüchterkongreß, es war Heiligabend, da hat die Politik Pause (da wirft das christliche Amerika mal keine Bomben auf Nordvietnam), da bleibt der Deutsche zu Hause, auch der Westberliner, wenn er nicht mit Passierschein, Stuyvesant, Bananen und Kaffee bei Schwestern und Brüdern und Neffen und Tanten im Osten Gänse ißt unter Thüringer Fichten, die auch nicht schlechter sind als die holsteinischen, nur billiger, der Kaffee dagegen teurer im Gegensatz zu den Mieten, das gibt weihnachtliche Gespräche, wenn das Singen und Schenken vorbei ist und das Fernsehen hier und da nur Kreuzchor und Oper und Ballett bietet, da hat keiner Zeit für Schwimmvögel, wenn er nicht so frei und ledig ist wie das Fräulein Broder, das sich aber um Höckerschwäne und Haubentaucher auch nicht kümmerte, nicht einmal eine Schrippe bei sich hatte, nicht an die Not der Vögel dachte, sondern an die Börse, in der ihr Bruder umgekommen war, an das Bild, das sicher mal den Wallsteins gehört hatte und für das wenig Platz war im Stübchen, an Anita und auf solchen Umwegen an Familienvater Erp, der es, weiß der Himmel, warum, der Anita Paschke angetan hatte, die eigentlich (mit dem Bild als schwergewichtigem Vorwand) nur gekommen war, um herauszukriegen, warum er sich nicht mehr sehen ließ im Aufgang B, die geschlußfolgert hatte, daß es aus sei zwischen den beiden, und die zur Erhöhung ihrer Chancen zum Bücherlesen entschlossen war (denn das war der einzige Bereich, in dem sie sich der Broder nicht überlegen fühlte). Während die Bibliothekspraktikantin Bücher für die bildungsbeflissene Arbeiterin herausgesucht hatte, war sie freimütig über Erps nächtliches Abenteuer mit der Polizei aufgeklärt worden und hatte plötzlich gewußt, warum er nicht mehr gekommen war, der Feigling: Seine Frau war ihm hinter die Schliche gekommen, er hatte gebeichtet und durfte jetzt nicht mehr, na schön, dann eben nicht, auch gut, sehr gut sogar, viel wurde ihr dadurch erspart, Zeitvergeudung, Angst und vor allem Schmerz, der jetzt noch gering war, den schon das bißchen Schnee zudeckte, leb wohl, stolzer Schwan. Was war denn geschehen? Ein Finger hatte auf ihrem Hals gelegen, man hatte getrunken und geredet miteinander und zu erkennen versucht, was der andere hinter seiner Maske verbarg, das war alles, zum Glück, nun war es vorbei, und die S-Bahnen fuhren wie immer nach Schönefeld, Erkner, Strausberg, der Fernsehturm wuchs, schon hatte er den Marienkirchturm unter sich gelassen, in einem Jahr würde das Alte Museum wieder fertig, die Stadtbibliothek in den Neubau umgezogen sein, schon morgen würden wieder Leute mit Festtagsgesichtern dort im Operncafé sitzen, die Friedrichstraße beleben, sie selbst würde arbeiten wie eh und je, in fünf Jahren wieder studieren und auch in zehn immer wieder mal hier auf der Weidendammer Brücke stehen, heimlich auf Schlepper spucken, die aus Brandenburg oder Hamburg kamen, im Sommer den Anglern zusehen und im Winter die Möwen füttern. Hier hat sich Fontane verlobt. Zu wem sagt sie das? Ein Mensch war nicht zu sehen, die Schwäne waren schon durch, sicher schon am Reichstag, wo vielleicht die Grenzposten sie fütterten. Am Oranienburger Tor machte es ihr Spaß, quer über die leere Kreuzung zu gehen, und da, wo einmal das Hamburger Tor gestanden hatte, betrat sie eine Telefonzelle (in der das Licht natürlich nicht funktionierte), um jemandem ein frohes Fest zu wünschen, weil sie selbst froh war, einer Gefahr entronnen zu sein, deren Größe sie jetzt erst erkannt hatte – durch den Schmerz, den ihr sein Ausbleiben bereitete und der nur relativ gering, absolut aber stark genug war, um sie von dem kaputten Apparat weg in eine zweite Zelle zu treiben, weil sie unbedingt die Stimme einer Freundin oder Kollegin hören mußte. Als sie aber die Tür öffnete, sah sie im Schein der Straßenlampen einen Mann auf sich zukommen und wollte die Tür wieder schließen oder weglaufen oder stehenbleiben. Aber sie konnte ihm nur entgegengehen.

Elisabeths Eltern waren schon am Morgen gekommen, kurz nachdem Karl zum Dienst gefahren war. Die Kinder durften die verpackten Geschenke aus dem Auto ins Haus tragen. Zum Erzählen der Neuigkeiten (Grenzkontrolle, Pensionserhöhung, Sommerreiseplan, Mieterhöhung, Weihnachtsfeier der Versicherungsgesellschaft, Tante Mimis Geburtstag) genügte der Mutter das ausgedehnte Frühstück. »Und wie geht es euch?« – »Du siehst ja, Mama, alle sind gesund.« Zum Glück gab es viel Arbeit. Der Vater besichtigte inzwischen mit leiser Wehmut den Garten und fand bis auf die schadhafte Uferbefestigung nichts auszusetzen. Pünktlich zum Mittagessen kam Karl. Dann hatten die Frauen in der Küche zu tun, Großvater ging mit den Kindern in den Wald, Karl schmückte den Baum. Früh begann die Bescherung. Die Kerzen brannten, die Kinder sagten Gedichte auf, man sang, die Frauen weinten, mit Kuß und Umarmung bedankte man sich, die Kinder spielten, Großvater begann von Zeiten zu erzählen, in denen Brötchen zwei Pfennig, Schnaps einen Groschen gekostet hatten. Karl unterbrach mit der Frage nach dem damaligen Verdienst eines Arbeiters. Als Antwort auf Karls frechen Ton streute sein Schwiegervater in Belehrungen über Bezüge ost- und westdeutscher Versicherungsangestellter die »Zone« ein, wofür Karl sich mit der »NDP« rächte, die die »Mauer« zur Folge hatte, die wiederum mit »Strauß« beantwortet wurde. Als Elisabeths Vater zum Schlag gegen Ulbricht ausholte, ertrug Karl es nicht länger, stand auf, knallte die Tür, zog den Mantel an, setzte sich ins Auto und fuhr davon.

Froh, es endlich geschafft zu haben!

Was?

Streit auszulösen und geplanten Zorn auf die reaktionäre Verwandtschaft tatsächlich zu empfinden, also ein Alibi zu haben für Flucht und Hinwendung zum Neuen, Progressiven, Jungen.

Er war einfach nicht mehr in der Lage, die Familienvater- und Schwiegersohnrolle weiterzuspielen. Jahrelang hatte er Elisabeths wegen den für ihn unehrenhaften ideologischen Waffenstillstand eingehalten, hatte zu allen Anwürfen geschwiegen oder ein resigniertes Ja und Amen gesagt. Mit der inneren Trennung von Elisabeth gab es dazu keine Verpflichtung mehr für ihn.

So argumentierte er, während er über verschneite Straßen in die Stadt fuhr. Er war, wie schon gesagt, Meister der Selbstrechtfertigung; unfähig, Gefühlen zu widerstehen, fand er Entschuldigungen dafür, daß er ihnen blindlings gehorchte. Tochter Katharina war ihm bis zur Haustür nachgelaufen. »Kommst du bald wieder?« – »Natürlich!« Er hatte daran geglaubt; denn er wollte Fräulein Broder nur sehen, ihr ein frohes Fest wünschen und wieder gehen. Als er die Treppe B hinaufging, hatte er Angst vor kühlem Empfang; als er (nach zehnmaligem Lichtknopfdrücken, also nach zwanzig Minuten) wieder herunterkam, fühlte er sich von ihr verraten, einsam, heimatlos, unbehaust und der alle Jahre wiederkehrenden Weihnachtssentimentalität, die den ganzen Tag schon auf der Lauer gelegen hatte, hilflos ausgeliefert. Der Anblick von Wolffs weihnachtlich erleuchtetem Fenster neben dem dunklen der Broder genügte, um ihm den frühen Tod der Mutter, die durch den Krieg verdorbene Jugend, die traurigen Weihnachtsabende mit dem Vater in Erinnerung zu bringen; die Schneehauben auf Straßenlampen ließen eine Weihnacht wach werden, die für ihn hätte entscheidend sein können, wenn er die Kraft zur Entscheidung gehabt hätte; so war sie nur immer wieder Anlaß zu rührseliger Rückschau: auf Krankenschwester Ingeborg, die am letzten Kriegsweihnachtsabend neben dem fast zwanzigjährigen Panzergrenadier (Mot.-Schütze nennt man das heute) Karl Erp von Berlin nach Brandenburg reist, bei Fliegeralarm seine Hand und später Vertrauen zu ihm faßt: Sie kommt (ohne Urlaub) von der Ostfront (wo er am nächsten Tag hin soll) und will zu Hause das Kriegsende erwarten – nach nächtlichen Gängen durch verschneite Backsteingotik, Küssen im Domportal, Schwüren unterm Roland –, mit ihm gemeinsam auf einsamem Hof im Luch, was seinen oft geträumten Träumen entspricht, ihn wach macht, aber überfordert, worauf die Kleinbahn morgens abfährt, während er im Dunkeln steht, ins Dunkle winkt, sich an die Front schicken läßt, der Esel, und seitdem stärker als vorher an chronischer Weihnachtsseelenverstimmung leidet. Als er Fräulein Broder aus der Telefonzelle treten sah, war er zwanzig Jahre älter und entsprechend beherrschter, erschreckte sie also nicht durch Gefühlsergüsse und Schwüre, heuchelte aber auch nichts von Kälte und Ruhe, sagte nichts von Zufall und Überraschung, gab sich, nein, war ganz locker, gelöst, unverkrampft, maskenlos, mühte sich nicht, Riesenfreude zu verbergen, sprach sie aus, wünschte ihr, wie geplant, fröhliche Feiertage, sagte was über den Schnee, wie der die Geräusche dämpft, über die Bäume hinter den Fenstern, wie die einen weich machen, und kam dann schon zum Abschied, während sie sich fragte, ob er das Pfauenrad, das er sonst immer getragen, wirklich abgelegt hatte oder ob sie es nur nicht mehr sah, weil Freude über wiedererstandene Gefahr ihr den Blick trübte. Er sagte also seine Abschiedsworte, die ein bißchen was von Endgültigkeit hatten, war dabei ganz anders, als sie ihn kannte, uneitel, selbstironisch, ohne steife Männlichkeit und ging dann auch anders (auf den Rosenthaler Platz zu, wo er der Familie Paschke wegen sein Auto abgestellt hatte), ging wie ein Bursche, der sich von seinesgleichen mit »Mach's gut« verabschiedet, sich noch einmal halb umdreht und die Hand hebt zur Andeutung eines Winkens, kam aber nicht weit, weil sie (den Schmerz der Gefahrlosigkeit fürchtend) noch etwas sagte. Falls er Zeit habe, sie würde ihn gern noch ein wenig sehen.

Sie sagte das ohne Aufwand, ganz so wie sonst, aber wenn es ein Film gewesen wäre, hätten Geigen das leise und lieblich untermalen müssen, eine Oper wäre hier ohne Posaunenstoß nicht ausgekommen, und ein Roman hätte wenigstens eines neuen Kapitels bedurft, um auf das Schwerwiegende dieses Augenblicks hinzuweisen – und den Schwierigkeiten bei der Schilderung folgender Stunden zu entgehen. Auch für diesen Bericht wäre es ein Ausweg, mit einem Sprung das 14. Kapitel zu erreichen, es mit den Worten »Als sie am nächsten Morgen erwachten...« zu beginnen und das andere den Lesern zu überlassen. Aber das hieße doch wohl, die Wirklichkeit (diese spezielle Erp-Broder-Wirklichkeit) der subjektiven Deutung aussetzen, die meist Mißdeutung sein würde, da doch jeder seine eigene (durch Geschlecht, soziale Lage, Herkunft, Alter, Gesundheitszustand, Ernährung und vielleicht auch Jahreszeit bedingte) Vorstellungswelt besitzt, die dem tatsächlichen Geschehen nur in Ausnahmefällen ähneln kann. Denn jede Phantasie gründet sich auf Erfahrung. Und wie sieht die aus? Da gibt es den Feierlichen, den Sachlichkeit enttäuscht, den Sachlichen, den Feierlichkeit nervös macht, die Sensible, die unter Brutalität leidet, die Amazone, die Passivität verlangt und Machtgier findet, den Anbetenden, den Lustigkeit verstört, da kann der den Geruch nicht vertragen, die das Gerede nicht, da ist einer zu groß, einer zu klein, eine zu eng, eine zu weit, da liegt der Kernpunkt da, wo er ihn nicht sucht, wo sie ihn nicht findet, da ist Angst mit im Spiel und Komplex und Verirrung, Scham fehl am Platz oder gewünscht und nicht vorhanden, da kriechen zwei Liebende unter die Decke und erwachen als Fremde, da kann sie nicht mehr antworten auf seine Fragen, oder er schließt die Augen, um eine andre zu sehen als die, die er im Arm hält. Und das alles fließt ein, wo der Schreiber ausspart, färbt den Goldton dieser Heiligen Nacht ein mit dem Grau der Komplikationen, dem Grün der Leiden und dem Schwarz der Enttäuschung. (Eine Ausnahme machen vielleicht nur die Jungen, die Erfahrung durch Sehnsucht ersetzen. So wurde es in dieser Nacht gesagt: »Es ist das, was man mit siebzehn erwartet und später nicht mehr für möglich hält!«) Und deshalb müssen hier die übliche Lücke, der aussparende Absatz, die Verdunklung, der Schleier des Schweigens (soweit Anstand, Geschmack und Ämter es erlauben) vermieden werden. Damit begreiflich wird, was da Großes geschah.

Da liebten sich zwei mit Herz und Verstand

und Haut und Haar und Hand und Fuß und Auge und Ohr und Brust und Bauch und Nase und Mund und Arm und Bein und allem, was sie sonst noch hatten und waren und gewesen waren und sein würden.

Da erkannten zwei einander

und das, was Liebe wirklich war: das und sonst nichts, nichts davor und nichts danach und nichts daneben in diesem Haus, in dieser Stadt, in diesem Land, in dieser Welt; Romeo und Julia hatten nicht so geliebt, die zwei Königskinder nicht, nicht Karl und Jenny, nicht Jakob und Rahel, nicht Hölderlin und Diotima, nicht Abälard und Heloise.

Da bewunderten zwei einander mit Worten, Blicken, Fingern und Lippen

und erinnerten sich, schon immer danach gesucht zu haben, nach genau diesen Schultern, diesem Nabel, diesem Nacken, diesen Knöcheln, diesem Haar und dieser Haut.

Da wurden zwei eins,

spürten einander, fügten sich ineinander, flossen ineinander, jauchzten, schrien miteinander, hatten endlich nicht mehr das Gefühl, nur Hälfte zu sein, wurden ein Ganzes und hatten doch nie zuvor die Macht und Herrlichkeit ihres eignen Ichs so sehr empfunden.

Da beteten zwei einander an,

erhoben sich gegenseitig zu Heroen, Feen, Engeln, Titanen, Göttern, Göttinnen und sehnten sich einen Gott herbei, um vor ihm gemeinsam dankend auf Knien liegen zu können: weil sie ihn neu erschaffen hatte, weil er sie bestätigte.

Da redeten zwei miteinander

Stunden um Stunden, auf Höhen, in Tiefen, unter Lachen und Weinen, mühten sich ab, was ihre Körper unter Stöhnen, Seufzen, Schreien, Schnurren einander bewiesen, in Worte zu fassen – vergebens, denn Worte gab es nur für das, was vor ihnen schon existiert hatte, und deshalb konnten Worte für sie nur Ersatz sein, Notbehelf, Andeutung, von Homer, Walther, Goethe, Rilke, Hemingway verbraucht, von Filmhelden und Schlagersängern verschlissen, Zitate, Zitate, sie brauchten eine neue Sprache – aber selbst das zu denken, zu sagen war schon Klischee, Schablone, zweiter Aufguß, ließ sie verzweifeln, weil die Kluft des Unsagbaren sich nicht überbrücken, sich nicht mit tausend, nicht mit zehntausend leeren Wörtern füllen ließ.

Da beichteten zwei einander ihre Sünden,

nein, ihre Irrtümer; sie hatten Flitter für Gold gehalten, Wasser für Wein, Tümpel für Meere.

Da verziehen zwei einander nicht nur

(daß sie früher schon fälschlich gedacht hatten, am Ziel zu

sein), sondern priesen (obwohl es schmerzte) das Vergangene, weil es sie fähig machte, das Große nicht nur zu genießen, sondern auch zu erkennen.

Da entdeckten zwei das Glück

und seine Begleiter, die Angst (vor Dachziegeln und Krankheit, vor Unfall und Militärdienst, vor Kugeln und Bomben) und das schlechte Gewissen (weil sie Vietnam und Indonesien und Spanien vergaßen).

Da fragten sich zwei: Kennst du das auch? (und nur einer war sich des Zitats bewußt), und der andere sagte: Ja, ja,

auch er hatte noch nie zuvor so sehr das Bedürfnis gehabt, von seiner Kindheit zu erzählen, auch sie empfand keinen Altersunterschied zwischen sich und ihm, auch ihm fielen oft die Toten ein, wenn er über Grünflächen der Innenstadt ging, auch sie war im Traum plötzlich in Westberlin und kam nicht zurück, auch für ihn war der Sommer im Winter am schönsten, auch er hatte sich noch nie erwachsen gefühlt, auch sie trug keine Hüte, mochte keine Dia-Serien, keine Operetten (auch wenn sie sich Musicals nannten), keine Süßweine, keine Impressionisten, keine Skatspieler, Hunde, Uniformen, Petroleumlampen, feine Lokale, dafür aber Eckkneipen, Ebenen, Hildegard Knef, Bilder mit Schwarz und Gold, Laubenkolonien, Segelboote (vom Ufer aus), Taschenbücher in Glanzfolie, Eberhard Esche, Kachelöfen, abendliche Lesesäle, das Gitter der Weidendammer Brücke, volle Kinos, Bühnen- und andere Bilder von Horst Sagert (besonders wenn Leitern drauf waren), auch er konnte nicht genau sagen, warum Autoren, wenn sie Reden halten, immer nur von sich reden, auch sie las manchmal monatelang nur Sachbücher, auch ihn überfluteten in den Momenten, in denen sie erschöpft auseinanderfielen, Sturzbäche von Gedanken, die mit ihm und ihr nichts zu tun hatten: daß er Scheinwerfer prüfen lassen muß, daß jetzt Schlangen an den Grenzübergängen stehen, daß die Bibliothek eine Reinigungskraft braucht, daß der Schnee noch immer weich und weihnachtlich fällt.

Da erinnerten sich zwei ihrer Kindheit (in N 4 und in Alt-Schradow), ihrer Jugend (in N 4 und in Kasernen), ihrer Studienjahre (in Leipzig und in Berlin) und teilten ihr Leben neu ein: in die erste Hälfte (von der Geburt bis zu diesem 24. Dezember, 18 Uhr) und die zweite, die erst vier, acht, zwölf, vierzehn Stunden alt war (doch schon Erinnerungsfragen zuließ: Weißt du noch…? – Was hast du gedacht, als ich…?) und bis zum Tode dauern würde.

Da versuchten zwei, weil sie nicht sagen konnten, wie, zu sagen, warum sie sich liebten und immer lieben würden,

weil nämlich sie so klug war und er (wider Erwarten) gar nicht eitel, doch so geschmackvolle Schlipse trug und weil ihre Haut so und nicht anders duftete und noch Sommerbräune hatte, weil er lachte wie keiner sonst, viele Sätze unvollendet ließ und seinen Finger so unnachahmlich an ihren Hals gelegt hatte, weil sie in diesem Hinterhof wohnte, sich mit Frau Wolff so gut verstand, ohne Verwandtschaft war, so zierlich-ungeziert die Füße setzte, sich beim Zuhören die Augenbrauen glatt strich, nein, weil sie zuhören konnte, nein, weil sie über alles, alles reden konnte, auch nicht, weil er mit ihr über alles reden konnte, sie auch Andeutungen schon verstand, nein, nein, ja, das alles war es auch, aber vor allem liebte er sie, weil er sie brauchte, weil er schon vierzig war und sich nach leichten Erfolgen zur Ruhe gesetzt hatte, selbstzufrieden, müde, festgefahren, resigniert, und sie ihn aufgeweckt hatte, reif gemacht für neuen Anfang, ja, deshalb, deshalb und natürlich ihres Haares wegen und weil ihre Schönheit so war, daß sie nicht jeder gleich entdeckte, und sie? Sie liebte ihn einzig und allein, weil er sie nicht behandelte, wie Männer Frauen sonst behandeln, als Objekt, als Bettinhalt, Dienerin, Bewunderin, Gebärerin, Heimzierde oder Schmuckstück, weil er sie ernst nahm, sie achtete, ja deshalb und natürlich seiner schweren Gärtnerhände wegen, unter denen ihr so wohl wird, daß sie alle andern Hände längst vergessen hat, als hätte es sie nie gegeben.

Da fiel es zweien nicht schwer, an die Dauer ihres Glücks zu glauben,

die Angst (vor Kummer, Haß, Schmerz, Häßlichkeit, Lüge, vor Elisabeth, Haßler, Kratzsch und Empfängnis) zu vergessen und sich jedem Konflikt gewachsen zu fühlen. (Nur ganz am Anfang hatte sie gedacht: Und wenn es nur einmal ist, ich will es nie bereuen! Und er hatte sich nur einmal Katharinas Frage erinnert: Kommst du bald wieder? Dann hatten sie nur noch gedacht, aber nicht gesagt: Keine Macht der Welt kann uns trennen! Noch als Greise werden wir glücklich sein!)

Da hatten sich also zwei gefunden in der langen Nacht.

Da war Großes geschehen zwischen dem Picken und Scharren der Tauben am Nachmittag und am Morgen.

Da war zweien die Heilige Nacht heilig, die Weihnacht weihevoll geraten.

Da hatte das alte Haus des Aaron Wallstein Sternstunden erlebt.

Da wird happy-end-süchtigen Lesern empfohlen, es hiermit genug sein zu lassen, das Buch auf den Nachttisch zu legen, Elisabeth, die Kinder, Haßler, Kratzsch zu vergessen und mit dem achtenswerten Irrtum: Wahre Liebe siegt, lächelnd einzuschlafen. Dem, der im Halbschlaf angefangene Lebensfäden weiter verstricken will, sei folgende Version geraten: Fräulein Broder besteht das Examen; Elisabeth trennt sich in Freundschaft von Erp; Haßler organisiert eine Betriebsversammlung, auf der Erp Scheidung und Heirat bekanntmacht; Frau Broder-Erp wird in die Zentrale berufen, wo sie sich ganz ihrem Spezialgebiet, der Bibliothekssoziologie, widmen kann; das Paar bezieht eine Neubauwohnung (zweieinhalb Zimmer, Küche, Bad, Fernheizung) in der Karl-Marx-Allee, wo es noch heute lebt, glücklich, aber nie selbstzufrieden.

Den Wirklichkeitsfanatikern aber, den Tatsachenhungrigen, Illusionsfeinden, Abbildtheoretikern, den Moralisten, den Broder-Verehrern, Erp-Identifikateuren, den Neugierigen, Skandalsüchtigen und besonders denen, die dabei waren und urteilen können (den Haßler, Rieplos, Mantek also), sollen die restlichen Kapitel des Berichts ausdrücklich gewidmet sein.

14

Realitätenfreunde also ganz unter sich im morgendlichen Weihnachtszimmer. Noch ist niemand da, man kann sich in Ruhe orientieren. Es ist dort wärmer als sonst am Morgen; vor der Bescherung war noch einmal geheizt worden. Wie es riecht, kann man bei Storm nachlesen. Die Glastüren zur Terrasse sind halb verdeckt durch die Blautanne, den Wohlstandsbaum, dessen Schmuck Erps Stilwillen verrät; zugelassen sind nur Silber und Weiß: Kerzen, Lametta, Strohsterne, Glaskugeln. Auf allen Möbeln liegen die Geschenkhaufen; Katharina gehört der Couchtisch, Peter der Eßtisch, Elisabeth die Anrichte, Vater Erp das Radio. Der Teppich ist übersät mit Nußschalen, Lamettafetzen, Wunderkerzenresten, Lebkuchenkrümeln, Stabilbaukastenteilen. Es ist noch nicht ganz hell draußen, aber die Schneedecke verstärkt das bißchen Dämmerlicht. Von der Couch aus (wo Erp gleich sitzen wird, das Auto ist schon in der Garage) sieht man bis über den Fluß, auf dem Eisschollen treiben. Der angelnde Emeritus hat schwarze Klappen über den Ohren. Die Stille wird unterbrochen vom Kreischen eines Schneeschiebers, Blech auf Beton. Erp säubert den Weg zwischen Haustür und Gartenpforte. Katharina, noch im Schlafanzug, huscht herein. Kekse kauend breitet sie Puppengeschirr auf der Couch aus. Als Erp kommt, legt sie den Finger an die Lippen: Psst! die andern schlafen noch.

Dachte sie. Aber Elisabeth hatte den Wagen gehört, wie schon um eins Peters Hustenanfall, um sechs das Haustürschlagen des fischbesessenen Professors, zehn nach sieben das Geschrei des Nachbarbabys. Sonst hatte Stille wie ein Wattegebirge auf ihr gelegen. Sie mußte aufstehen, sofort, durfte nicht zulassen, daß er zu ihr kam, an ihrem Bett saß und halbwahre Beichten ablegte, sie in die Rolle der Dulderin und edlen Verzeiherin drängte oder sie zur Kameradin machte, zur Komplizin. Sie mußte sofort die Decke abwerfen, sich waschen, frisieren, sich vielleicht auch schminken, um fremd zu wirken – nein, das nicht, das würde er durchschauen. Aufstehen, aufstehen! Aber sie lag starr und steif und horchte auf das Schließen der Garagentür, das Knirschen seiner Schritte, das Kreischen des Schneeschiebers, das Schuhesäubern, das Klirren der Schlüssel. Gleich würde die Treppe unter seinen Schritten knarren. Aber es wurde still. Später schrie das Baby wieder. Ein Straßenbaumast knackte unter der Schneelast. Von fern her donnerte es: Auf dem See riß das Eis. In ihrem ersten gemeinsamen Winter waren sie hinübergewandert zu den Sumpfwiesen; die Siedlung, in der sie ihr Leben verbracht hatte, war von dorther wie eine fremde Gegend erschienen; sie hatten auf Gräben gelegen und durch Eisfenster Frösche beobachtet, die mit offenen Augen und starren Gliedern auf dem Grund gelegen und wie Blechtiere ausgesehen hatten, bis nach frostigen Ewigkeiten eine Atembewegung über sie gehuscht war; ein Eisbrecher hatte den Rückweg abgeschnitten, unerwartet hatten sie vor der schwarzgrauen Wasserrinne gestanden, plötzlich frierend, ängstlich; damals hatte das Eis nicht nur gedonnert, es hatte auch geschrien, gewinselt, wie kranke Kinder, wie Katzen in Frühlingsnächten. Sie mußte aufstehen! Er kam nicht. Hatte sie vielleicht gehofft und nicht gefürchtet, daß er kommen würde, daß sie weinen und verzeihen könnte? Aber um Verzeihen ging es doch schon nicht mehr, es ging um Trennung. Damit nicht noch einmal Kartenhäuser von Hoffnung aufgestellt und umgestürzt werden konnten. Damit sie nicht wieder lag und wartete und doch wieder dachte: Komm, setz dich ans Bett, erzähl mir deine Märchen, verstelle dich, nimm Hobel, Feile, Raspel, damit Wahrheit nicht so kantig ist, bearbeite sie, mach dir die Mühe, forme sie um, verschleiere sie, unterschlage sie, verleumde die andre, rühme meine Weichheit, sage, daß die rosa Knospen viel zu zart sind für dich, daß sie nicht konkurrieren können mit braunem Leder, sag, daß mein Kuß wie eine Heimkehr für dich ist, oder behaupte wenigstens, daß du dich den Anstrengungen des Neuen nicht gewachsen fühlst, daß dir elend ist vor Müdigkeit, daß du dich in ihren Armen nach deinen Büchern gesehnt hast, nach dem Gesicht der schlafenden Kinder, nach dem Filterkaffee meinetwegen, lüge, beweise mir durch Schwindeln deine Liebe, oder wenn du das nicht mehr kannst, durch Vertrauen, verschone mich nicht mit Details, erzähle wie das ist: ihre Brust in deiner Hand, ihre Lippen auf deiner Brust, ihre Finger in deinem Haar, ihr Haar in deinem Gesicht, die Klammer ihrer Beine, das Beben ihres Körpers, ihr Mund, ihr Schrei, erzähle, ich bin stark, werde nicht weinen, will mit dir schwärmen von ihr, sagen: Ich kann es mir vorstellen, du bist zu beneiden!, fragen: Und wie war es bei dir?, will ganz Freund sein, Kumpel, Kumpan, was du willst, nur komm, setz dich ans Bett, erzähle, lüge, juble, nur zeige bitte, daß du mich brauchst. Brauchst, wofür? Für das alte Nebeneinander, das Oben-und-Unten, das Herr-und-Magd-Sein, für das alte Unbehagen, das, jetzt endlich bewußt, zu unerträglicher Qual werden muß für mich, für dich? Soll der Schmerz der letzten Monate umsonst gewesen, die Kraft, die zur Haltung nötig war, umsonst verbraucht worden sein? Nein, bleib weg, komm mir nicht zu nahe mit deinem fremden Weibsgeruch. Oder doch, komm her, damit nie wieder die Versuchung aufkommt, Kartenhäuser zu bauen, damit ich dir endlich ins Gesicht schreien kann, was ich von dir denke, damit ich dir den schwarzgrauen Riß zeige, der nicht zu überbrücken ist. Komm, zeige dich in deiner Erbärmlichkeit! Aber er kam nicht. Es blieb still im Haus. Draußen knarrten die Krähen; wie an jedem Wintermorgen trieb ihr schwarzer Schwarm vom Wald über die Siedlung zu den Feldern hinüber.

Katharina war glücklich. Vater spielte mit ihr: Frühstücken. Sie saßen auf dem Teppich. Die Couch war der Tisch. Honigmilch gab es aus Puppengläsern, Kaffee aus Puppentassen. Fortwährend mußten die Kinder zurechtgewiesen werden: Essen und nicht spielen, die Hände gehören auf den Tisch, besser kauen, Mund zu beim Essen! Aus einem Strohstern wurden zwei Zigaretten gelöst. Kommst du heute abend pünktlich, oder hast du Versammlung? Vergiß das Schulbrot nicht! Dann war Sonntag, und man fuhr nach Berlin, spazierte mit Kinderwagen durch die Stadt, um zu sehen, wie hoch der Fernsehturm schon war. Das, liebe Kinder, ist das ehemalige Zeughaus, das der ehemalige Lustgarten, das der ehemalige Marstall und das die ehemalige – nein, das ist die Spree, so breit ist die hier und so blau, die Säulengänge vor dem Museum nennt man Kolonnaden, und das dort ist die Börse. Katharina konnte laut und schrecklich lange lachen, weil doch die Börse kein Haus war, sondern was fürs Geld und eigentlich Portemonnaie hieß. Beim Stichwort Dom fiel ihr was ein; daß nämlich Leute, die in die Kirche gehen, doch schrecklich dumm sein müßten (doof, sagte sie). Die reife Frucht atheistischer Erziehung! Wie verhält sich ein gutgelaunter Genosse Vater dazu? Das radikale Fräulein hätte sicher einfach mit Ja geantwortet, er auch vor zwanzig Jahren im Blauhemd, jetzt schien ihm die Sache nicht mehr so einfach. Vielleicht war die Lehrerin Mitglied der entsprechenden Blockpartei und ein Bischof gerade mal wieder im ND zu Wort gekommen. Mit der Auskunft, daß der Dom ja kaputt sei, gab sich das wißbegierige Kind nicht zufrieden, dehnte die Frage sogar noch aus, auf Weihnachten nämlich, was nahe lag, waren doch die Lieder voll Christkind, und so ganz eindeutig verhielt sich doch auch der Weihnachtsmann nicht. Manche redeten sich da wieder auf germanisch raus, Sonnenwende, Julfest und so, aber da konnte man auch gleich wieder Hans Baumanns »Hohe Nacht der klaren Sterne« singen. Und das Wort Tradition brachte er nicht über die Lippen, obwohl er es täglich in der Zeitung las. (Wenn das Wettsingen der Chöre des Kreises Fürstenwalde zum zweitenmal stattfand, war es schon das traditionelle Wettsingen.) Er konnte da nicht mit, ihm schlug immer gleich das dialektische Gewissen, das Wort schien ihm besser als Schimpfwort geeignet. (Ob die rege Zeitungsleserin Broder auch schon darüber nachgedacht hatte?) Also: Weihnachten ist das Fest des Friedens, und der Roller ist die S-Bahn, mit der man nach Hause fährt, weil das ganz besonders schöne Mittagessen da schon wartet: Kotelett mit Vanillensoße. Katharina war lustig wie die Leute in Stummfilmen: Sie bog sich vor Lachen, klatschte in die Hände, auf die Schenkel, ihr aufgerissener Mund zeigte mal dem Fußboden, mal der Zimmerdecke die Zähne. Da Vati nun ein Affe war und alles nachmachte, dachte Elisabeth, als sie in der Tür stand: Irrenhaus. »Vati spielt mit mir«, verkündete Katharina atemlos, setzte (das Wunder erklärend) hinzu: »Heute ist doch Weihnachten!« und gab sich Mühe, ein Gespräch zwischen den Eltern zu verhindern, was erstaunlich leicht gelang; erst nach dem Kaffee, als die Rodelbahn wichtiger war als Vaters Weihnachtslaune, kam es dazu. Leider.

Besser wäre gewesen, die Volksgebrauchsanweisung für solche Fälle zu beachten: erst überschlafen! Die Gegenden, von denen aus sie den Frühstückstisch erreicht hatten, waren zu verschieden: Er kam von dem Nanga Parbat des Glücks, sie aus der Tiefebene der Verzweiflung. Es konnte nicht gutgehen.

Es war bei der Zigarette. Sie schwieg und sah ihn an, nicht gequält, nicht vorwurfsvoll, nicht fragend, nicht forschend, einfach so, ein bißchen leer vielleicht, aber nicht leer genug, um daran anknüpfen zu können. Er konnte höchstens sagen: Warum siehst du mich so an? (womit schon mancher Präventivkrieg eröffnet worden war), aber das paßte jetzt nicht und wäre auch ohne Resultat geblieben; mehr als ein Schulterzucken und ein bitteres Lächeln wäre damit nicht herauszuholen gewesen. Früher (als die stets rührigen Kinder ihre Wald-, Wiesen-, Seespaziergänge noch nicht schwatzend begleitet hatten) war ihm Elisabeths Schweigen immer mal wieder (wenn er schlecht gelaunt war) wie eine unzumutbare Gemeinheit erschienen; er hatte heimlich auf die Uhr gesehen und sich gesagt: Nun wollen wir doch mal abwarten, wie lange sie das mit mir macht, hatte es aber nie erfahren, weil er nie hatte abwarten können, weil sein Unmut (in Form von Zornesvorträgen über: Die Sprache als Unterscheidungsmerkmal zwischen Mensch und Tier oder Miteinander reden ist wichtiger als miteinander schlafen) immer vorzeitig übergekocht war und sie, die ahnungslos Glückliche, entsetzlich erschreckt hatte. Erst spät hatte sie gelernt, seine Ausbrüche mit Selbstironie zu parieren: Man kann doch nicht unentwegt schnattern! Jetzt sah sie nicht so aus, als ob sie dazu fähig wäre, jetzt war sie ernst, ja, das war es, ernst war ihr Blick; was er als leer empfunden hatte, war das Fehlen ihrer steten Heiterkeit, das machte ihr Gesicht so fremd, so unvertraut. Er aber sollte jetzt Vertrauen zu ihr haben, das war es doch, was ihr Blick verlangte, er sollte reden, erklären, wie aber war das möglich vor diesem fremden Gesicht, das keine Bereitschaft zum Verständnis zeigte?

Ja, er konnte wunderbar Feigheit, Unsicherheit und schlechtes Gewissen in Ärger umfunktionieren. Wie heimtückisch und gemein von ihr, mit ihrem Ernst die Sonne seines Glücks zu verdunkeln! War er nicht bereit gewesen, auch sie (wie schon die

Tochter) damit zu erhellen und zu erwärmen? Was wollte sie eigentlich, was warf sie ihm vor, war nicht seit Wochen alles klar zwischen ihnen? Hatte er es nötig, sich so behandeln (das heißt ansehen) zu lassen? Schließlich lebte sie immer noch auf seine Kosten und nicht schlecht. Er warf es ihr nicht vor (zumindest nicht laut), aber daran denken durfte sie von selbst schon mal. War er nicht immer ehrlich und kameradschaftlich gewesen? Und so vergalt sie ihm das, mit diesem Gesicht, mit diesem Blick? Im übrigen schien sie ganz ungerührt. Das konnte er auch, nein, eben nicht, er nicht, ihn schmerzte das alles entsetzlich. Schließlich konnte doch auch sie mal anfangen zu reden. Aber da konnte er lange warten. Also in vorwurfsvollem Ton: »Warum siehst du mich so an?« – »Ich warte darauf, daß du was sagst!« – »Warum ich? Ich habe immer geredet, vierzehn Jahre lang.« – »Ich möchte wissen, wie es weitergehen soll.« – »Das ist doch wohl seit Wochen klar.« – »Anscheinend nicht. Warst du schon beim Anwalt?« – »Du möchtest mich also los sein. Wenn es sein muß, ziehe ich heute noch.« – »Ich wäre dir dankbar, denn lange halte ich das nicht mehr aus.« – »Was?« Daß das eine blöde Frage war, gab er gern zu, aber mußte sie denn gleich wieder schweigen, und als wäre er nicht mehr da, den Tisch abräumen, obwohl er noch nicht mit der Zigarette fertig war? Zehn Minuten in Ruhe zu rauchen war doch wohl noch erlaubt. Das, ihr Schweigen, war die niederträchtigste Taktik, die es gab, ihn machte es wahnsinnig, und sie kam dadurch nie in die Lage, sich ins Unrecht zu setzen. Aber diesmal sollte sie sich täuschen. Er würde mit gleichen Mitteln antworten, nicht einen Ton von sich geben, in sein Zimmer gehen, packen und wortlos ins Auto steigen. Oder sollte er noch Lebewohl sagen, um die Endgültigkeit zu betonen? Er drückte die Zigarette im Bronzeaschenbecher aus, ging hinaus und knallte die Tür hinter sich zu. Aber auf der Treppe war es mit seiner Beherrschung schon wieder vorbei. Er lief zurück und riß die Tür wieder auf. »Den Mann möchte ich sehen, der das jahrelang ertragen hätte!« Das Schweigen natürlich, das er im Verlauf seiner immer lauter werdenden Rede als übel, feindselig, bösartig, hinterlistig, heimtückisch, gehässig und schließlich als unmenschlich bezeichnete, das schlimmer war als Zank, als Streit, als Schimpf, ja selbst als Prügel, das ihm das Eheleben zur Hölle gemacht hatte und ihn jetzt davontrieb ins Ungewisse, Dunkle, Heimatlose, Fremde. »Jetzt hast du erreicht, was du wolltest!« Er war erleichtert, fühlte sich wieder wohler, öffnete Elisabeth sogar die Türen, als sie das volle Tablett in die Küche trug, stand noch eine Weile erwartungsvoll neben ihr, während sie das Geschirr ins Abwaschbecken stapelte, und ging, als nichts mehr von ihr kam, gewichtigen Schrittes davon.

Wenn er sich diese Stunde endgültigen Abschieds in den vergangenen Wochen vorgestellt hatte, war sie ihm als die schwerste seines Nachkriegslebens erschienen. Nun war er erregt, das schon, aber ohne starken Schmerz. Er war auch traurig, aber nicht mehr als bei jedem Umzug vorher auch. Der letzte Blick aus dem Fenster, der letzte Griff zu den Büchern waren schon schlimm, aber ähnlich hatte er auch empfunden, als er von Alt-Schradow nach Müncheberg, von Müncheberg nach Berlin, aus dem möblierten Zimmer in die Neubauwohnung, von dort in die Spreesiedlung gezogen war. Gewohntes zu verlassen war immer schwer, das war es und sonst nichts. Er hatte oft erfahren, daß Vorfreude schöner ist als Erfüllung, jetzt merkte er, daß auch die Umkehrung manchmal stimmte: Vorleiden waren schlimmer als die Leiden selbst.

Kunststück! Wenn man nichts im Sinn (und in den Sinnen) hat, als an den Ort nächtlicher Freuden zurückzukehren. Selbst was er Traurigkeit nannte, war dadurch bestimmt und verdiente viel mehr die Bezeichnung Angst, Angst vor Fräulein Broders Reaktion nämlich. Denn er war alt genug, um zu wissen, daß Momentaufnahmen und Bettschwüre ohne Fixierung (durch Praxis) im Alltagslicht sterben.

Er war schon oft umgezogen, mit Persilkarton, mit Tornister, mit Hand- und Möbelwagen, und jedesmal hatte er allen Besitz mitgenommen. Noch nie hatte er so viel besessen wie jetzt – und ließ es leichten Herzens im Stich.

Bis auf das Wertvollste: das Auto.

Am wertvollsten sind ihm immer seine Bücher gewesen, und die ließ er da, alle, denn die drei wichtigsten Titel auszuwählen (wie er vorgehabt hatte) gelang ihm nicht. Früher hatte er auf die

Frage nach dem Buch, das er in jahrelange Verbannung mitnehmen würde, immer gleich eine Antwort parat gehabt: Hauffs Märchen, Winnetou, Der Opfergang, Die Junge Garde, Die Mutter, Doktor Faustus, Der alte Mann und das Meer. Aber was nützte ihm das heute? Er fing neu an und wollte sich nicht mit Erinnerungen belasten. Außerdem hatte er alles, was er brauchte (wie Krupskajas »Lenin über die Bibliotheken«, den Zitatenschatz für Festreden), in der Bibliothek. Nur die Mappe mit eignen Fachaufsätzen nahm er mit. Bloß gut, daß die Kinder nicht da waren. Er lief auf den Boden und holte zwei Koffer und die Luftmatratze, Wasch- und Rasierzeug aus dem Bad, Wäsche und Anzüge vom Flur, alles andre war zur Hand: Ausweise, Medikamente, Kissen und Bettdecke. Es war wie eine Flucht.

Es war wie der Aufbruch zu einer Reise.

»Lebwohl, Elisabeth!« Sie war dabei, die Gans in den Ofen zu schieben, richtete sich auf und wischte die Hände an der Schürze ab. Aber er behielt die Koffer in der Hand, sagte noch: »Geld schicke ich dir natürlich regelmäßig«, und ging.

So hatte er sich den Abgang vorgestellt (und hätte ihn auch, wenn er danach gefragt worden wäre, so geschildert). Die Wirklichkeit war auch nur ein bißchen anders. Er sagte sein Lebwohl und den Geldspruch, aber als sie sich ungerührt abwandte, blieb er noch stehen und fragte, ob sie den Kindern die Wahrheit sagen würde. »Ich weiß noch nicht.« – »Bitte, tu's nicht!« – »Einmal müssen sie es doch erfahren.« – »Ich möchte nicht, daß auch sie noch leiden müssen!« sagte er, und zwar mehrmals in verschiedener Formulierung, flehend, drohend, liebevoll, befehlend. Aber sie hantierte am Gas, schälte Kartoffeln, und ihr Gesicht verlor erst (dann aber ganz und gar) die Ausdruckslosigkeit, als sie am Fenster stand und zusah, wie er die Koffer verstaute, ins Auto stieg und davonfuhr.

War ihr eigentlich klar, welche Wirkung dieser rasche Auszug haben würde?

Vielleicht war eine Art Instinkt mit im Spiel. (Wenn es so etwas bei Frauen gibt, dann bestimmt bei Elisabeth.) Sicher ist aber, daß sie diesen Schwebezustand wirklich nicht ertragen konnte. Neben anhaltendem Schmerz fand sie in den nächsten

Tagen doch schon Erleichterung. Schließlich war Erp (der Gerechtigkeit wegen sei hinzugefügt: unter anderen, Besserem) wie viele von uns auch ein kleiner Diktator. In den nächsten Tagen schon kaufte Elisabeth mal wieder Schnaps zum eigenen Verbrauch, milderte die Vitamintyrannei und fand Freude daran, die Essenzeiten nicht einzuhalten.

Als Peter und Katharina rotbackig, naß und hungrig vom Rodeln kamen und gleichmütig aufnahmen, daß Vati plötzlich hatte verreisen müssen, stand dieser schon in der Tür zwischen Broderschem Küchenflur und Zimmer, sah (zum zweiten Mal) die goldgerahmte Kaiserstadt und davor (zum ersten Mal) das verschlafene, ungewaschene, ungeschminkte Gesicht des Fräuleins, das verstört war, weil es von ihm so nicht gesehen werden wollte, was er nicht begriff, vielmehr für Entsetzen über sein unangemeldetes Kommen hielt, deshalb ängstlich-trübe Minuten auf dem ungemachten Bett ertragen mußte (während sie sich in der Küche zurechtmachte), lange brauchte, um ihr die Wahrheit zu gestehen, und erst nach Stunden ganz sicher war, daß sie die reine Wahrheit sprach, wenn sie auf sein Verlangen (ohne Angst vor Kitsch und Klischee) wieder und wieder sagte: »Ich bin glücklich, daß du bei mir bleiben willst!«

15

Der zweite Feiertag begann mit Lärm: Klopfen steigerte sich zu Hämmern, stahl sich in Karls Traum, wurde zu Granateinschlägen, die Sandfontänen hoben, sich in tödlicher Regelmäßigkeit auf ihn zu bewegten, ihn erreichten und schließlich weckten. Er spürte die Härte der Dielen durch die Luftmatratze, sah den Goldrahmen beben, der an der Tür zu Wolffs Wohnung lehnte, richtete sich auf, spürte den schmerzenden Rücken, erblickte Fräulein Broders Gesicht, das im Schlaf fünfzehnjährig schien, sagte: »Ja?«, worauf das Klopfen abbrach und Frau Wolff irritiert »Spatz?« fragte. Jetzt sah er zum erstenmal, wie Fräulein Broder erwachte. Das ging ganz ohne Übergang, ohne Strecken und Rekeln und Augenreiben. Sie lag still auf der Seite, schlug die

Augen auf und war da. »Was ist?« – »Komm schnell mal rüber.« – »Ja, ich muß mich nur anziehen.« – »Mach bitte schnell.« – »Ist was passiert?« – »Ja, mit meinem Mann.« Auch Karl mußte mit. Sie nahmen den kürzesten Weg, über den Boden, der dunkel war, da Schnee auf den Luken lag. Fräulein Broder verlangsamte nicht einmal ihren Schritt, zog Karl an der Hand hinter sich her. »Zieh den Kopf ein! Mach einen großen Schritt! Stolpre nicht über den Balken!« Wolffs Wohnungstür war nur angelehnt, im Korridor standen Papiersäcke mit Taubenfutter. Fräulein Broder lief gleich in die Stube. Herr Wolff saß im schwarzen Anzug, im weißen Hemd und Fliege am Tisch, die Stirn auf der Platte. Fräulein Broder richtete ihn auf. Wolffs Kopf fiel nach hinten, der Unterkiefer klappte nach unten, die Augen stierten ausdruckslos zur Decke. Frau Wolff kam aus der Küche. Es roch nach Braten. »Gibt es hier im Haus Telefon?« Karl war erschreckt und hilflos. Frau Wolff schüttelte den Kopf. Fräulein Broder sagte: »Der ist besoffen!« – »Das auch!« meinte Frau Wolff. »Er hat ja seit eins nichts andres getan als saufen, siehst du ja, und daß ihr davon nicht aufgewacht seid, ist ein Wunder, und jetzt ist es schon zehn, und er hat noch immer nicht ins Bett gefunden, und was schlimmer ist und mir Angst macht, auch nicht die Tauben gefüttert, was er noch nie vergessen hat, und wenn er auf allen vieren hochkrauchen mußte, weil der Affe so schwer war, siehst du, und ich hab' dich immerfort holen sollen, damit du es aufschreibst und wegschickst und sie ihn gleich kriegen am dritten Feiertag.« Die Polizei und die Sparte Sporttaubenzucht des Verbandes der Kleintierzüchter nämlich den Beschwerde-, Auskunfts- oder Anklagebrief, in dem geschildert werden mußte, wie der vom Dienst kommende Kellner Wolff des Nachts in der Toreinfahrt vom Herrn Quade aus C (»samt kläffender Töle«) in nicht wiederzugebender Weise so beleidigt worden war, daß er auf eine öffentliche Zurücknahme bestehen mußte. Was gesagt worden war? Paschke, der wie immer gleich zur Stelle gewesen ist, war Zeuge, daß da lügenhaft von nach Taubendreck stinkender Trockenwäsche und Ungeziefer geredet worden war; aber (im Vertrauen) war diese Beleidigung noch nicht das Schlimmste, viel schlimmer, viel, viel schlimmer und der eigentliche Grund für die Sauferei war die Drohung, zu der sich Quade hatte hinreißen lassen, als Wolff auf den immer und ewig kläffenden Terrier geschimpft hatte: Er, Quade, würde dafür sorgen, daß die Tauben wegkämen! Und das könnte er wirklich, wenn er gemein wäre. Denn mit den Tauben war das wie mit Eisenbahnfenstern: Wenn nur einer dagegen ist, dürfen sie nicht geöffnet werden, und wenn die andern sich totschwitzen oder ersticken. Und das Taubenhalten in Wohnhäusern ist nur so lange möglich, bis ein Mieter sich beschwert, dann müssen sie weg; in Wolffs Sparte war das schon mehr als einmal passiert. »Und das überlebt er nicht, siehst du!« Und deshalb die Idee mit der Beleidigungsklage. Quade wird Angst kriegen und klein beigeben. »Schreib ihm das gleich, Spatz, damit er sich endlich beruhigt und ins Bett geht, denn um vier muß er wieder in seine Kneipe. Ich lade euch dafür zum Mittagessen ein, die Tauben sind schon im Ofen, und Wolff ißt sowieso keine, kann er nicht, hat er noch nie gekonnt.« Aber Spatz war anderer Meinung, was Quade betraf, der neu im Haus war, den sie von früher nicht kannte. Ach so, der Fleischberg? Auf dem Wohnungsamt arbeitete der? Und wohnte hier und nicht mal im Vorderhaus? Das mußte doch ein anständiger Kerl sein, mit dem man sich gütlich einigen konnte. Eine Klage würde ihn nur reizen. Wer seinen Hund liebt, hat auch Verständnis für Tauben. Gut wäre, Paschke mitzunehmen. Aber vorher mußte Onkel Wolff ins Bett. »Faß mit an, Karl!« Und während sie ihn ins Schlafzimmer schleiften, geschah das Wunder, daß Wolff klar und deutlich was sagte: »Flohbrutanstaltsbesitzer!« So massiv hatte Fleischberg Quade den Zuchtfreund Wolff und die edelrassigen Sporttauben beleidigt, und das war das einzige Wort, das Karl jemals aus diesem Munde hörte, und er fragte sich (und später Fräulein Broder) vergeblich, ob die Stummheit Folge oder Ursache des Ehefrauenredestroms war, der auch in den folgenden Stunden unaufhaltsam floß: beim flink servierten Frühstück, auf dem Weg zu Paschke, bei Paschke, auf dem Weg zu Quade, bei Quade (der lautstark, aber milde einlenkte, einsah, nachgab, zurücknahm), auf dem Weg zum Mittagstisch, beim Mittagessen, nach dem Mittag, beim Kaffee, und nur kurzfristig gestaut wurde durch Antworten (wenn sie kurz ausfielen). Es war schon wieder dunkel, als die beiden die Stille des noch ungeheizten Zimmers erreichten wie Ertrinkende das rettende Ufer, dem Ofen seine kalte Ruhe ließen und ins Bett flüchteten.

Warum diese Nebensächlichkeiten? Doch nicht, weil es nach all den Planer- und Leiterliteraturgestalten vielleicht eine Tat sein wird, die alte Waschfrau (die Wölffin war Putzfrau) wieder zu entdecken, sondern weil für Erp und Broder dieser Tag voller Entdeckungen war. So stellte sie zum Beispiel fest, wie zwergenhaft durch Riesenliebe Angst vor schlechtem Ruf und Konventionsverletzung wurde, wie leicht und angenehm es war, von ihrem zukünftigen Mann zu reden, wie gern sie neben ihm sich sehen ließ, wie stolz sie auf ihn war, wie froh es sie machte, ihm Wolff, Paschke, Quade, Boden, Tauben, Flur und Hof vorzuführen (Siehe: Das alles gehört zu mir!), wie wundervoll er reagierte, wenn sie ihm im Redestrom der Wölffin voll stillen Einverständnisses zulächelte, wie wichtig und interessant schon zehnmal gehörte Geschichten über ihre Kindheit, ihre Eltern wieder wurden, wie alles, alles neu und anders und bedeutungsvoll wurde durch ihn, durch Erp, der gleichfalls Entdeckungen machte, viele sehr angenehme, ein paar nicht ganz so angenehme und gar keine unangenehmen. So stellte er zum Beispiel fest, wie seltsam schön es für ihn war, daß andre Leute in das frische Liebesverhältnis eingeweiht wurden, wie stolz es ihn machte, daß diese (seine!) junge Frau (nicht ihrer Schönheit, sondern ihrer Klugheit und Entschiedenheit wegen) von allen geschätzt, geachtet, verehrt wurde, wie mittelmäßig er sich dagegen vorkam, weil er zwar freundlich, aber nicht nützlich war (er machte sich beliebt, sie wurde respektiert!), wie er ihr dadurch, daß er sie inmitten ihrer Kindheitsumwelt sah, als Spatz erlebte, näher kam, mit ihr vertrauter wurde, sie stärker liebte als zuvor. Die nicht ganz so angenehme Entdeckung aber war, daß die wunderbare innere Verbundenheit zwischen ihnen manchmal für Sekunden und Minuten (durch ihre Schuld natürlich) zerreißen konnte, ohne daß sie es bemerkte.

Niemand an seiner Stelle hätte begriffen, warum sie den ersten gemeinsamen Tag andren opferte.

Das war es nicht. Hätte sie ihn gefragt, er hätte gesagt: Ja, tu, was du für richtig hältst. Aber sie fragte ihn nicht, sie war es gewohnt, allein zu entscheiden. Das war es! Auch wenn er es damals selbst noch nicht wußte, weniger ärgerlich als traurig und mit seinen Gedanken plötzlich mal weg war, dreißig Kilometer weit, noch innerhalb der Stadtgrenze, beim festlich gedeckten Tisch, auf dem sogar Blumen standen, beim Feiertagnachmittagsspaziergang über die Brücke, unter der Schollen trieben, in seinem Zimmer, allein, mit Musik, Kaffeeduft und Flußblick, der auch zwei Kinder traf, die am Ufer Schneebälle zu Schneemannsbäuchen rollten. Aber das verging schnell, und später im Bett, den Spatz in der Hand, wußte er nicht mehr davon, schwelgte er wie sie, mehr als sie im Plänemachen und lachte mit ihr über die unangenehmsten Minuten des Tages, in denen Frau Wolff eine Ersatzmutterrolle annahm und mit dem zukünftigen Vizeschwiegersohn ein Verhör anstellte, dessen Direktheit den taktgewohnten Erp überrumpelte, so daß er keine Möglichkeit fand, in freundliche Floskeln auszuweichen, und schlicht und einfach antworten mußte. Ja, selbstverständlich, sofort nach den Feiertagen wird er zum Anwalt gehen, nein, nein, Schwierigkeiten wird es keine geben, die Frau war einverstanden, sehr sogar, mit dem Geld würden sie auskommen ohne Frage, ein bißchen mehr als ein einfacher Bibliothekar verdiente er als Leiter doch, sicher, die Kinder, zwei, für die müßte er zahlen, aber für die Frau doch nicht, das gab es heute nicht mehr, sie würde wieder arbeiten, wollte sie sowieso schon lange, gesund war sie, ja, auch Bibliothekarin, schon richtig, das Auto kostete allerhand, aber man konnte es abmelden oder verkaufen, ja, Heirat gleich nach dem Examen, vorher wäre unsinnig, schon des Stipendiums wegen. Nur auf genaue Zahlen ließ er sich nicht ein, die kamen erst im Bett zur Sprache, zwischen sechs und acht und zehn und elf und zwölf und eins, als sie Pläne machten, nicht weil das nötig war (sie wußten genau, was zu geschehen hatte), sondern weil es Freude machte, über gemeinsame Zukunft zu reden, weil jeder Blick nach vorn eine Liebeserklärung war, ein Treueschwur, eine vorweggenommene Liebkosung, also Planung als Selbstzweck, man kennt das ja. Sie entwickelten sich in diesen Stunden, Tagen, Wochen zu Meistern dieser Kunst, planten horizontal und vertikal, chronologisch, systematisch, alphabetisch, entwarfen Präambeln, legten Verantwortlichkeiten fest, terminierten, bilanzierten, kalkulierten, prägten Abkürzungen (KW = Kampf mit dem Wohnungsamt), schufen Slogans (Wohnung: Lieber groß als schön!) und entwarfen auf der Grundlage der SAB (Systematik für Allgemeinbildende Bibliotheken) ein System von Hauptgruppen, die dann mit Hilfe dezimal angewandter Zahlen in wunderbar viele Gruppen und 1. und 2. Untergruppen eingeteilt werden konnten. Sie waren stolz auf sich und die Breite und Differenziertheit ihrer Vorhaben und Bedürfnisse, als sie feststellten, daß sie von B bis X alle Hauptgruppen benutzen konnten. Lediglich für A (Marxismus-Leninismus, Allgemeines) und Z (Allgemeines) hatten sie beim besten Willen keine Verwendung. Schwerpunkte bildeten die Hauptgruppen B (Wirtschaft, Wirtschaftswissenschaft) mit der Finanzökonomik und dem Rechnungswesen, C (Staats-, Rechts- und Militärwesen) mit Zivilrecht für Scheidung und Trauung und Polizei für Anmeldung einschl. Hausbuch, F (Erziehungs- und Bildungswesen) mit allen Bibliotheksfragen, die ihnen im Bett leicht lösbar schienen, L (Erd-, Länder-, Völkerkunde) mit Reiseplanung, O (Gesundheitswesen, Medizin) mit den in Aufgang B schwierigen Hygieneanforderungen und natürlich X (Hauswirtschaft) mit allen zwölf in der SAB aufgeführten Untergruppen. Schöner, weil genußvoll ausdehnbar, waren die Gebiete, die keine klaren Planpositionen hatten, dafür aber zu vielfältigen Problemdiskussionen Anlaß gaben. So stand zum Beispiel bei D (Geschichte, Zeitgeschichte) die Gliederung zur Debatte, die er personal (D 1 Broder, D 2 Erp), sie aber sachlich (D 1 Wonnen der Beichten, D 2 Kindheitserinnerungen einschl. Familiengeschichte, D 3 Geschichte ihrer eignen Liebe, D 4 Gegenseitige Vermittlung von Geschichtskenntnissen: D 41 Berliner Geschichte – durch sie –, D 42 Bibliotheksgeschichte – durch ihn) vornehmen wollte. Bei G (Körperkultur, Sport, Spiele) einigten sie sich schnell darauf, die Spiele zu streichen (welch Glück: wie leicht hätte doch einer leidenschaftlicher Skat-, Rommé- oder Schachspieler sein können!), keine Verweisung »Liebesspiele siehe O« anzubringen und im Sommer eine Morgengymnastik bei offenem Fenster anzufangen. Viel Zeit nahm K (Kunst, Kunstwissenschaft) in Anspruch; da mußte für die Entscheidung über die goldgerahmte Kaiserstadt ein Termin festgelegt, über Zimmerschmuck, Kunsthandwerk, alte und neue Möbel, Konzert-, Theater-, Filmbesuche diskutiert und das alles unter Entsetzensrufen (Wie kann man einen Mann lieben, der nur dreimal im Jahr ins Kino geht, keinen Beat mag und Silvester die Funk-Neunte hört! – Unmöglich diese Frau, die Böll sentimental und das heilige Berliner Ensemble museal nennt!) aufgeschoben werden, weil Einigung nicht möglich war. Bei N (Naturwissenschaften) kam unter Akustik das Problem der Wolffschen Tür zur Sprache, die mit Lumpen, Brettern, Papier schalldicht gemacht werden mußte, um auch außerhalb der Fernsehzeiten unbelauscht sein zu können. Bei T (Technik) erschreckte sie ihn mit der Erklärung, daß sie das Auto für überflüssig hielt, was er mit Schweigen quittierte, worauf sie das Thema sofort fallenließ. Bei W (Land- und Forstwirtschaft einschl. Jagd und Fischwirtschaft) präzisierten sie ihre Meinung über die ruhestörenden Tauben und perspektivplanten für das nächste Jahrzehnt ein Wochenendhaus mit Garten. »Zur Gartenarbeit fehlt mir aber alles: Kenntnis, Freude, Zeit.« – »Das laß nur meine Sorge sein. Du mußt nur die Blumen bewundern und feststellen, daß die Äpfel besser schmecken als alle gekauften.« Oder sollte man vielleicht ganz draußen wohnen, an der Peripherie der Stadt? Erp fragte so, und es klang weniger ernst, als es ihm war, aber er bekam keine Antwort, mußte vielmehr selbst eine geben, auf die Frage nämlich, wie es denn mit seinem Traum stünde. Mit welchem? Mit dem von Leben und Arbeit auf dem Lande, wo die Kulturrevolution noch merklich Revolutionäres hatte, wo es war, als setze man in eine Brache den Pflug, wo man mit den Menschen auf du und du stand. Woher sie davon wußte? Etwas davon hatte in den ersten Nachtgesprächen angeklungen, in wodkamelancholischer Verzerrung, und dann hatte Kratzsch geplaudert, die Kolleginnen zum Lachen gebracht damit. War das wirklich zum Lachen? Nein, nein, für ihn nicht, ganz und gar nicht; er dachte oft daran, wenn der Verwaltungskram ihm über den Kopf wuchs, wenn ihn wochenlang nur Berichte, Pläne, Finanzen beschäftigten, keine

Bücher, keine Leser. War er dazu Bibliothekar geworden? Die paar Ausleihstunden in der Woche waren doch kein Gegengewicht, das war doch Spiegelfechterei, damit machte man sich was vor. »Kannst du das nicht verstehen?« Doch, sie konnte, sehr gut sogar, war ganz seiner Meinung, artikulierte sie auch und hätte es damit genug sein und ihn zufrieden einschlafen lassen sollen. Aber das eben konnte sie nicht, mußte noch eine ihrer schrecklichen Warum-Fragen anbringen, die er mit der schon bekannten Haus-Kinder-Elisabeth-Entschuldigungsstory beantwortete und mit »Gute Nacht!« schloß; was sie nicht hinderte weiterzufragen. Und jetzt? Jetzt brauchte er Schlaf. Gewiß, sie auch, aber vorher mußte sie ihm noch sagen, daß die Gelegenheit noch nie so günstig gewesen war wie gerade jetzt, da Altes beendet war und Neues begann. Und sie (das noch ganz schnell, damit er Bescheid wußte), sie war kein Hindernis; sie hatte ihre Pläne, an denen war nicht zu rütteln, und die sahen einige Jahre Praxis vor, aber wo, das lag nicht fest, da war sie ganz variabel, und sie stellte es sich wunderbar vor, mit ihm zusammen Neuland zu betreten. »Wir reden noch darüber. Aber heute nicht mehr. Schlaf gut!«

Er nahm das nicht ernst. Er wußte doch, wie sehr sie an Berlin hing.

Er wollte es nicht ernst nehmen. Das war es.

16

»Guten Abend, Fred! Das ist meine Frau«, sagte Erp und log damit, wofür er beim Betreten von Manteks Wohnzimmer sofort bestraft wurde durch Schreck, der ihn unfähig machte, nach fünfmaligem »Erp! Guten Abend!« zum sechsten Händeschütteln passende Worte zu finden – was Fräulein Broder gelang, die nämlich auf die Anrede »Guten Abend, Frau Erp!« wenigstens sagen konnte: »Auf Sie waren wir wirklich nicht vorbereitet, Kollege Haßler!«

So beginnt der erste gesellschaftliche Auftritt für das Liebespaar mit einem Schock und für den Berichterstatter die Schwierigkeit. Da hat man sich nun bisher bemüht, der Tatsachenfrucht den Saft auszupressen und diesem noch das Wasser auszukochen, um dem Leser das eingedickte Gelee im handlichen Einpfundglas anbieten zu können, und nun kommt die gehäufte Obstkiepe der Personage einer Silvesterparty dazu. Um Überkochen zu vermeiden, muß da rigoros ausgesondert werden (was schwerfällt). Nicht uninteressant ist zum Beispiel Dr. Bruch, ein Kunstwissenschaftler, der das Ich immer groß zu schreiben schien, was ihm aber (wie den Engländern) niemand übelnahm, vielleicht weil er ein gewisses Recht dazu hatte; aber der wird nicht hier, sondern erst später gebraucht. Also raus mit ihm. Manteks Mitarbeiter Krautwurst, ein fähiger, liebenswerter Mann, der das Unglück hat, eine Frau (seine eigene) zu lieben, die nicht zu ihm paßt, es aber auch nicht fertigbringt, ihn zu verlassen, wäre einen eigenen Roman wert, und vom Ehepaar Baumgärtner wird nur die Hälfte gebraucht, der Mann, Eberhard, allen Literaturfreunden, Zeitungslesern und Fernsehern als Erfolgsautor Ebau bekannt, der (nicht nur aus Langerweile) die Nacht im erfolglosen Flirt mit Fräulein Broder verbrachte. Bleiben die schon Bekannten: Theo Haßler vom Stadtbezirksrat und Fred Mantek, man erinnert sich: Karls Vorbild, Gefährte, Freund aus Gründerjahren, sein Vorgänger als Bibliotheksleiter, seit Jahren vom Kulturministerium aus für Volks- oder vielmehr Allgemeinbildende Bibliotheken tätig.

Und Frau Mantek! Sie, die Biologin (unter deren Spezialgebiet, das noch nicht im Lexikon steht, sich nur einer unter Millionen etwas vorstellen kann), war es doch schließlich, die (aus Kulturbesessenheit und Experimentierfreudigkeit) diese verschiedenartigen Leute unter ihrem Dach zusammengebracht hatte. Sie fand es wenig lohnend, mit Kollegen zu feiern, die sich und ihre Ansichten seit Jahren kennen und nur zu Unterhaltungen fähig sind, die sie Spiegelgespräche nannte: in denen nämlich der eine sagt, was der andere denkt, und dieser als Entgegnung die Gedanken äußert, die jener hat – eine Form des Gesprächs, die an manche öffentliche Diskussion erinnert, in der keine Frage offenbleibt, weil keine gestellt wird. Wennschon Feste, fand sie (wie auch Fred, ihr Mann), dann welche mit Menschen, die denken, also auch fragen können, noch Fragen haben, vielleicht auch selbst (sich und anderen) fraglich waren. Langeweile ließ sich mit geringerem Aufwand erzeugen. Sie aber war es auch, die den Einfall gehabt hatte, Erp-Broder und Haßler einzuladen gegen anfängliche Einwände ihres (in der Kultur tätigen und also wenig experimentierfreudigen) Mannes, der aber, nachdem er zugestimmt hatte, auch bereit war, Verantwortung dafür zu tragen (schwer, wie sich herausstellen sollte, da Erp, der sich in eine Falle gelockt sah, übelnahm und Fred Mantek es mit ihm zu tun hatte, Ella Mantek dagegen mit dem angenehmeren Teil, der angeblichen Frau Erp, die für sie die interessanteste und liebste Person dieser Nacht wurde).

Was auf Gegenseitigkeit beruhte. Es trat hier der seltene Fall ein, daß zwei Frauen sich selbst in jeweils der anderen wiederfanden. Ella Mantek wußte, daß sie, fünfzehn Jahre später geboren, so geworden wäre wie dieses Mädchen, und Fräulein Broder fand in ihr ein Modell für das, was sie wollte und sicher auch konnte, auch im Hinblick auf die Ehe. An Ella und Fred Mantek sah sie, daß das möglich war: Gemeinschaft ohne Abhängigkeit, Nebeneinander zweier Souveräne ohne Machtkämpfe, schönes Gleichgewicht der Kräfte, zwei Mittelpunkte, deren Kreise sich ohne Komplikationen überschneiden, zwei Sonnen an einem Himmel, zwei ineinandergewachsene Bäume, die sich gegenseitig kein Licht wegnehmen und gleichzeitig hoch und breit werden. Sie spürte das sofort an der Art, in der die beiden miteinander umgingen, wie sie sich selbstverständlich die Gastgeberrolle teilten, wie sie miteinander und übereinander sprachen, sich ausreden ließen, einander auch (ohne Rechthaberei) widersprachen, achtungsvoll, tolerant, ohne daß auch nur für eine Sekunde das einigende Band zwischen ihnen zerriß. Fräulein Broder war fasziniert von den beiden und fragte auch Baumgärtner, das Bestseller- und Flirtgenie (den Meister der Anpassung also), ihre Silvesterklette, danach, der es ihr bestätigte, auf eigne Art allerdings, nicht rein, sondern mit würzenden Zusätzen eines Zynismus, den er irrtümlicherweise bei der kühlen Frau für erfolgversprechend hielt. »Ja, so ist es, und sie haben entsetzlich an sich arbeiten müssen, um es zu diesem aufreibenden Zustand einer Ehe-Demokratie zu bringen, der nicht nur der Natur widerspricht, sondern auch der Vernunft, die doch aus ist auf höchstmögliche Bequemlichkeit. Solch anstrengendes Verhältnis kann man sich im Notfall mit einer Geliebten leisten, von der Ehefrau aber verlangt man kritiklose Bewunderung, Haushaltstalent, und wenn möglich, Kenntnisse im Maschineschreiben. Persönlichkeit von Bedeutung zu entwickeln wurde von jeher nur Hetären und Mätressen erlaubt. Auch Goethe hat schließlich Christiane und nicht Frau von Stein geheiratet.« Natürlich wunderte Fräulein Broder sich darüber, daß der große Ebau, der Schöpfer solch herrlicher Kampfgemeinschaftsehen wie der von Erna und Fritz Standfest das sagte (fragte ihn auch danach und bekam die Theorien von der kleinen und großen Wahrheit und der Dem-Leben-einen-Schritt-voraus-Literatur serviert), wurde aber nicht zornig, weil sie flirtende Männer nun schon zur Genüge kannte; an Ebau merkte sie nur noch einmal, wie unergiebig Gespräche mit ihnen waren: Der gab doch von sich und vom Bücherschreiben nichts preis, der redete ihr doch nur nach dem begehrten Munde, der plapperte sich umwegig auf sein Ziel zu, nahm doch nicht sie, sondern nur ihr Fleisch ernst, der wollte sie doch nicht informieren, sondern gefügig machen, der meinte doch nicht, was er sagte, der sagte irgendwas und meinte das eine, führte mit Worten einen verdeckten Krieg gegen sie, des Sieges schon sicher, der lobte ihre Schönheit und Klugheit doch nur, weil er hoffte, daß auch sie ihn dann schön und klug finden würde, der redete nicht von seinem Ruhm (sagte sogar, wenn jemand darauf anspielte: Schon mancher hat seinen Namen in Stein gemeißelt gesehen, und dann war er nur in Seesand geschrieben), wußte aber genau, wie sehr der im verborgenen für ihn arbeitete, wie sehr der wirkte bei jeder, die ihn kannte. (Und wer in unserer Fernsehgesellschaft kannte ihn nicht?) Auch auf Fräulein Broder hätte das Gefühl: Der große Ebau bemüht sich um mich! gewirkt, wenn sie noch halb und allein gewesen wäre, vor ein paar Wochen also noch. Jetzt aber dachte sie: Du bist es nicht, du nicht, trotz Ruhm und Bart, und wenn du noch geschickter wärst, es nützte nichts, das ist vorbei, das zieht nicht mehr, Zynismus nicht, Prominenz nicht, hübsche Selbstironie nicht und auch nicht entwaffnende Direktheit: Ich halte Sie für eine bedeutende Frau!

(und damit für eine treffliche Geliebte), das ist vorbei, wenn es auch wiederum Spaß macht, seiner selbst so ganz sicher zu sein, keine Sekunde das Gefühl zu haben, mit dir was zu versäumen; glaube mir, es lohnt nicht, spare deine Kräfte, du bist doch ein Dichter, wie kannst du da so instinktlos sein und nicht merken, wie langweilig es ist, als Antworten auf Sachfragen nur Witzeleien zu hören, siehst du denn nicht, was zwischen Karl und mir ist, wie fest das Band, wie unzerreißbar? Liebe hatte sie immun gemacht gegen fremde erotische Erreger, hatte ihre Außenhaut imprägniert, gehärtet, gepanzert, ihr Inneres aber gleichzeitig in schwer beschreibbarer Weise geöffnet für alles, was ihren Gefühlen verwandt zu sein schien, für Wärme, Schönheit, Güte, auch für dieses Fest und die um Fröhlichkeit bemühten Menschen. Sie war hierher wie in ein Abenteuer gefahren und wartete darauf, daß es beginnen sollte. Während Erp auf unbekanntem Terrain noch immer wie einer aus finsterster Provinz reagierte, Feindseligkeit und Mißtrauen hinter Höflichkeit verbarg, auf Zurücksetzung, Beleidigung, Mißachtung, Hohn gefaßt war, und wenn die nicht kamen, sich schnell auf den allgemeinen Ton einstimmte, Unwissenheit nicht zugab, auswich, nie unbequeme Fragen stellte, verleugnete Fräulein Broder weder Entdeckerlust und Spannung noch sich selbst. Sie wollte immer wissen, wie andere auf ihre Ansichten reagierten. Scheu, die auch sie kannte, wurde bei ihr immer durch Stolz überwunden und durch das prickelnde Gefühl des Neuen, das sie schon als Kind gekannt hatte, als sie das erste Mal ausgezogen war, um Stadt und Menschen zu entdecken, die nächste Umgebung erst mit all den Rentnern, Gelegenheitsarbeitern, Nutten, Schiebern, Zeitungsverkäufern, die den neuen Staat (in den sie einfach hineinwuchs) vorerst ertrugen wie alle Regime zuvor: mit eingezogenem Kopf, listiger Umsicht, lebensnotwendiger Verschlagenheit; dann waren die Kreise größer geworden, hatten vom Alexanderplatz bis zum Tiergarten, vom Nordhafen bis zum Kreuzberg gereicht. Schul- und FDJ-Freundinnen waren Töchter von Möbelladenbesitzern, Feinmechanikern, Betriebsdirektoren gewesen, und Frau Kienast, die verehrte Lehrerin, hatte durch KPD-Vergangenheit imponiert; Amouröses hatte sie in Pankower Villen,

Grünauer Lauben, Friedrichshainer Ladenwohnungen geführt, und jetzt war sie zum erstenmal in einem Hochhaus der Karl-Marx-Allee, in einer modernen, stilvoll (und sicher teuer) eingerichteten Wohnung, bei einer Wissenschaftlerin und einem Ministeriumsmann, an denen ihr nicht das Geld imponierte, sondern das sicher größere Wissen um wichtige Dinge, die Übersicht: Die wußten mehr, als in der Zeitung stand. Und davon wollte sie profitieren, und was Doktor Bruch für einer war, wollte sie wissen, und warum Frau Baumgärtner ohne Unmutsfalten den Erfolgsgatten auf Kriegspfad gegen fremde Mädchen ziehen ließ und was der Krautwurst im Ministerium machte, und vor allem natürlich, wie Haßler hierherkam (mit dessen Anwesenheit sie so wenig gerechnet hatten wie mit der Täve Schurs oder Haile Selassies) und warum Karl dem Gespräch, das Mantek doch wohl mit ihm suchte, offensichtlich auswich.

Überrascht über seine Anwesenheit in diesem Kreis war Haßler selbst noch immer, und da er am Wein nur roch und nippte, dauerte es lange, ehe das Gefühl, hier unrechtmäßig eingebrochen zu sein, sich verlor. Er hatte Mantek kaum, eigentlich nur aus Karls Erzählungen gekannt, in ihm einen guten Ratgeber und mächtigen Verbündeten vermutet, ihn angerufen, ihn besucht, mehr Zeit als sonst dazu gebraucht, sich aus Rededrapierungen herauszuwickeln (weil die Konkretheit und Kürze fordernden Fragen der Frau ihn nervös gemacht hatten) und schließlich dieser Silvesterverschwörung zugestimmt, so unheimlich sie ihm auch von Anfang an gewesen war: Der Erfolg war zweifelhaft, und nicht nur Karl, sondern auch ihm wurde die Feier verdorben. Natürlich konnte er an nichts als an das kommende Gespräch denken, Frauen, die ihn hätten interessieren können, waren nicht da (folglich auch kein Grund, sich tanzend zu verausgaben), Wodka und Bier gab es hier nicht, zum Mitplätschern in den Flachwassern der Plauderei war er weder aufgelegt noch fähig, und Frau Mantek war eine zu perfekte Gastgeberin, um ihn (bis die Auseinandersetzung mit Karl begann) still dösend in einer Ecke sitzen zu lassen: Er fühlte sich unwohl und wünschte sich in seine Bahnhofskneipe, in der keine Aufgabe vor ihm gelegen hätte als der Weg nach Haus und ins Bett.

Er fühlte sich überflüssig und allen unterlegen. Nichts als das war es. Unsinnig, aber nicht zu ändern! Frau Krautwurst, die an allen Männern interessiert war und nur in einer Richtung denken konnte, vermutete später: »Der kommt doch aus dem anderen Koffer! In dem Alter und unverheiratet! Ich finde es unmoralisch, sich den Frauen einfach zu entziehen.« Berechtigt aber war sein Unbehagen über das abgekartete Spiel mit der Silvestereinladung. Mantek hatte sich das so schön gedacht: ein zwangloses Gespräch unter Freunden, das nichts von Dienstbesprechung oder Verhör haben durfte. Aber wie sollte das zustande kommen, wenn Erp sich (mit einigem Recht) bockbeinig stellte; am Strick konnten sie ihn ja nicht zum Diskutiertisch schleifen, er nicht und Mantek, der Hausherrenpflichten hatte, noch weniger. Immer hielt Erp sich so, daß nicht an ihn heranzukommen war, saß immer da, wo mehrere saßen, reagierte nicht auf Blicke, wich in Dauertanz aus, wenn Haßler oder Mantek sich zu ihm setzten – bis das Mädchen (das schuld an allem Ärger war und Haßler doch immer sympathischer wurde, weil er es täglich mehr auftauen sah) schließlich dem Esel Beine machte. Haßler sah, wie sie sich aus Ebaus Plauderumklammerung frei machte, lange mit Ella Mantek auf der Couch saß, dann mit Erp redete, der immer wieder den Kopf schüttelte, die Stirn runzelte, schließlich aber aufstand und in Haßlers Regalecke schlich, in der sich auch bald Mantek einfand.

Dem zu diesem Zeitpunkt Erps Zustand dunkler war als seiner Frau, die ihn inzwischen in Broderscher (natürlich einseitiger, aber heller) Beleuchtung sehen gelernt hatte. Wie Ella Mantek nicht anders erwartet hatte, war das Mädchen ohne Umwege zur Sache gekommen. »Sie wissen über uns Bescheid?« Gut, und was sollte Zweck dieser Inszenierung sein? Klärende Aussprache war auch in ihrem Interesse. Gewiß, Karls Verhalten sah nicht danach aus, aber ihm fiel es nie leicht, schnell zu reagieren, er brauchte lange Anläufe, um springen zu können. Und dann kam das große Wort über Karls Zustand, den das Mädchen als einen revolutionären bezeichnete: Die alten Lebensgesetze hatte er zerbrochen, und es kam darauf an (gegen Widerstände, ohne Erfahrung), neue zu schaffen, was schon Stärkeren schwergefallen war. »Wird er es können?« Als Antwort lächelte Fräulein Broder, und Ella Mantek freute sich über die sympathische Selbstverständlichkeit, mit der das Mädchen eigne Kraft hochschätzte.

Sie saßen also unter Büchern, als hätte sie ein Fernsehregisseur zur Illustrierung von: Kulturvoll leben! dort arrangiert, drei Männer, trinkend, rauchend, diskutierend. Der Altersunterschied zwischen ihnen war nicht groß (Haßler war 50, Mantek 45, Erp 40) und (von Haßlers Glatze abgesehen) kaum sichtbar; wenn man ihnen aber zuhörte, wirkte Erp wie ein ungebärdiger Jüngling unter Erwachsenen, was verständlich ist, wenn man bedenkt, daß er sich von Feinden umringt fühlte, die ihm die großartigste Frau der Welt nicht gönnten, und daß er allein war, da die Geliebte wieder mit der Literaturberühmtheit redete und lachte, als wüßte sie nicht, in welch vertrackter Situation er sich befand.

Er war abgelenkt durch Eifersucht (die aber hier ausgeklammert und im Kapitel 17 behandelt wird) und hatte Hemmungen.

Unnötige.

Gut, aber er hatte sie, wie jeder andere an seiner Stelle sie auch gehabt hätte: Mantek und Haßler konnten über ihn (und sie) entscheiden! Daß sie gute (also kritische) Freunde waren, half da wenig. Karl war so ehrlich wie möglich, aber anstatt über sich selbst nachzudenken, dachte er an Verteidigung. Dadurch, nicht durch Absicht der Initiatoren wurde aus dem Gespräch tatsächlich eine Art Verhör, was besonders Mantek irritierte, der die wenigste Zeit zur Urteilsbildung gehabt hatte, deshalb viel redete, kritisch zuspitzte, Karls Widerspruch herausforderte, aber meist nur erreichte, daß Haßler widersprach, der Bezeichnung Spießer zum Beispiel, die ihm nicht nur zu schimpflich, sondern auch zu ungenau war und deren vielfältige Bedeutungen für ihn nur ein Gemeinsames zu haben schienen: daß der Spießer immer der andere war. Aber Mantek lag nichts an dem Wort, was er meinte, war das: Karls Elan hatte mit seiner Jugend geendet, er war müde geworden, hatte sich zur Ruhe gesetzt, jeden Ehrgeiz aufgegeben und sich jetzt noch zu Haus und Auto die Geliebte angeschafft. War das so? Vergröbert, na schön, aber es stimmte doch. Nein, denn hier ging es um Liebe. Auch um Disziplin! In erster Linie ging es um Menschen. Ja, aber nicht nur um zwei, mindestens um drei und um die Kinder. Da wußte Haßler ein Marx-Wort: das von der gestorbenen Ehe, deren Fortbestand ohne Liebe unsittlich ist, aber Mantek traf er nicht damit, denn der war kein moralischer Rigorist, kein Ehe-Dogmatiker und Scheidungsgegner, der urteilte so wie jeder, der ohne nähere Kenntnis hört: Da hat einer einer jüngeren wegen Frau und Kinder im Stich gelassen! Der mußte so und nicht anders reagieren, weil er Elisabeth gekannt und ihre stille Aufrichtigkeit geschätzt hatte, der durfte so scharf werden, weil er annahm, von Freund zu Freund zu sprechen.

Was bei dieser Konstellation reichlich naiv war. Selbstverständlich machte sich Erp rund wie ein Igel und stellte die Stacheln auf, während Mantek es richtig fand, von den Zeiten ihrer Zusammenarbeit zu reden ohne Schwärmerei und Sentimentalität, die er für unrealistisch, unwürdig, schädlich hielt, weil durch sie das Elend jener Zeit weggejubelt, der Erfolg verkleinert und die Größe der Gegenwart unterschlagen wurde. Mit Recht fühlte Erp sich getroffen, denn bei ihm blühte das Unkraut der Schwärmerei wie bei allen, die vergangenen Elan zu betrauern haben. Mantek hatte Merksätze zur Hand. Man kann kein Jüngling, aber mutig bleiben; kein Naturgesetz macht erstes Grauhaar zum Totenkranz für Jugendideale, manchmal binden Ehefrauen die Kränze; mancher verzehrt seine Vorsätze als Sonntagsrouladen, überrollt sie mit Autos, ersäuft sie in Pilsner, sperrt sie in Datschen, läßt sie irgendwo liegen, auf der Couch, auf dem Fußballplatz oder in fremden Betten. Womit aber nicht gesagt sein sollte, daß Wohlstand unbedingt zu moralischer Erkrankung führt; er fördert aber manchmal Knochen- und Tugendfraß des Menschen.

Es war klar, welcher Irrtum hier vorlag: Der Totengräber eines Lebensstils (Fräulein Broder nämlich) wurde für seine Amme gehalten.

Und Haßler schwieg dazu.

Weil er fand, daß jetzt endlich Erp dran war, um klipp und klar zu erklären, daß diese Vorwürfe unaktuell waren, zu spät kamen, daß der Aufbruch zu neuen Ufern schon erfolgt, das Boot schon abgestoßen war. Aber Erp schwieg. Und Haßler wurde im alten

Jahr noch ärgerlich: auf sich (des geschmacklosen Silvesterkomplotts wegen), auf Manteks Moralposaunen und Erps scheinbare Schmollerei, die in Wirklichkeit ein bißchen Angst vor großen Worten (wer bringt es schon fertig, in einem Verhör die Größe seiner Liebe zu erklären!) und viel Unkonzentriertheit war. Denn der Spatz flatterte inzwischen in der Nähe des Vogelfängers und schien die Gefahr, die ihm durch Leimruten der Galanterie und Netze des Autorenruhms drohten, noch nicht erkannt zu haben. »Warum sagst du nichts?« fragte Mantek. Warum wohl? Weil er ein erwachsener Mensch ist und kein Schuljunge zum Beispiel, weil er unter dem Igelfell hinweg immer mal wieder ein Auge auf seine Frau (seine neue) werfen muß, weil hier Silvesterfeier und keine Parteiversammlung ist, weil er keine Ratschläge braucht und keine Vorwürfe, weil für ihn alles feststeht und eigentlich nur noch nötig ist, daß Haßler sich entscheidet, ob er der Verbindung von Chef und Praktikantin etwas in den Weg zu legen gedenkt. Und letzteres sagte er dann auch; in einem Ton, der deutlich machte, daß er Manteks Freundschaftsdienste nicht brauchte und Haßler um Kurzfassung bat. Und Haßler unterdrückte alles, was ihm zu biblischen und sozialistischen zehn Geboten, zu Sünde, Verantwortung, Buße, Vorbild noch einfiel (konnte Erp nur den Hinweis auf die mögliche Extremmeinung: Notzucht an Abhängigen! nicht ersparen) und nannte klar und ohne Rankenwerk seine Bedingungen: schnelle Entscheidung (also: Scheidung) und Versetzung einer Paarhälfte an eine andere Bibliothek. Mantek war unzufrieden mit dem ins Administrative mißratenen Gespräch, nickte aber zustimmend. Wie es auch jeder Leser tun wird.

Und dann läuteten Glocken, knallten Feuerwerkskörper, wurde »Prosit Neujahr« geschrien, wurden Gläser gehoben, geküßt und getrunken (für Detailinteressierte: Krim-Sekt).

Und Erps Antwort?

Kam nicht. Er hatte Wichtigeres zu tun: dem Fräulein den Dichter vom Leibe zu halten.

17

Nachzuholen ist Erps Eifersucht.

Die war groß wie seine Liebe. Er kämpfte dauernd gegen sie an und verlor immer. Wenn von seinem Glück die Rede ist, sollte auch immer dieser Qualen gedacht werden.

Heiligsprechung wegen Selbstkasteiung! Das fehlte noch! Er quälte sie damit doch mehr als sich selbst. Und warum? Weil er seine eigne Unbeständigkeit kannte und Fräulein Broder damit belastete. Gründe zur Eifersucht hatte er nicht nötig, um welche zu erzeugen. Die Vorgeschichte der Silvestereinladung ist bezeichnend dafür. Erst war es ihnen ergangen, wie es fast jedem ergeht: Bis Weihnachten wird das Silvesterproblem beiseite geschoben, dann wird es plötzlich akut. Was tun? Zur Auswahl steht: allein zu Hause feiern, verreisen, verschlafen, auf dem Bildschirm andere für sich feiern lassen, sich in einer Bar langweilen, Freunde einladen, sich einladen lassen. Es wird geredet, erwogen, beschlossen, verworfen, bis feststeht: Man feiert allein – es sei denn, es käme noch eine Einladung, die was verspräche, aber von wem? Der ladet sie nicht ein, die wissen nichts von ihnen, zu dem gehen sie nicht, zu denen vielleicht doch oder besser nicht, nein, nein, sie bleiben zu Hause. Eine Schulfreundin kommt. Wie geht's, noch nicht verheiratet, lange nicht gesehen, wie wär's denn Silvester? Der Kollege aus Köpenick ruft an: Was machst du Silvester? Ist ja nur eine Frage, ja, ja, schon gut. Frau Wolff fragt durch die Tür: Ich backe Pfannkuchen. Für euch mit? Es gibt ein schönes Programm. Die Antworten werden variiert, enden aber alle mit Nein, bis dann Mantek anruft und Erp ihn um Bedenkzeit bittet. Abends erklärt er ihr das Einerseits-Andererseits, überläßt ihr die Entscheidung, hat aber Angst vor ihrem Nein, weil er froh ist, sie endlich einmal Menschen vorführen zu können, die ihre Einmaligkeit zu würdigen verstehen; als sie aber freudig ja sagt (weil sie nämlich spürt, wieviel ihm daran liegt, und weil sie weiß, wie wichtig ihm Mantek ist), macht sein Gefühl eine Kehrtwendung, oder besser (um die folgende Wasserwellen-Metapher vorzubereiten): schlägt der Wind um von

Süd auf Nord, denkt er sofort: Sie langweilt sich schon mit mir, will andere Männer kennenlernen, und stellt sich gleich haarklein vor, wie das sein wird, die erste Berührung der fremden Körper beim Tanz, der erste Händedruck, das frivole Gerede, die Ansätze von Haß auf den leidenden Gatten, der ihr die Freude vergällt, die Verabredung, wenn man sich bald trennt, damit es nicht auffällt (denn wenn Diskretion und Umsicht garantiert sind, gewähren Frauen alles – in Erps Eifersuchtsträumen). Aber diese Vorleiden artikulieren sich noch nicht, bleiben lautloses Wellengekräusel unterm Nordwind und werden erst nach Durchquerung des Ozeans der Qualen zu allmählich anschwellendem Wellengang, im neuen Jahr, auf dem Heimweg, den sie zu Fuß machen, im Schnee, der die Schritte dämpft, als ginge man in Pantoffeln. Karl-Marx-Allee: Ihr hat es also gefallen, na ja, warum nicht; Ella Mantek besonders, so, so; und Ebau? Ist ein Pfau? Aber ein schöner doch wohl. Alexanderplatz: Das ist doch Unsinn, ohne Ermunterung sagt kein Mann so etwas; und alles erzählt man dem eigenen Mann sowieso nicht, nein, nie; bei solchen Beichten hobelt und feilt jeder an der Wahrheit herum. Dirksenstraße: Und wie er gelitten hat, war ihr also nicht aufgefallen, spielt auch keine Rolle, viel wichtiger war wohl auch, die Hand so auf die Sessellehne zu legen, daß die Spinnenfinger des Berufsgalans immer ran konnten. Hackescher Markt: Nach Langeweile hat ihr Lachen sich nicht angehört, aber warum das auch so ernst nehmen, viele Leute leben so, so nebeneinanderher, und Partys sind wohl dazu da, zur Abwechslung, warum auch nicht, er kann auch das, hat bisher nur angenommen, daß das bei ihnen nicht möglich sei, aber man kann natürlich entsprechende Verabredungen treffen, jeder darf, wo, wie, was er will, vielleicht war das für sie die einzige Möglichkeit, da sie doch Abwechslung gewohnt war seit jeher und die jetzt vermißte – und so fort bis zum Chamisso mit Schneehaube, wo Fräulein Broder sich aus ihrer angstvollen Erstarrung endlich lösen und sich sagen kann: Ruhig, Mädchen, ganz ruhig, das ist wie eine Krankheit, gegen die keine Logik hilft, keine Wut, die Pflege braucht und lindernde Pflaster! Und deshalb hört der steinerne Dichter (Ohren hat er ja noch unter der Beatle-Frisur) ihre mit sanfter Stimme abgegebene Grundsatzerklärung, in der sie auf seinen Unsinn eingeht, analysiert, erklärt, beteuert, beschwört, bis eine vorbeifahrende S-Bahn den Rest unhörbar macht. Und sie kann tatsächlich Sturmgebraus und Wogenprall zur Ruhe bringen, so daß am alten Judenfriedhof Mond und Sterne schon wieder auf spiegelglattes Seelenmeer scheinen.

Denn von der inneren Buchhaltung, in die er in dieser Stunde unter laufender Nr. 1 den Posten: Flirt mit Ebau! eintrug, wußte er selber kaum – noch weniger aber von dem Urgrund, aus dem seine Mißlaune aufgestiegen war, die eigentlich hätte in die Worte gefaßt werden müssen: Was fällt dir ein, für mich zu entscheiden, ob ich mich dem Gespräch mit Haßler und Mantek stelle oder nicht!

18

Aus fernbeheizter Luxuswohnung der Karl-Marx-Allee wieder zurück in den Aufgang B. Karl hatte ihn zum erstenmal als romantischer Abenteurer betreten; nach 14 Wohntagen war er zum naturalistischen Analytiker geworden. Ihr Dach stieß fast bis an die Sterne…, diese Stimmung vergeht, wenn morgens um vier die Druckerei im Nebenhaus die Wände zittern läßt, wenn durch die Decke, nahe der Außenwand, Tauwasser sickert, Tropfen in regelmäßigen Abständen auf das Bücherregal schlagen, das Weiß der Wände sich mit Wasserstreifen bedeckt, wenn nachts Mäuse und Ratten über den Boden jagen, in den Wänden nagen, wenn Sturm mit losen Dachrinnen Blechlärm schlägt, die Kneipe gegenüber jede Mitternacht liederfrohe Männer entläßt und schwacher Gasdruck am Morgen Kaffeekochen zum Geduldspiel macht.

Kleinigkeiten!

Gewiß, aber das ganze Leben besteht daraus wie ein Seil aus vielen dünnen Fasern. Auch Jahre laufen ab in Monaten, Wochen, Tagen, Minuten, Sekunden, große Taten lassen sich auflösen in tausend kleine, das dickste Buch wäre nicht ohne seine Seiten und Buchstaben, kühnste Gedanken würden nicht gedacht ohne eine Vielzahl von Wahrnehmungsteilchen. Kleinigkeiten, sie üben Macht aus, hier zermürbende. Kaum war es Karl nach Mitternachtsgesängen gelungen, sein wildarbeitendes Gehirn mit einer Decke aus Schlaf zu überziehen, wurde diese schon wieder zerschnitten durch scharfes Geheul einer Wasserkesselpfeife: Frau Wolff kochte Kaffee, es war zwanzig vor vier. Es half nicht, den Kopf ins Kissen zu vergraben, bis tausend zu zählen, die Augen unter geschlossenen Lidern zu verdrehen, zwanzigmal hintereinander autosuggestive Einschlafbefehle zu geben; er mußte auf die Geräusche von nebenan hören: unverständliches Selbstgesprächsgemurmel, Aufsetzen der Tasse auf die Untertasse, Umrührklingeln, Radiotastenknacken, lustige Frühmusik bis zur ersten Zeitansage, Ausschaltgeräusch, Einschnappen eines Taschenschlosses, Schlüsselbundklirren, Öffnen und Schließen der Wohnungstür. Stille, spannungsgeladen, denn gleich mußten die Druckmaschinen in Gang gesetzt werden. Aber die waren nicht so pünktlich wie Putzfrau Wolff, die ließen sich oft Zeit, fünf, zehn, zwanzig Minuten, begannen dann mit gedämpftem Aufheulen, das in Surren überging, dem sich Sekunden später regelmäßiges Stampfen unterlegte. Die Dielen bebten, Karls Körper mit, aber die Spannung wich, der Schlaf kam und ließ sich nur widerwillig (aber endgültig) um sechs vertreiben, wenn Kellner Wolffs Körner in den Taubenschlag prasselten und die Zuchttiere ihr ratterndes Picken begannen. Aus den fünf Minuten zwischen Weckerklingeln und Aufstehen waren jetzt dreißig zwischen Taubenfraß und Weckerklingeln geworden, die schrecklichsten des Tages, nicht des schmerzenden Rückens oder der Müdigkeit, sondern der Bildfolgen wegen, die zuckend sein gereiztes Hirn durchjagten, während neben ihm, höher als er, einen Meter entfernt, auf der Couch die Geliebte laut- und ahnungslos jede Minute Schlaf nutzte.

Die selbstproduzierten Innenfilme zeigten ihn in einer Zentralbibliothek auf dem Lande, in einem schäbigen Zimmer (Abort auf dem Hof), mit halbem Gehalt, ohne Auto, auf einstündigem Fußweg zur Bahn oder auf einer Parteiversammlung, die seinen Fall berät, im Zimmer des Rechtsanwalts, der ihn nach dem letzten ehelichen Beischlaf fragt, vor dem Scheidungsrichter neben der schluchzenden Elisabeth und immer wieder sein leerstehendes Zimmer mit Spreeblick, den angelnden Professor, sein Bett (Schlaraffia-Matratzen), die Bücher, die Morgendusche, den gedeckten Frühstückstisch mit Blumen, die Kinder, mit einem Wort: Er zerfloß in Angst und Selbstmitleid.

Aber das geschah nur, wenn er schlaflos lag. Und er wehrte sich dagegen – vergebens.

Er hätte Gegenmaßnahmen ergreifen sollen, lesen zum Beispiel. Fräulein Broder bot es ihm immer wieder an, wenn er (undetailliert natürlich) davon erzählte; sie würde Licht nicht stören, im Gegenteil, sie würde erwachen, glücklich sein, daß er da war, und weiterschlafen. Aber er tat es nie, nahm lieber Rücksicht und quälte sich, denn so wurde er zum Märtyrer und sie zur Schuldnerin.

Wer leiden will, findet immer seinen Peiniger, und sei es eine Schlafende.

Psychologische Phantastereien, die unglaubwürdig werden, wenn man weiß, wie wunderbar es für ihn war, sie erwachen zu sehen! Das war und blieb ein Erlebnis für ihn.

Das sie allerdings schnell zerstörte, indem sie sich ihm entzog. Sie glaubte, daß Zärtlichkeiten im ungelüfteten Zimmer, mit ungeputzten Zähnen und wirrem Haar der Liebe schaden konnten. Daß er sie schön fand, machte sie glücklich; sie hielt es aber für einen Irrtum, dessen Aufdeckung so lange wie möglich aufgeschoben werden mußte. Deshalb wäre es ihr lieber gewesen, erst beim Frühstück angesehen zu werden. Auch konnte sie sich nicht daran gewöhnen, daß er in dem Augenblick, in dem sie erwachte, über Schlafqualität, Träume, Nachtgrübeleien zu reden begann. Sie brauchte die Zeit zwischen Erwachen und Dienst dringend zur gedanklichen Ordnung des Tagesablaufs. Noch nie hatte sie vor Schul- oder Dienstbeginn reden müssen. Sie atmete auf, wenn er den Morgenrock überzog und die Wohnung verließ.

Zwar waren Wasserleitung, Abflußrohre und folglich auch WC erst nachträglich in die Hinterhäuser eingebaut worden, aber 70 bis 80 Jahre mochte das schon her sein. Trotzdem gab es noch immer Leute, die sich nicht daran gewöhnt hatten, nach

Benutzung die Kette zu ziehen, obwohl ein Schildchen darauf hinwies, mit Schnörkel-, aber leider nicht mit Leuchtschrift, die nötig gewesen wäre, weil es keine Lampe gab und man an Wintermorgen und -abenden im Dunkeln tappte und saß, wenn man (wie Karl ständig) die Taschenlampe vergaß und auf das Zwei-Minuten-Treppenlicht angewiesen war, das aber nur einfiel, wenn man die Tür öffnete, was die auf dem gleichen Stockwerk (hinter himmelblauer Tür) wohnende Familie Grün verdroß und zur Offensivverteidigung trieb, die von den drei rothaarigen Jungen vorgetragen wurde, indem sie aus ihrer Wohnung stürmten, Verfluchtnochmal, Jetztreichtsaber oder Schlimmeres (der Sache Entsprechendes) schrien, knallend die Tür ins Schloß warfen und einmal sogar den von außen steckenden Schlüssel drehten, so daß Karl, der nicht durch Lärm seine Lage publik machen wollte, im Dunkeln ausharren mußte, bis Fräulein Broder Verdacht schöpfte und ihn befreite. Eine Sonderbelastung waren für ihn Treppenhausbegegnungen in Pyjama und Morgenrock, die immer wieder vorkamen, obwohl er, frierend von einem Bein aufs andere tretend, im vierten beziehungsweise zweiten Stock erst lange lauschte, ehe er losging. Der Verdacht lag nahe, daß man im dritten Stock hinter den Wohnungstüren lauernd wartete, bis er herunter- oder heraufkam und dann erst losging zur Arbeit, zur Schule, zum Bäcker oder dorthin, wo auch er hin wollte. Vorbildlich verhielt sich nur die Nachbarin, die Eisenbahnpensionärswitwe Lange, die bis zehn im Bett lag und überdies das Klo nie benutzte – ein Phänomen, das auch Fräulein Broder dunkel blieb. (Sie gab aber zu, schon oft darüber nachgedacht zu haben.) Kam er zurück, blockierte die Geliebte noch Wasserhahn und Spiegel. Er durfte sie nicht anfassen dabei, sie nicht von hinten auf die nackten Schultern küssen, ihr auch nicht zusehen. Sie mochte auch nicht, daß er in der Küche blieb, um Frühstück vorzubereiten. In seiner Aktivität gehemmt, machte er im Wohn-, Schlaf-, Eß-, Arbeitszimmer die Betten. »Was machst du da?« – »Die Betten.« – »Aber die müssen doch erst auslüften!« Wütend zerstörte er sein Arbeitsergebnis wieder, riß Fenster auf und fror. Die Frühgymnastik erschöpfte sich in ein paar vorsichtige Kniebeugen; nirgendwo war Platz zum Liegestütz, jedes

Armkreisen mußte Zerstörungen anrichten. »Du kannst dich waschen!« Sie verschwand im Treppenhaus. Sein Körper hatte seit dem Aufstehen nach kaltem Wasser gedürstet, jetzt war er ausgekühlt und zitterte in der ungeheizten Küche bei der langwierigen Lappenwäsche, die erst halb (bis zum Nabel) vollbracht war, wenn sie schon zurückkam, in der Tür stand und sich freute, ihn so zu sehen. »Ich darf das bei dir auch nicht. Geh ins Zimmer!« Sie erschrak vor dem Ton und ging. (Und am nächsten Morgen und an allen weiteren ging sie an ihm vorbei, als sei er nicht da, und er war entsetzt darüber, daß sie das konnte.) Angezogen war sie schnell und wieder in der Küche, ehe er sich abgetrocknet hatte. Der Morgenrock klebte auf dem nassen Rücken. »Entschuldige, aber ich muß Kaffee machen, es wird sonst zu spät!« Wie widerlich die Zahnputzgeräusche waren, wenn sie zuhörte! Zur Strafe schwieg er, auch wenn sie beim Frühstück saßen noch, in der Stube, in den gewohnten Sesseln; hinter ihr auf der Couch, neben ihm auf dem Boden lagen das Bettzeug, sein Schlafanzug, ihr Nachthemd. Sie griff nach seiner Hand. »Sei nicht ärgerlich, morgen machen wir es besser!« Sie hatten es jeden Morgen besser machen wollen und es nie geschafft. »Die ungemachten Betten verderben mir den Appetit.« – »Aber sie müssen doch auslüften!« – »Ich will dir ja nicht weh tun, aber ich halte das für Aberglauben. Wenn man sie gleich macht, kühlen sie langsamer aus, das ist alles.« – »Aber ich bitte dich: Du weißt doch, daß die Betten nachts Schweiß aufnehmen.« – »Ich schwitze nie bei diesen Temperaturen.« – »Jeder schwitzt nachts.« – »Gut, gut, ich schwitze nachts, obwohl ich friere. Aber du glaubst doch nicht, daß bei dem Feuchtigkeitsgehalt dieser Zimmerluft auch nur ein bißchen Nässe verdampfen kann.« – »Es geht doch auch um den Körpergeruch!« – »Auf jeden Fall habe ich Angst, nach Hause zu kommen, wenn ich an die ungemachten Betten denke.« – »Ich habe sie immer erst gemacht, wenn ich vom Dienst kam. Ehe du dir die Hände gewaschen hast und hereinkommst, sind sie fertig.« – »Du vergißt, daß du heute Spätdienst hast.« – »Das ist einmal in der Woche!« – »Entschuldige bitte meinen extremen Ordnungssinn.« – »Vielleicht ein Zeichen innerer Unsicherheit.« – »Vielleicht auch ein Zeichen innerer Ordnung.« So machte sich sein morgendlicher Unmut Luft, nie explosionsartig, nie zu laut, immer mit kontrollierten Ventilen. Mal waren es die fehlenden Untertassen, mal die Butter im Papier, der ungeleerte Aschenbecher vom Abend, die Brotkrümel in der Marmelade, die Art des Ofenheizens. Jeder bemühte sich dabei um freundlichen Ton, sagte Liebster, Liebste, aber jeder wußte, wie aufreibend es für den anderen war. Sie nahm sich jeden Abend vor zu schweigen, und jeden Morgen verteidigte sie sich, erfand Gründe für Angewohnheiten, wurde rechthaberisch. »Sei nicht böse, Spatz, aber vom Geruch deiner Morgenwurst wird mir schlecht.« – »Seit heute plötzlich?« – »Ich habe bisher nur nichts gesagt.« – »Ich würde gern mit dir Marmelade essen, Liebster, wie es sich eigentlich für einen Deutschen gehört, aber es geht nicht; Süßes am Morgen ist Brechmittel für mich.« – »Das kann ich verstehen. Mir geht es ähnlich mit diesem Kaffee. Schmeckt er dir eigentlich so?« – »Wie: so?« – »Mit dem Dreck drin!« – »Das ist doch das Beste. Gefilterter Kaffee ist mir zu wäßrig.« – »Nicht, wenn man es versteht.« – »Außerdem dauert es zu lange.« – »Das habe ich früher auch immer gedacht, aber es stimmt nicht. Paß mal auf: In der Zeit, in der du...«

Dazu zu schweigen wäre wirklich von ihr zuviel verlangt gewesen. Männliche Haushaltsratschläge sind auch für Frauen ohne hausfraulichen Ehrgeiz beleidigend. (Es geht ihnen damit wie den Männern mit Sport.) Aber sie griff nie an, wehrte sich nur ihrer Haut, verteidigte sich gegen die (wie sie meinte) Überreste männlicher Herrschsucht (war dabei glücklich, daß sie nur in diesen Kleinigkeiten auftraten) und blieb dabei immer die Stärkere, nicht weil sie über ihn, sondern weil sie über sich die Macht behielt und nur sagte und tat, was sie sagen und tun wollte. Im Gegensatz zu ihm.

Das ist richtig. Er hatte es aber auch schwerer. Sie litt nur unter ihm, er aber unter ihr und der ungewohnten, elenden Umgebung. Daß es hart und eine Strafe ist, von dem einmal errungenen Lebensstandard herunterzugehen, ist eine allgemein anerkannte Tatsache. (Viel Würde, viel Menschlichkeit ist schon geopfert worden, um dem zu entgehen!)

Nur ist es unsinnig, Verständnis (oder gar Mitleid) für diese Tatsache bei denen zu suchen, die den höheren Lebensstandard nie hatten; die lachen darüber, mit vollem Recht. Daß Fräulein Broder nicht lachte, sondern sich um Verständnis bemühte, zeigt, wie sehr sie den Mann liebte.

Wie er auch sie, immer, besonders aber im Dienst, wenn er sie sah, sie hörte und doch von ihr entfernt war, wenn ihr Name fiel, und selbst am Morgen, wenn er sie peinigte, ohne es zu wollen, oder am Abend, wenn er früher als sie zu Hause war und sich über die ungemachten Betten ärgerte. Dann war irgend etwas (was sie eines Abends, als sie mal ruhig darüber reden konnten, die Macht des Nervösen oder Psychodiktatur tauften) stärker als er und beherrschte ihn, ohne aber seine Liebe beschädigen zu können. Er machte also die Betten, wenn sie Spätdienst hatte, entdeckte dabei Staub unter der Couch, auf dem Schrank, im Regal, Schmutz auf den Fensterbrettern und begann zu fegen, zu wischen, zu scheuern (was gegen die Arbeitsteilung verstieß, die für ihn Heizen, Kohlenholen, Mülleimertragen, Einkaufen vorsah), anstatt, wie vorgesehen, zu lesen, zu arbeiten und sich der leeren Wohnung zu freuen. Er arbeitete voll Wut auf sie, weil sie die Wohnung verkommen ließ, auf sich, weil er Schmutz nicht ertragen konnte, voll Selbstmitleid, vor allem aber voll Triumph über diese Strafe für sie: Sie würde einschrumpfen vor Scham, wenn sie sah, daß er ihre Arbeit mitgemacht hatte, sie würde sich bedanken, sogar Freude zeigen müssen. Aber würde sie es sehen? Weil er dessen nicht sicher war, ließ er die Gardinen hochgebunden, die Sessel auf der Couch, den Scheuereimer vor dem Regal, las und rauchte ein bißchen und lag um halb acht, als sie kam, wieder vor dem Bett auf den Knien und wischte. Sie stand in der Tür und zog langsam den Mantel aus. Wennschon nicht Scham, so mußte jetzt Ärger kommen, kam auch (er sah es an ihrem Gesicht, konnte es aber nie auch nur andeutungsweise beschreiben, was er da sah), wurde aber sofort verdrängt, und sie begann zu lachen: Sie hatte ihn durchschaut. Da mußte er mitlachen, der böse Krampf in ihm löste sich, er konnte ihr genau erzählen, wie es ihm ergangen war mit sich und seinem Diktator, und es wurde ein liebevoller Abend.

Alle gemeinsamen Abende waren wunderbar. Von der Liebe hatten sie nur für Stunden mal genug, entdeckten sie immer wieder neu (und entdeckten auch Neues, obwohl sie nicht darauf aus waren), die Welt war voll von Dingen und Meinungen, über die sie sich streiten und verständigen mußten, die Bibliotheksereignisse mußten stundenlang besprochen werden, und immer wieder stieß man auf Biographisches, das noch nicht erzählt war. Schlimm war nur, daß keine Zeit zum Lesen und Arbeiten blieb. Dafür schaffte Karl im Dienst mehr als früher, das Projekt Parkbücherei war genehmigt, Rieplos leitete den Aufbau, im Mai sollte eröffnet werden. »Ich sah dich heute mit Haßler. Ging es darum?« – »Nein. Um uns.« – »Und das sagst du erst jetzt?« Seine Angewohnheit, immer erst durch einen See von Lappalien zu waten, ehe er das Ufer des Bedeutsamen betrat, war scheußlich für sie, da sie bei keiner belanglosen Plauderei mehr die Angst vor Hintergrundüberraschungen loswurde wie dieser: Haßler hatte ihren Fall mit der Kaderabteilung besprochen. Und? Man war auch dort der Meinung, daß einer von ihnen gehen mußte. Also nichts Neues? Doch, man wollte gesellschaftlichen Schaden verhindern. Die Kinder? Nein, mit Gesellschaft meinte man Stadtbezirk, Kultur des Stadtbezirks, die durfte nicht geschädigt werden durch Abgang des bewährten Bibliotheksleiters. Sie sollte also gehen? Ja, aber die Parteigruppe mußte noch beraten, und da würde er, Karl Erp, dabeisein. Das würde nichts ändern, Genosse Erp würde einsehen – mit Recht, fand sie; ob Kratzsch oder sie, war für die Bibliothek tatsächlich gleich. War das wirklich ihre Meinung? Natürlich! Aber seine nicht; er hatte Haßler auch gesagt: Nein, nie. Hätte er denn Angst um ihre Liebe, wenn sie eine Weile getrennt lebten? Aber begriff sie denn nicht, daß er ohne sie nicht leben konnte, nicht einen Tag mehr? Und wenn sie beide gingen, aufs Land vielleicht? Wie kam sie darauf? Durch ihn natürlich. Er aber wußte, wie sehr sie an Berlin hing. »Ich hänge an dir und glaube, es wäre gut für uns, hier herauszukommen, alles hinter uns zu lassen.« – »Das wäre Flucht.« – »Es wäre ein guter Anfang.« – »Weißt du, wieviel wir dann verdienen?« – »Geht es um Geld?« – »Glaubst du, die würden uns zusammenlassen?« – »Warum nicht, wenn du geschieden bist?« – »Es wäre ein Opfer für dich, und das will ich nicht.« Aber es wäre kein Opfer, wie oft sollte sie das noch sagen; verschiedene Arten von Praxis brauchte sie sowieso für ihr Vorhaben, und warum sollte die erste nicht Landpraxis sein? Es wäre doch ein Opfer! Nein. Ja. Bestimmt nicht. Doch und Schluß und aus; er hatte sich entschlossen, und zwar nicht zur Flucht, sondern zum Kampf, und dabei blieb es.

Und dann kam von ihm eine Flut von Liebes- und Treueschwüren (die man hier aussparen kann) und bei ihr die Angst, daß seine Liebe den Belastungen nicht gewachsen sein könnte. Und dann das Bettzeug, das Matratzenaufblasen, der Gang zur Toilette, der Wasserhahn in der eiskalten Küche, den sie mit ihrer Abendkosmetik halbstündlich blockierte, während er leseunfähig vor Ärger über die Warterei am Fenster stand, sich verbot, an Elisabeth zu denken (die auch ohne Gesichtsmilch und Vitamincreme noch faltenlos war), sich vornahm, seinen Ärger nicht merken zu lassen, und es nachher doch tat, worauf sie ihn am nächsten Abend zuerst ans Wasser schickte, er während ihrer Kosmetik einschlief, durch ihr Kommen geweckt wurde, stundenlang schlaflos auf Kneipensänger, Raumpflegerin Wolffs Erwachen und Druckereibeginn wartete, dabei an einsame Dorfbibliotheken, die Schlafgesichter der Kinder, Peters Schulaufsätze dachte, in die Unterschwellenbuchhaltung Nr. 2 Rechthaberei, Nr. 3 Putzsucht eintrug und unterdessen darunter, darüber oder nebenher immerfort den Morgen herbeisehnte: ihr Erwachen, ihre ersten Worte. Wenn sie schlief, konnte er sich gegen die Spukbilder nicht wehren.

Es gab kein Mittel dagegen?

Doch: Schlaftabletten.

19

Ein schneeloser Wintersonntagsausflug, den sie sich gewünscht hatte. Erstaunlicherweise! »Seit wann zieht es dich in die Natur?« Hatte sie vielleicht kein Recht, sich zu ändern? »Wohin?« Sie saßen schon im Auto, unter Paschkes Blicken. »Nach Nennhausen.« – »Wie gnädige Frau befehlen! Wo liegt das?« – »Keine Ahnung.« Der Autoatlas lag auf dem Rücksitz: Nelben, Nellschütz, Nemt, Nenkersdorf, Nennhausen 18 C 3; also zur Autobahn. »Nein, ich möchte über die Dörfer fahren.« – »Sehr wohl!« Morgenleere machte die Straßen breit. Träge gähnte die Halle des Ostbahnhofes. »Was fällt dir bei Stralau ein?« – »Fischzug.« – »Schlecht.« – »Und dir?« – »Irrungen, Wirrungen.« – »Du hast gesiegt.« Der Plenterwald gaukelte schon Natur vor, aber dann ging es noch einmal los: Neubauten, Fabriken, Mietskasernen, Bahnhöfe, Lagerhäuser, Schrebergärten, schwarze Pappdächer; die Stadt zerfiel lange vor ihrer Grenze. Der Flugplatz tat großspurig mit seiner Endlosigkeit. Die nackten Felder enttäuschten. Rechterhand standen die Grenzwachttürmchen stramm. Friedlich rostete Stacheldraht. »Was fällt dir zu Kleinmachnow ein?« – »Zehlendorf.« – »Gilt nicht.« Teltow, Stahnsdorf, Babelsberg: die Vorstadt (ohne Stadt) hörte nimmer auf. »Potsdam?« – »Der Alte Fritz.« – »Zu billig. Potsdamer Konferenz. Zwei zu null.« Wind trieb Eisschollen über den Schwielow-See, sie brummten und schepperten in Ufernähe, als würden unter Wasser angesprungene Glocken geläutet. Dazwischen glitten winterzahme Havelschwäne, noch immer stolz auf den Ruhm, den Fontane ihnen beschert hatte. Bei Werder siegte Morgenstern über Obstbaumblüte. Brandenburg gab sich mittelalterlich und modern, angenehm unpreußisch, aber gnädige Frau wollten hier nicht ruhen noch rasten, um dem Herrn keine Gelegenheit zu geben, seine Kriegswinterliebeserinnerungen aufzufrischen; denn die unbefriedigt gebliebenen Lieben sind die dauerhaftesten. Also weiter nach Brielow, aber da war die Gastwirtschaft wegen Baufälligkeit geschlossen, in Radewege wegen Inventur, in Butzow wegen Republikflucht (vor acht Jahren), in Ketzür nur so, ohne erforschbaren Grund. Aber den Beetz-See gab es noch (Fritze Bollmann, drei eins!), er war nordsüdgeteilt in Wasser und Eis; die buchtenreiche Eisgrenze wurde von mißtönig kreischenden Rallen (auch Lietzen, Bleßhühner, Horbeln, Plärren, Zappen, Zoppen genannt) mit Kot verziert. Dunst machte den Beetz-See zum Beetzmeer, Kaltluft die Wangen rot, Wind Mädchenhaar zur Fahne, Glücksglut zur Loderflamme.

War das ihr schönster Tag? Ja, aber hundert, tausend allerschönste würden noch kommen. Bestimmt? Ganz bestimmt. Hastig, dumpf schlugen Flügel startender Schwäne aufs Wasser; man atmete auf, wenn sie nach fünfzig bis achtzig Metern das Wasser nicht mehr berührten. Rauschend, mit vorgereckter Brust eine Bugwelle vor sich her schiebend, landeten sie bald wieder. Wozu der Kraftaufwand? Haselbüsche hatten sich kunstgewerblich mit Kätzchen geschmückt. Schön war es dann auch wieder im warmen Autokäfig. »Wieso eigentlich Nennhausen?« – »Ist es nicht ein schrecklicher Gedanke: sterben, ohne einmal in Nennhausen gewesen zu sein?« – »Manchen geht das mit Paris so, mit New Orleans oder Bagdad. Aber Nennhausen?« – »Der Unterschied ist der: Nicht in Nennhausen gewesen zu sein ist ganz allein meine Schuld.« Diese schamlosen Buchen, glänzend vor Nacktheit! Sie rotteten sich auf Erdmoränenbuckeln zusammen und starrten feindselig ins baumlose Luch hinunter. »Willst du über Barnewitz, Garlitz oder Mützlitz fahren? Die Straßen sind sicher alle gleich schlecht.« – »Was klingt mehr nach intaktem Wirtshaus?« Also Garlitz. Sie hatten die Auswahl zwischen Bratkartoffeln mit Rührei und Bratkartoffeln mit Setzei. Die Wirtin hieß Leidenfrost und sah danach aus. Ihm fiel was zu Garlitz ein: Hochzeit in Weltzow. Fabrikneue Drillmaschinen glänzten in Sommerfarben. Fernsehantennen harkten Wolkenhaufen. Unterm Wind lagen braune Wiesen platt auf dem Bauch. Nennhausen: Bahnhof, Häuser, Kirche, Schloß mit verwildertem Park, durch dessen Bäume sich der Tag davonschlich. »Und jetzt?« – »Nach Hause.« – Der schwarzseidne Horizont zog sich enger und enger zusammen. Die Scheinwerfer rissen Lücken, durch die sie entfliehen konnten. »In Nennhausen entstand die Idee für den Schlemihl!« – »Um den Nasenlosen geht es dir also.« – »Würdest du deinen Schatten verkaufen?« – »Nie!« – »Auch nicht, wenn du sonst das Auto verkaufen müßtest?« – »Da! Hast du gesehen: ein Reh. Das hätte schiefgehen können.« – »Am Steuer hast du ein andres Gesicht, ein fremdes.« – »Ein konzentriertes.« – »Ein protziges und machtgieriges.« – »Du bist eifersüchtig auf eine Maschine.« – »Man ist freier, je mehr kostspielige Dinge man entbehren kann.« – »Ohne Wagen hätte dieser

Tag so schön nie sein können.« – »Die Nächte sind noch schöner – ohne Auto.« – »Du duldest keine andren Götter neben dir, das ist es.« Aus. Zwei Stunden dauerte die Rückfahrt. So lange hatten sie, beieinander sitzend, noch nie geschwiegen.

Kein Wunder bei einer Nachtfahrt auf schlechten Straßen.

20

Sieh dir die Liebenden an, wenn erst das Bekennen begann, wie bald sie lügen!

Angenehm, allgemeine Wahrheiten in Versen parat zu haben; sie verlieren durch Formschönheit ihre Niedrigkeit, und man fühlt sich bestätigt, fast rehabilitiert. Da Fräulein Broder Rilke nur dem Namen nach kannte und die notwendigen Unehrlichkeiten immer durch bloßes Verschweigen zu erledigen verstand, konnte der Vers nur Erp eingefallen sein. Nur er hatte ihn nötig: an einem Februarabend in der Flurküche. Sie hatte ihn kommen hören, stand in der Stubentür und steuerte unter Umgehung der Lappalienuntiefen gleich auf die Hauptsache zu: »Warst du da?« – »Natürlich.« – »Und?« – »Ich muß wieder hin.« – »Läuft die Sache schon?« – »Nein, derAndrang ist zu groß, aber es ist angemeldet, vorangemeldet.« Das war die Lüge.

Keine große. Er verstand selbst kaum, warum sie nötig war. Er wollte in den nächsten Tagen sowieso wieder hin, mußte es, damit der feine Riß, der durch die Unwahrheiten zwischen ihnen entstanden war, sich wieder schloß.

Er redete sich auch ein, nicht zu wissen, warum er ausgerissen war aus diesem Wartesaal mit dreizehn Leuten, die vor ihm, und fünf, die nach ihm an der Reihe gewesen wären. Irgend etwas, sagte er sich, hatte ihn hochgetrieben von den abgeschabten Holzbänken, die an den Wänden standen, nur die Tür frei ließen, den Tisch mit den speckigen Illustrierten einkreisten. Dort länger sitzen zu bleiben, lautete seine private Dolchstoßlegende, war ihm so wenig möglich gewesen, wie etwa Picassos altersbraune Friedenstaube von der Wand herunterzunehmen, zu rupfen und zu braten. Er konnte die Leute nicht mehr ertragen, die ihn musterten und von ihm gemustert wurden; diesen Kneipier (oder vielleicht Schlächter?) mit Doppelkinn, den Kriminalpolizisten im wadenlangen Lederolmantel, die Kunstblondine im Seehundspelz, den Intellektuellen mit Baskenmütze, den wohl nur eine Magenkrankheit so bedeutend aussehend machte, die spitznäsige Sachbearbeiterin (genauso eine saß im Wohnungsamt und hatte ihm gesagt: Ein Zimmer? Da muß ich erst Ihre Scheidungsurkunde sehen!), das auf bewundernde Blicke lauernde Sibylle-Mädchen, den verschnupften Funktionär, die ihren knabenhaften Mann mechanisch tätschelnde Flitterwöchnerin (Was wollten die hier?), die lautlos fluchende Hausfrau und vor allem dieses entsetzliche Kind, dessen Vater (mit dem unbeteiligten Gesicht eines unrasierten Karpfens) stumm blieb, anstatt die Tochter unschuldigen Menschen vom Leibe zu halten. Für Erp hatte das Mädchen sofort eine besondere Vorliebe entwickelt. Nachdem es lange wie ein gefangener Wolf einen regelmäßigen Kreis abgeschritten und ihm nur Blicke zugeworfen hatte, blieb es vor ihm stehen und starrte ihn wortlos offenen Mundes an. Bald ging sein Staunen in Amüsiertheit über, es lächelte, aber Erp lächelte nicht zurück, um nicht Anlaß zu Annäherung zu geben, was alle achtzehn Leute ihm übelzunehmen schienen. Er starrte zur Decke und versuchte sich zu konzentrieren. Guten Abend, Herr Doktor Sämisch, mein Name ist Erp, nein, mein Name ist Karl Erp, mit p wie, wie was?, nein, keine Späße, mein Name ist Erp, Karl Erp, das war besser, ich möchte Sie um Ihre Hilfe bitten, Quatsch, ich möchte Sie bitten, ich bin gekommen, ich suche Sie auf, um... »Onkel?« Er versuchte, weiterhin starr über das Kind hinwegzusehen, konnte aber den Blicken der Leute nicht ausweichen, die ihn stumm einen Spielverderber nannten. In der Hoffnung, daß einer seiner Nachbarn, der Lederolmann oder die Seehundsblondine, ihm die Kinderfreundrolle abnehmen würde, wartete er noch ein paar Sekunden und sagte dann erst unter Kollektivzwang: »Ja?« worauf das Mädchen triumphierend einen Schritt näher trat und ihn aufforderte, mit ihm zu spielen. Er hätte gern nein gesagt, traute sich aber nicht und fragte, was man denn hier schon spielen könnte. Der Seehund kam ihm zu Hilfe: »Sing uns doch etwas vor.« – »Sing doch alleene!« maulte das

Kind und schabte mißmutig den Rücken an der Tischplatte. Mit dieser Frechheit verscherzte es sich Sympathien, erntete aber auch Gelächter. Erp benutzte die Gelegenheit zum Verlassen der Bühne, griff nach Notizbuch und Stift und spielte Konzentriertheit; dreimal malte er seine Unterschrift, dreimal Fräulein Broders Namen, den beständigen (den Vornamen nämlich), in Verbindung mit Erp, was seltsam aussah: Dann wird es also zwei Frau Erp geben. Die Ehe, schrieb er, für Frauen der Opferaltar des väterlichen Namens. »Dr. Leichtfuß, bitte!« Also kein Kriminalpolizist, Arzt, Philologe? Eher wohl Jurist. Aber der brauchte doch keinen Beistand. Die andern wollten sicher alle dasselbe wie er, bis auf die Flitterwöchner. Das Kind kletterte auf den freien Stuhl des Lederoldoktors, benutzte dabei Erps Mantelärmel als Haltegriff. Guten Abend, Herr Doktor Sämisch, sicher ahnen Sie schon, was mich herführt, schrieb er. »Was schreibst du da, Onkel?« – »Das geht dich nichts an.« Er spürte Wellen von Antipathie auf sich zurollen und sah auf. Du Unmensch, sagten die Blicke. Er kapitulierte, klappte das Notizbuch zu und steckte es ein. »Was ist das für ein Vogel, Onkel?« – »Eine Taube.« – »Sieht komisch aus, nich?« – »Wie heißt du denn?« Er lächelte freundlich, wie es sich im Umgang mit Kindern gehört, und spürte sofort die Wärme allgemeiner Zuneigung, die ihm wohl tat. »Elke Pielau, Berlin, Ackerstr. 33. Und was für ein Onkel ist das, Onkel?« Bis auf die Hausfrau, die still für sich Flüche übte, war alles froh und erwartungsvoll. »Das ist Wilhelm Pieck.« – »Piek-piek!« sagte das Kind, albern kichernd, und stieß Erp den Zeigefinger in die Rippen. Er sah hilfesuchend zum Vater hinüber, der seinen Fischblick gelangweilt abwandte. »Und wie heißt du, Onkel?« – »August Piependeckel.« Die Kleine bekam einen Lachanfall, und die Leute freuten sich über ihn. »Und was hast du da für ein Abzeichen? Schenkst du mir das?« – »Nein!« – »Warum nicht?« – »Darum nicht.« – »Und was ist das für ein Abzeichen?« – »Ein Abzeichen eben.« Jetzt war es nicht nur ihm, sondern auch den anderen peinlich; nur der magenkranke Intellektuelle grinste schadenfroh und sah sich nach Verbündeten um. »Das ist das Abzeichen der Sozialistischen Einheitspartei Deutschlands«, sagte der Verschnupfte, der nur Lehrer sein konnte. Aber das Mädchen zeigte kein Interesse für die Auskunft, es wollte mit Erp und keinem anderen reden. »Warum bist du hier, Onkel? Wir lassen uns scheiden. Du auch?« Da konnte er nicht mehr; das sagenhafte Irgendetwas trieb ihn hoch und hinaus.

Aber das gibt es doch. Man nennt es Irgendwas, weil es sich akkurat nicht benennen läßt. Es war nicht die Schadenfreude auf den Gesichtern, nicht die eigne Verlegenheit, nicht die Tatsache, daß in einstündiger Wartezeit nur zwei Leute abgefertigt worden waren, nicht der sich aufdrängende Vergleich zwischen dem entsetzlichen Kind und der klugen Katharina, nicht die zu erwartende Unsicherheit im Gespräch mit dem Anwalt – aber alles das zusammen.

Nicht auch Angst?

Wovor?

Vor letzter Entscheidung vielleicht.

Fräulein Broder faßte es nicht so auf. Sie ahnte zwar die Lüge (weil er gegen seine Gewohnheit sofort dieses Thema verließ und nie wieder darauf zurückkam), vermutete als Grund aber Angst vor den Peinlichkeiten. Offenbar brauchte er Zeit. Er sollte sie haben. Davon hatten sie genug, mehr als genug.

21

Leider muß in diesem fortgeschrittenen Stadium, in dem es deutlich auf das glückliche (?) Ende zugeht, noch mit neuen (anders gesehen: alten) Personen, Orten, Zeiten vertraut gemacht werden: mit Väter- und Kindheitszeiten, mit Friedrich Wilhelm Erp, mit Alt-Schradow. Äußeren Anlaß dazu geben zwei Reisen des Quasi-Helden, zwei Heim- oder besser Rückfahrten, die (bei einem Wetter wie im 12. Kapitel) im Januar und (bei einem Wetter wie im 13. Kapitel) im März stattfanden. Grund war einmal Wohnraummangel (Bibliothekspraktikantin Broder brauchte ein einsames Wochenende, um ihre Examensarbeit zu beenden), das andere Mal ein Trauerfall. Ziel beider Reisen war für Karl der Vater. Zweck dieses Kapitels ist die Darstellung von Karls Erinnerungen.

Nein: die der Erpschen Vergangenheit. Die Erinnerungsbrille legt man besser beiseite; die war auf der ersten Reise schwarz, auf der zweiten rosa gefärbt (denn Erinnerung verschönt nicht immer, sondern nur in traurigen Zeiten, in glücklichen schwärzt sie ein) und also unbrauchbar zur Markierung von Entwicklungskurven oder, vorsichtiger gesagt, zum Versuch dazu; denn so eindeutig Tatsachen sein können, so fraglich ist oft die Art ihres Einflusses: zum Glück für das Menschliche, zum Unglück für Manipulierer und Biographen, denen es lieb wäre, wenn sich aus jedem Weiß der Windeln mit Genauigkeit das des zukünftigen Arztkittels, aus der Stellung des Vaters die des Sohnes, aus Begegnungen Bewußtsein errechnen ließe.

Versuchen kann man es immer. Deshalb zuerst der Ort: Gemeinde Alt-Schradow, Bezirk Frankfurt (Oder), 616 Einwohner, vorwiegend Bauern und Arbeiter, 1 Fischer, 1 Polizist, 1 Pastor, 1 Gastwirt, 4 Verkäuferinnen, 6 Lehrer, 1 Kirche, 1 Zentralschule im Schloß (Entwurf eines Schinkel-Schülers), 1 Konsumgasthof, 1 Konsumfleischer, 1 Konsum-Lebensmittel- und Textilien-Laden, 1 Bäcker (privat), 1 Bahnhof (2 km entfernt), 1 Kindergarten (in der alten Dorfschule), Straße 2. Ordnung mit Spreebrücke (nicht über 3, 5 t), LPG (Typ I), FDGB-Ferienheim (im ehemaligen Gasthof »Zur Deutschen Einigkeit«), Runddorfanlage (2 Bauernhäuser unter Denkmalsschutz: westslawische Umgebindehäuser), demontiertes Kriegerdenkmal; den Bau der Ausfallstraße (heute Straße des 13. April genannt) hat Friedrich Wilhelm Erp schon erlebt, obwohl der erst 1924 (ein Jahr vor Karls Geburt) ins Dorf kam und es dann nie für mehr als zwölf Stunden verließ.

Das ist also der Ort, aber was bedeutet er für Erp? Wenn er von ihm sprach, mischte sich Wehmut mit Haß; sein Verhältnis zu ihm war unsicher, zwiespältig, widersprüchlich. Vertrautheit erzeugt (vor allem in der Rückschau) immer so etwas wie Liebe, die aber wird auch immer zur Fessel. Das Dorf war für ihn ein Sack unnützen Krams, den man auf die Flucht mitgenommen hat: Er hindert, man verflucht ihn, aber die Kraft zum Wegwerfen fehlt. Deshalb seine Sehnsucht nach der Arbeit auf dem Lande, aber auch seine Angst davor, deshalb sein Rückzug an die

Peripherie der Stadt, aber auch seine Sentimentalität auf der Heimfahrt. Wenn einer Provinz sagte oder Mark Brandenburg oder Preußen, fühlte er sich gemeint, nach seiner Herkunft befragt, sagte er immer: Aus der Berliner Gegend. Den Standardspruch seines Vaters »Das Deutschland, von dem man dauernd redet, hat 75 Jahre bestanden, Preußen Jahrhunderte« sagte er nie, billigte ihn auch nicht, dachte ihn aber oft. Gesagt aber hat er (zu Fräulein Broder) nach der ersten Reise: »Mit dem Alter wächst die Erkenntnis, daß man die Kindheit nicht los wird; die klebt an einem wie Kiefernharz.« Von der zweiten Fahrt brachte er einen stärkeren Vergleich mit: die Kindheit: das Muttermal, das mit den Jahren größer wird. Fräulein Broder (ganz neue Zeit) begriff trotz historischer Übersichts- und Kleinkenntnis nichts davon, von den Gefühls- und Erkenntnisschichten nämlich, die sich manchmal nur überlagern, aber nicht überall durchdringen. Für sie war es leicht, sie hatte Historie verarbeitet, aber nicht durchlebt, Geschichte war ein Teil ihres Wissens, aber kein Stück ihres Selbst, und Kindheit war für sie nur der bescheidene Anfang von dem, was sie war und werden würde. Sie regte die Frage nach dem Woher nicht auf und hatte nichts dagegen, wenn Leute ihre selten richtigen Schlüsse daraus zogen, während Karl sofort polemisch wurde. Sein Vater hatte da anders reagiert; der hatte einfach gesagt: Ich bin ein Preuße.

Dabei war der Vater gar nicht so, wie das nach dem bisher Gesagten aussieht, so gradlinig und unerträglich reaktionär. Der war ein begabter, weitgereister Mann, ein verlorener Sohn des wilhelminischen Postinspektors (und Reserveleutnants der gelben Ulanen) Friedrich Erp aus dem Garnisonsstädtchen Fürstenwalde. Der steht in der Minute der Jahrhundertwende, vierzehn Jahre alt, im Matrosenanzug zwischen Mutter, Tanten, Onkeln, fünf Geschwistern im Salon, starrt auf den sich öffnenden und schließenden Mund des Vaters, hört Sätze, die alle in dem Wort deutsch gipfeln (Deutsches Reich, deutscher Traum, deutsche Flotte, deutsche Kolonien, deutscher Fleiß, deutsche Treue, deutsches Jahrhundert) und nicht an die Familie, sondern in deren Namen an das Gemälde über dem Büfett gerichtet sind, auf dem ein Mann mit Helm und Bart hart und freudig in Richtung Standuhr starrt, sieht Frauen- und Männermünder ein dreifaches Hoch auf den jungen Kaiser ausbringen und Heil dir im Siegerkranz singen, singt auch mit, hört das neue Jahrhundert heranbrausen mit Glockenklang, Salutschüssen, Feuerwerk, spürt es aber anders als alle, nicht als Macht-, sondern als Freiheitsrauschen, das Plüschvorhänge zerreißt, Kristall zertrümmert, Mief hinausweht aus Wohnung, Schule, Städtchen und ihn mit, nach Berlin, nach Hamburg, nach St. Louis zu Mr. Henry, in die Rocky Mountains zu Sam Hawkins, Old Firehand und Winnetous Apachen, beginnt auch am ersten Tag des 20. Jahrhunderts schon zu sparen, ist Ostern unterwegs, Pfingsten in Polizeibegleitung wieder in Fürstenwalde, fünf lange Jahre danach wieder weg, aber nur in Thorn bei der Artillerie, danach aber endlich unterwegs, wenn auch nicht am Rio Grande oder im Llano Estacado, so doch in Berlin, Hamburg, Rotterdam, Brüssel, Paris, Barcelona, als Strolch erst, dann als Kellner und schließlich als Journalist in Odessa, wo ihn der Krieg überrascht und am Kaspischen Meer interniert, bis die Revolution ihn befreit, das Heimweh ihn packt, durch Gefahren über Grenzen in die Heimat treibt, die ihn an die Westfront schickt; das Kriegserlebnis, das so viele schon wandelte, wandelt auch ihn; in Todesangst, in Blut und Dreck erkennt er, daß es nur ein Glück gibt, das im stillen Winkel, im Windschatten der Geschichte; seine Geschwister, die ihn vorher seines Ausbruchs wegen verachteten, haben sich angepaßt, sind ins Geschäft eingestiegen, in das der Wirtschaft, in das der Politik, und verachten ihn jetzt seines Rückzugs wegen, was ihm bestätigt: er ist eben anders als alle; er wird Lehrer, geht nach Alt-Schradow, sucht eine schweigsame Frau, ein passendes Weltanschauungsgebäude und findet beides: die fünf Jahre ältere Witwe seines Vorgängers und sein Preußentum, nicht das des zweiten Wilhelms, des Kaisers, auch nicht (aber schon eher) das des ersten Friedrich Wilhelm, des Soldatenkönigs, sondern ein selbstgemachtes, das ohne Militaris- und Monarchismus auf den sagenhaften Grundpfeilern Pflicht und Genügsamkeit ruht, die, um seinem Intellekt zu genügen, durch einige kantianische Säulen ergänzt werden; als der Österreicher zu marschieren beginnt, Oberlehrer Erp widerwillig Pg. und

Söhnchen Karl freudig Pimpf wird, stirbt die Frau, aber die Do-it-yourself-Ideologie lebt, steht unscheinbar, aber fest auf märkischem Sand, überdauert (mit leichten Umbauten, aber ohne Änderung der Fundamente) Blitzkriege, Zusammenbruch, Befreiung, Schuldienstentlassung, Blumengärtnerei und Rentnerdasein in der Periode des sozialistischen Aufbaus.

Das wird erzählt wie ein Sonderfall, war aber kaum anders als bei anderen in seiner Lage, als bei Leuten also, die sich von der technischen, zivilisatorischen, gesellschaftlichen Entwicklung fernhielten, nicht mehr als Waschmaschine, Elektrobügeleisen, Radio einließen in ihre guten Stuben, in deren Leben Automation, Flugverkehr, neue Machtverhältnisse keine Rolle spielten, die wegtauchten unter den Sturmfluten der Weltgeschichte, sich schüttelten wie gebadete Hunde, wenn sie vorüber waren, und weiter lebten wie zuvor in ihrer engen Welt, in der drinnen und draußen immer Gegensätze sind, weil Weltmoral mit den Straßenschuhen abgelegt, mit den Pantoffeln Hausmoral in Kraft gesetzt wird, die sie für die wirkliche Moral halten, weil sie ihr Entstehen nicht miterlebt haben, sondern in sie hineingewachsen sind wie in die Natur (die sich ja auch nicht oder nur wenig verändert), weil sie nicht begreifen können, nicht begreifen wollen, daß das, was den Vätern Lüge und Unrecht scheint, den Söhnen schon Tradition sein wird. Wie viele gibt es davon noch! Wieviel mehr gab es! Einer davon hieß Friedrich Wilhelm Erp, sympathisch, anständig, ohnmächtig wie viele, ausgezeichnet nur durch Konsequenz und Bewußtheit und dadurch, daß er einen zusammenfassenden Namen für das hatte, was die anderen (unverfänglicher) Fleiß, Ordnungssinn, Genügsamkeit, Haltung, Pflichtbewußtsein, Ehrlichkeit, Nüchternheit nannten. Die (durch ihren ethischen Formalismus begründete) Brauchbarkeit dieser Haltung unter grundverschiedenen Umständen hat sich erwiesen. Es ist deshalb nicht verwunderlich, daß der Rat des Neunundsiebzigjährigen beim Januarbesuch nicht einfach überhört werden konnte.

Nach dem Mittagsschlaf waren sie an der Spree entlang bis zur Badestelle und durch den Schloßpark zurück spaziert, hatten Kaffee getrunken, die schweigsame Frau Wenzel nach Hause geschickt und am Fenster gesessen, vor dem Südwind Birnbaumzweige in Bewegung hielt. »Schlimm schon«, sagte der alte Herr aus Lehnstuhltiefen heraus, »aber so schlimm, wie es dir augenblicklich scheint, doch auch nicht. Du denkst jetzt sicher: Der Alte hat das nicht mehr, was den Mann zum Manne macht, der kann leicht weise sein. Aber darin besteht doch die Weisheit: in der Unterscheidung von wesentlich und unwesentlich. Und was dich jetzt zu dem Mädchen treibt, glaub mir, ist das Unwesentliche, schon deshalb, weil es vergeht; was du im Stich läßt aber, das bleibt: die Kinder, die Arbeit. Familie ist nicht immer was Schönes, aber welches Notwendige ist schon schön und angenehm? Die verantwortlichste Stellung, die es gibt, ist die des Vaters, die ist absolut, weil unkündbar. Altmodisch, ich weiß, aber ich habe mich nie nach der Mode gerichtet, sondern möglichst nach der Wahrheit. Wenn du zwanzig wärst, würde ich still sein, denn dann würden meine Ermahnungen dich erbosen, uns trennen und nichts nutzen. Aber du bist vierzig, und daß man so alt ist, wie man sich fühlt, ist Unsinn: Man ist so alt, wie man ist, und wer das nicht wahrhaben will, macht sich lächerlich. Einen Ausbruch braucht jeder, aber einen zweiten schafft keiner und du am allerwenigsten; war doch schon dein erster mehr Anpassung als Rebellion; die Empörung gegen das in deinem Alten verkörperte sogenannte Alte hat dich doch nur auf den bequemeren Weg gebracht, wo Pflicht und Neigung miteinander vermanscht waren; jetzt trennen sie sich endlich mal, aber anstatt die Gelegenheit zur Bewährung und der daraus entspringenden Selbstachtung zu nutzen, läufst du wieder der Neigung nach. Das Wort Pflicht hörst du nicht gern und redest mit der gleichen Ausdauer, wie ich von ihr, vom Glück. Ich denke über derlei schon länger nach als du und finde, es steht damit so wie mit der Freiheit, die man auch nur hat, wenn man auf sie verzichtet. Denn der Mensch ist von Natur ein Souverän, der aber nicht in der Natur, sondern in der Gemeinschaft lebt, die seine Souveränität an allen Ecken und Enden beschneiden muß; wenn er diesen Akt der Gewalt an sich selbst vollziehen kann, wächst seine Macht durch deren Beschränkung: Souverän ist also, wer den Souverän in sich bezwingt. Und das gleiche Paradoxon gilt auch für das Glück: Nur wer es sich versagen kann, hat es.«

Selbstverständlich widersprach Erp junior. Das war ihm nicht nur zu fremd, sondern auch zu preußisch schwarzweiß, da hörte er was von Entsagung mit und von Sauberkeit der Armut, Unterordnung, kategorischem Imperativ. Und wann hat jemals philosophische Weisheit Liebesentscheidungen beeinflußt? Trotzdem war nichts vergeblich gesagt, blieb schon was hängen, und wenn es nur das Bild des breitgesichtigen Mannes war, der im Panzer seiner Weltsicht Zeiten der Abwässerüberschwemmung sauber, anständig, gelassen überlebt hatte, der im Verzicht (auch in dem auf Aktivität) glücklich gewesen war, das Bild des Vaters im Lehnstuhl, seit vierzig Jahren wirksam, selbst in Zeiten der Empörung –: Zeiten (Plural), denn es waren zwei gewesen, die der Vater psychologischer Ähnlichkeiten wegen in eine zusammengezogen hatte. Erps HJ- und FDJ-Zeiten nämlich, denen (nach Seniorenmeinung) das Motiv der Vaterflucht gemeinsam gewesen war. Der Ausbruch aus den höchsten (nämlich den Schnee-) Regionen väterlicher Liebe hatte mit dem Tod der Mutter begonnen, ein Ausbruch aus der väterlichen Kälte in die Wärme der Begeisterung, aus der aufgezwungenen Pflicht in die selbstgewählte, aus der Dauerpredigt zum Thema Verantwortung in die Verantwortungslosigkeit der Gemeinschaft: So hatte es der Alte, eigener Erfahrungen eingedenk, gesehen von seinem Lehnstuhl aus, und dem Jungen war, als er an diesem Januarsonntag zurückfuhr, klar, daß auch er schon im Lehnstuhl gesessen hatte, das Fenster vor sich, das Drinnen und Draußen trennt, und dort noch sitzen würde ohne das Mädchen Broder, dem er an diesem Abend Verantwortung auflud: Das klebt wie Kiefernharz, was doch heißen sollte: Kratz du es ab. Auch wenn es schmerzt.

Erst einmal hatte sie Schmerzen zu ertragen. Im Januar hatte er ihr noch gesagt: In dir fallen meine zwei Welten (Innen- und Außenwelt) zusammen. Im März aber riß er sie selbst wieder auseinander. Da kam ein Telegramm aus Alt-Schradow: Sofort kommen Vater schwer erkrankt Frieda Wenzel geborene Schwertfisch, und er machte sich reisefertig, ohne auch nur an die Möglichkeit ihrer Mitreise zu denken, und als sie fragte und der

Meinung war, daß sie alles, auch Sorge und Trauer mit ihm teilen müßte, erschrak er wie über eine Zumutung, und ihr blieb nur die Trauer darüber, daß es Bereiche gab, zu denen sie keinen Zutritt hatte.

Der Lehnstuhl war leer. Auf den Birnbaumästen lag Schnee. Der Arzt war mittags gegangen und wollte am Morgen wiederkommen; er hatte keine Hoffnung, daß das schwache Herz die Lungenentzündung überstehen würde. Der Sterbende lag in der Schlafkammer. Nebenan, im ehemaligen Klassenzimmer, sang die Kindergärtnerin mit schriller Stimme vom Kuckuck, der auf dem Baume saß. Simsalabimbambasaladusaladim. Sicher sangen die Kinder mit, aber man hörte sie nicht. Der Alte lag gerade und steif auf dem Rücken. Sein Gesicht war durch eingesunkene Wangen schmal und fremd geworden. Er atmete flach und hastig. »Schicke die Wenzel nach Hause, sie hat schon zwei Nächte nicht geschlafen.« – »Warum willst du nicht ins Krankenhaus?« – »Ich will sterben, wo ich gelebt habe.« – »Unsinn, an einer Lungenentzündung stirbt heute keiner mehr.« Der Alte hob die Hand von der Decke und ließ sie wieder fallen: Gib dir keine Mühe. Dann sprach er von der Lebensversicherung; in der rechten Schreibtischlade lagen die Policen. Karl blickte auf die knochig gewordene Hand und überlegte, ob er sie halten oder gar streicheln sollte. Zärtlichkeiten waren bei ihnen nie üblich gewesen; jetzt hätten sie wie Einverständnis mit dem Tod gewirkt. Als der Kranke die Augen wieder geschlossen hatte, stand er auf, ging hinaus, schickte die schluchzende Frau Wenzel nach Hause, saß am Fenster, trank Kaffee und haßte sich selbst wegen des Gedankens: Hoffentlich ist es morgen vorbei, damit ich Montag wieder im Dienst sein kann. Er versuchte, traurig zu sein, aber als es ihm gelang, war es nicht Vaters, sondern seiner selbst wegen: weil er hier so gräßlich allein und hilflos mit dem Tod in Berührung kam. Er stirbt altmodisch, wie er gelebt hat, dachte er. Wer mutet das heutzutage seinen Angehörigen noch zu? Geboren und gestorben wird im Krankenhaus, aseptisch, abseits, ungestört und nicht störend. Wer kann das heute noch ertragen: die Schreie der Kreißenden, das Röcheln der Sterbenden? Nur Leute, die dafür ausgebildet wurden, für die das Dienst ist, die

Geld dafür bekommen. Man lebt, als gäbe es den Tod nicht, lügt sich über ihn hinweg. Aus Feigheit? Je perfektionierter die Tötungsmethoden werden, desto hartnäckiger wird jeder Gedanke an ihn verdrängt. Und er dachte: Wird etwas anders sein, wenn Vater tot ist? und antwortete: Nein und wußte, daß das nicht stimmte. Wenn das Sterben hier vorbei war, würde das Bild des Mannes im Lehnstuhl mehr Macht über ihn gewinnen als bisher, würde stärker werden als alles bisher Erfahrene und Erlernte, dann wäre er an der Reihe, würde im Lehnstuhl sitzen und in 10, 20, 30 Jahren auch einmal so liegen wie jetzt der Vater. Und wer würde dann an seinem Bett sitzen und behaupten, daß man an Lungenentzündung heutzutage nicht mehr sterbe? Er konnte die Einsamkeit nicht mehr ertragen, stand kurz entschlossen auf, horchte noch einmal auf das hastige Atmen des Kranken und lief auf die Straße, an der Kirche vorbei zum Wirtshaus, durch die Gaststube zur Theke, fragte nach dem Telefon und ließ sich mit Berlin verbinden. Der Apparat stand am Fenster, und er konnte auf die Spree hinuntersehen. Zwischen den Schneeflächen schien ihr Wasser dunkelgrau, fast schwarz. Ufereis hatte sie zur Bachbreite zusammengedrückt. In seiner Kindheit war sie breit wie der Mississippi gewesen. Auf dem Rückweg ging er beim Pastor vorbei. Dann saß er am Fenster und beobachtete das Einfallen der Dämmerung, bis Frau Wenzel kam, um Abendbrot zu machen. Tränen rannen über ihr gedunsenes Gesicht. Karl fragte sich zum erstenmal, ob sie dem Vater 25 Jahre lang tatsächlich immer nur Haushaltshilfe gewesen war. Der Pastor kam, blieb zehn Minuten beim Kranken und dann noch am Tisch zu einer Tasse Tee; er war jung und beklagte sich über seine Verbannung in dieses Nest. Um acht fuhr Karl nach Fürstenwalde. Viele Leute stiegen aus dem Vorortzug, aber er erkannte sie sofort. Sie gaben sich die Hand und gingen zum Auto. »Hat er wirklich verlangt, mich zu sehen?« – »Nein.« – »Du willst ihn belügen?« – »Ich will ihm eine Freude machen.« Sie ging sofort in die Kammer, ergriff die knochige Hand und hielt sie an ihre Wange. Der Alte öffnete die Augen, lächelte und fragte nach den Kindern. Elisabeth erzählte ein wenig, streichelte dabei seine Stirn und ließ die Hand nicht los, bis er wieder schlief. Dann erst band sie das

Kopftuch ab, zog den Mantel aus, schickte die Wenzel nach Hause und wusch das Geschirr. Karl lag gekrümmt auf dem kurzen Sofa und konnte jetzt tatsächlich schlafen. Elisabeth setzte sich ans Krankenbett. Nach elf wurde der Atem des Alten noch hastiger und flacher. Zweimal sah er Elisabeth an, sagte aber nichts. Sie streichelte seine Hand. Zehn vor zwölf merkte sie, daß er nicht mehr atmete. Sie weckte Karl. »Vater ist tot.« Das Gesicht des Alten war klein wie das eines Kindes. Karl fuhr nach Petschen und holte den Arzt, der noch eine Stunde bei ihnen saß und Elisabeth von den Eigenarten des Vaters und den Kinderkrankheiten des Sohnes erzählte. Dann schlief Elisabeth auf dem Sofa. Karl saß im Lehnstuhl und sah dem Entstehen des Morgens zu. Ab zehn kamen die Leute. Sie redeten ihn mit du an, er aber konnte sich nur an wenige Namen erinnern. Nachmittags fuhr er Elisabeth zur Bahn. »Kommen die Kinder allein zurecht?« – »Sie müssen es ja sonst auch.« – »Kommst du mit deinem Chef gut aus?« – »Natürlich.« – »Wissen die Kinder Bescheid?« – »Nein, noch nicht.« – »Fragen sie oft nach mir?« – »Selten. Wann wirst du deine Sachen holen? Ich will Peter das Zimmer geben, und von den Büchern möchte ich einige behalten.« – »Du kannst sie vorläufig alle haben.« – »Ich möchte aber endgültig wissen, was mir gehört.« – »Ist das so eilig?« – »Es wäre mir lieb. Und was ist mit der Scheidung?« – »Das ist schwieriger, als ich dachte.« – »Was?« – »Ich danke dir sehr, Elisabeth. Ich weiß nicht, wie ich das heute ohne dich hätte überstehen sollen.« – »Was ist schwieriger, als du dachtest?« – »Alles.« – »Was meinst du damit?« – »Mich.« – »Das ist deine Sache. Leb wohl.« Er wollte ihr noch etwas sagen, ihr seinen Zustand auseinandersetzen, die Schwere seiner Lage erklären, aber er wagte kein Wort mehr. Wie kam das? Hemmungen hatte er der früheren Elisabeth gegenüber nie gekannt. »Auf Wiedersehen!« Sie stieg in den Zug mit den seit Jahren vertrauten Bewegungen. Er wartete, bis der Zug abfuhr, aber sie sah nicht aus dem Fenster. An das Telegramm für Fräulein Broder dachte er erst am Montag. Er sichtete Bücher, Briefe, Fotos, Papiere, verbrannte viel, verpackte den Rest und adressierte die Pakete an Elisabeth. Die Möbel schenkte er Frau Wenzel; auch den Lehnstuhl. Am Mittwoch, nach Beerdigung und

Essen, saß er noch einmal darin und sah hinaus. Es hatte zu tauen begonnen. Nebenan sang die Kindergärtnerin wieder ihr Simsalabimbambasaladusaladim. Wasser tropfte vom Dach aufs Fensterbrett. Er fühlte sich sehr erwachsen und fähig zum Alleinbleiben. Erst wenn die Eltern tot sind, dachte er, hört man auf, Kind zu sein. Bibliothek und Aufgang B waren ihm sehr fern gerückt. Er fürchtete sich vor dem, was ihn erwartete, und wünschte, in Alt-Schradow bleiben zu können. (Bald würden die Weidenkätzchen gelb aufgehen und die Bienen ihr gleichmäßiges Summen über den Fluß breiten.) Dieses Gefühl verging erst, als er im Auto saß. Dafür stellte sich ein anderes ein: Erleichterung. Ohne die drohende Autorität des Vaters würde er konsequenter sein können.

22

»Beginnt nach Frost die Frühlingszeit, ist der Rohrbruch nicht mehr weit«, hatte vor Jahren ein poetischer Klempner gedichtet und damit Eindruck auf das Spatz genannte kleine Mädchen gemacht, dem dadurch häufige Wasserleitungs- und WC-Störungen Gesetzmäßigkeiten zu folgen schienen. Und das beruhigt bekanntlich sehr. Sie konnte seitdem die Unbilden der Uraltwasserversorgungsanlagen besser ertragen. Spuckt eines Morgens mal wieder der Messinghahn statt Wasser nur knallend und gurgelnd Luft in den ehemals weißemaillierten, jetzt braun und schwarz gefleckten Ausguß, greift sie sich wort- und emotionslos Kunststoffeimer und Bodenschlüssel und macht sich auf den ihr Zimmer überbrückenden Weg zur Wölffin, die ihr Wasser aus einem anderen Steigerohr zapft. Sind auch da nur Gurgellaute zu holen, ist das Beweis für Trockenlegung des gesamten Hauses. Man muß sich also bei strengem Frost in ein anderes Haus bemühen, bei lindem Wetter auf den Friedhof oder zur Krausnickstraßenpumpe. Aber das passiert selten, bloß alle paar Jahre, Regel ist der Wasserstreik in nur einem Aufgang. Dann ist man eben sparsam mit der Körperpflege, trinkt mehr Bier als Tee, wartet auf den Erlöser Klempner und versucht den Stoffwechsel so zu regulieren, daß die nach außen tretenden Vorgänge in die Arbeitsstunden fallen. Denn der Besuch des Hausgemeinschaftsklos im zweiten Stock erfordert nicht nur einen halben Eimer kostbaren Wassers, sondern auch Nasennervenkraft, da unbekannt bleibende Geizhälse zur Trockenbenutzung übergehen.

Aber die erneuerungsbedürftigen Anlagen haben noch Schlimmeres parat: eine Abflußrohrverstopfung im Keller oder im Parterre, die ein Verbot der Ausguß- und Toilettenbenutzung nach sich zieht, das von Vergeßlichen und Böswilligen nicht beachtet wird und zu Überschwemmungen führt, deren Auswirkungen hier sowenig beschrieben werden sollen wie die Schimpfkanonaden, die an solchen Tagen von unten nach oben dröhnen. Aber das Frühlingsmalheur dieses Jahres war an dem Tag, von dem hier die Rede sein soll, gerade beendet worden, und seine Auswirkungen wurden nur geschildert, um Neubau-, Villen- und Landbewohnern die Freude verständlich zu machen, mit der Fräulein Broder am Abend die dunkle, aber wieder bewässerte zweite Etage aufsuchte, sie längere Zeit besetzte (oder auch: besaß) und dabei Karls leichten Schritt auf der Treppe nicht hörte, ihn also vor der Wohnungstür (zu der er noch keinen Schlüssel hatte) warten ließ, Minuten später mißlaunig vorfand und nicht wußte, woher die Verstimmung rührte.

Seitdem sie mit ihm zusammenwohnte, war ihr bekannt, daß sein größter Fehler war, so viele kleine zu haben, und ihrer, nie herausfinden zu können, welcher gerade an der Reihe war. Da es ihm unmöglich war, im Zustand der Verstimmung über deren Ursachen zu reden, hatte sie sich unter Schwierigkeiten ihre Direktheit abgewöhnt, fragte also nicht mehr: Was hast du? Was ist passiert? Worüber ärgerst du dich? Was habe ich falsch gemacht?, sondern versuchte Ausweichmanöver, obwohl sie das unangenehme (aber richtige) Gefühl hatte, sich der Macht des Nervösen zu beugen, sich in eine Abhängigkeit hineinzumanövrieren, die ihrem Wesen und ihren Absichten widersprach. Trotzdem probierte sie es immer wieder, wurde nicht froh dabei und hatte wenig Erfolg, so daß sie im Zorn schon einmal gesagt hatte, die einzige Möglichkeit, ihn bei guter Laune zu halten, sei, nicht dazusein.

Karl stand also vor der verschlossenen Tür und war ärgerlich, verständlicherweise, denn der Abend war ereignisreich, wichtig, ja entscheidend gewesen, und er hatte erwartet, sie in erregter Spannung zu sehen.

Sie aber saß auf der Toilette! Genau so idiotisch dachte er.

Sie aber umarmte ihn nicht, gab ihm nicht einmal die Hand, bestürmte ihn nicht mit Fragen, sondern redete über die hundertmal geflickten Rohre und den unfreundlichen Klempner.

Die Hände wollte sie erst waschen, und Fragen unterdrückte sie, so schwer es fiel, weil sie wußte, daß er es nicht mochte und als Halt- und Würdelosigkeit diffamierte, wenn sie mit erregter Fragerei die auf Höhepunkte und Pointen hin gebaute Konzeption seiner Berichte durcheinanderbrachte. Was ihn ärgerte, war also genau das, was sie tat, um Ärger zu vermeiden. Das verstand sie nicht, konnte sie nicht verstehen, und wenn sie es verstanden hätte, wäre nichts anders gewesen; dann hätte er andere Anlässe zur Mißlaunigkeit benutzt, die finden sich immer. Und die Gründe zu erkennen oder gar zu beheben lag außerhalb ihrer Möglichkeiten. Die hingen zusammen mit der gerade beendeten Beratung über die künftige Bibliothekstätigkeit der beiden, auf deren genaue Darstellung hier leider verzichtet werden muß, da die höhere Ebene, auf der der Beschluß zustande kam, sich für den Berichterstatter als zu hoch erwies, die Verschlußsache als zu verschlossen, die zum Schweigen Verpflichteten als zu schweigsam. So bleibt hier Öffentliches weitgehend intim, während Intimes genauer veröffentlicht werden kann. Selbst Erp, der Betroffene, war nur bereit, über Ergebnisse, nicht aber über ihr Zustandekommen zu reden (so daß der Leser auf die stattliche Anzahl von Schilderungen in Romanen verwiesen werden muß).

Natürlich könnte man auch hier erfinden: rauchgeschwängerte Luft, spannungsgeladene Atmosphäre, vor Erregung rote oder blasse Gesichter, den Kettenraucher, den Apfelesser, den gehemmten Jungen, der zum Schluß das Treffende sagt, den Alten, der statt zur Sache über sein Leben redet, den Zitierer, die Frauenrechtlerin, den Sensiblen, der sich vor Peinlichkeit windet, den Lüsternen, der mehr Einzelheiten hören will, einen Schwerhörigen vielleicht noch und dazu dann die Parteiungen:

die Radikalen, die Ehepflichten als Staatsbürgerpflichten sehen und leitenden Genossen die Scheidung so schwer machen wollen wie den Sizilianern, die Libertinisten, die das Ineinanderwachsen der sozialistischen Menschengemeinschaft auch im Bett vor sich gehen sehen wollen, und die Unentschiedenen, die sich durch Wenn und Aber jeden Weg offenhalten, um zum Schluß den des Stärkeren zu gehen. Auch Diskussionsbeiträge könnte man sich ausdenken: »Fakt ist doch, daß es nur eine Möglichkeit für uns als Genossen gibt: die Rückkehr zur Familie.« – »Wollen wir doch mal ehrlich sein: Die Betrogenen sind doch immer wir Frauen. Und wenn hier behauptet wird, daß wir alle keine Engel sind, so kann ich nur sagen, daß damit ein wunder Punkt zum Vorschein kommt, der entschärft werden muß.« – »Um was geht es denn hier? Um Politik doch wohl, in unserem Fall mit den Mitteln des Buches, um die optimale Wirksamkeit der Bibliotheksarbeit also, die nur gewährleistet bleibt, wenn der bewährte Bibliotheksleiter seine Funktion behält.« – »Ich finde alle hier vorgetragenen Argumente stichhaltig und bin der ketzerischen Meinung, daß die entscheidende Frage doch ist: Wie entscheiden wir uns? Das ist doch das Entscheidende. Oder nicht?« Und so weiter. Aber was nutzte das? Das würde vielleicht literarische Farbigkeit erzeugen und eventuell sogar ein Schmunzeln hervorrufen, aber der Wirklichkeit nicht näher kommen, in der ganz einfach ernstzunehmende Leute sich so nüchtern und sachlich wie möglich um die Klärung eines Konflikts bemühten, in dem sich Privates und Öffentliches in so eigentümlicher Weise mischten – was wohl (bei aller Eigenart des Vortrages) auch in den verbürgten Diskussionsreden zum Ausdruck kam: in (erstens) Rieplos' langer Ansprache (von der ein Auszug genügt), in (zweitens) Karls kurzer, würdiger Erklärung, in (drittens) Haßlers Diskussionsbeitrag, der wohl entscheidend zu (viertens) dem Beschluß beigetragen hat.

Also Rieplos: »... kann, meine ich, die Kultur der Papuas helfen. Doch zurück zur Gegenwart, von der Lawrence Sterne bekanntlich sagte, nichts sei höher zu schätzen als sie, und Goethe, sie müsse durch unseren Willen gesteuert werden, und das sage auch ich, und zwar in Richtung auf unseren Karl Erp, den ich mal aus geringem Anlaß, aber (wie ich erst später feststellte) mit gutem Grund einen Esel genannt und damit nicht den dummen des Volksmundes gemeint habe oder den des Homer (der bekanntlich im elften Gesang der Ilias den kämpfenden Ajax mit einem solchen Tier vergleicht, das sich trotz heftigster Schläge nicht aus dem Saatfeld vertreiben läßt), sondern den des Buridan, der in den philosophiegeschichtlichen Stall gehört, wo er seit dem Mittelalter zwischen zwei erreichbaren Bündeln duftenden Heus gleicher Menge und Qualität steht und doch schließlich vor Hunger tot umfallen wird, weil er sich bei soviel Symmetrie nicht entscheiden kann, was alles natürlich nicht naturalistisch, sondern symbolisch zu verstehen ist, ein poetisches Bild, das ich dem Karl in feurigen Umrissen an die Wand malen will als Warnung, als Drohung, wie man Ähnliches von Belsazar, eigentlich Bel-Schar-ussur, dem Sohn des letzten neubabylonischen Königs Nabunaid, her kennt beziehungsweise von Heine oder von Händel, wobei das für Karl bestimmte Menetekel natürlich nichts mit Gotteslästerung zu tun hat, sondern eher mit Menschenlästerung, der er sich schuldig macht, wenn er das heilige Recht zur Entscheidung nicht ausübt, seine Willensfreiheit nicht nutzt, sondern auf das Eingreifen höherer Mächte wartet, die ihm die Entscheidungen abnehmen sollen, was aber alles mit Vorbehalten gesagt sein und verstanden werden soll, von mir ausdrücklich als Verdacht, Vermutung, Annahme etikettiert und nur ausgesprochen wird, weil, kurz gesagt, ich der Meinung bin, daß wir von ihm nur die Entscheidung als solche und nicht mehr fordern dürfen und müssen, damit es ihm nicht so geht wie dem scholastischen Esel und uns nicht wie dem Kalifen Omar, den einige Leute tatsächlich für einen Vorkämpfer körperlicher Sauberkeit, für einen Apostel der Hygiene gehalten haben, weil er der Sage nach die Bücher der weltberühmten Bibliothek von Alexandria zum Heizen seiner Bäder benutzt hat, aus anderen als hygienischen Gründen allerdings, denn er war der Meinung, daß nur der Koran und seine Auslegungen wert seien, gelesen zu werden, was sicher von linken Intellektuellen der Zeit damals schon als Kulturbarbarei erkannt worden ist, wenn sie auch öffentlich nur auf den höheren Heizwert von Torf und Holz hingewiesen und griesgrämige Bibliothekarsgesichter als den besten Schutz vor Benutzung nicht genehmer Bücher bezeichnet haben werden, um diese zu retten selbstverständlich, denn sie dachten an Weltkultur und Zukunft, der Kalif aber nur an Religion und Thron, also an Augenblickspolitik, also zu eng und zu kurz, wie auch wir es täten, wenn wir Karl das Inhaltliche seiner Entscheidung vorschreiben und vergessen wollten, daß für uns und die Bibliothek die Sache schnell überstanden sein, sie für Karl aber dauern wird, vielleicht ein Leben lang, wobei wir uns ruhig mal der entsetzlichen Sitte der Hindus erinnern sollten ...« (Ende des Auszugs.)

Zweitens Erps Erklärung: »Ja, es stimmt: Ich lebe mit Kollegin Broder und werde mich scheiden lassen. Daß wir beide zusammen nicht mehr an einer Bibliothek arbeiten können, sehe ich ein; nicht aber, daß Kollegin Broder gegen Kollegen Kratzsch ausgetauscht werden soll. Das ist zwar einfach, aber falsch. Wir haben ihr die Stelle versprochen und müssen unser Versprechen halten. Wenn von Schuld die Rede sein soll, trifft diese höchstens mich, nicht sie. Und deshalb werde ich gehen. Das ist alles, was ich zu sagen habe.«

Drittens Haßler: »Wir dürfen es uns nicht so leicht machen wie die Bibel mit dem verlorenen Sohn, der hungrig, krätzig, schmutzig ins Elternhaus heimkehrt, dürfen ihm nicht ohne Nachdenken ein Kalb schlachten, ihn salben und baden; und wenn wir ihn loben, müssen wir fragen: Wofür denn, für die Heimkehr in den Mief des Althergebrachten vielleicht, für die Resignation, die Mutlosigkeit, die Sehnsucht nach dem Federbett? Ich meine, Forderung nach Rückkehr um jeden Preis wäre Triumph abstrakter Moral, die unsere nicht sein kann. Wenn hier überhaupt geurteilt werden kann, dann nicht nach dem Maßstab fragwürdiger Gesetze, sondern nach dem der Wirklichkeit. Und die sieht so aus, daß vielleicht allen drei Betroffenen oder Beteiligten die neue Lage zugute kommt. Aus allen Reden über Vorbildbeschädigung höre ich immer heraus, daß nicht bestraft wird, wer es tut, sondern wer es zugibt, der Ehrliche also. In der Kaderfrage bin ich anderer Meinung als Karl, glaube aber nicht, daß wir ihn gegen seinen Willen hier halten können, so leid mir das tut, denn ich weiß, was wir an ihm verlieren: einen Genossen, der durch die Produktivkraft Liebe einen neuen Anfang gefunden hat! Ich bitte ihn aber, seine Versetzung nicht als Buße oder Strafe zu betrachten, vielmehr als eine notwendige Maßnahme, die leider ihm und uns Schwierigkeiten bringt.«

Und Haßler überzeugte. Das zeigt viertens der Beschluß: »Zum Zeitpunkt der Einstellung der Praktikantin Broder wird die Bibliotheksleiterstelle neu besetzt. Bei der Suche nach anderer geeigneter Funktion wird Genosse Erp unterstützt.« Karl hatte also einen Doppelsieg errungen, über sich selbst und über die Genossen, aber Grund zu überströmender Freude war das natürlich nicht.

Genauer gesagt: Er war schockiert. Obwohl sein Edelmut mehr als schöne Geste gewesen war, hatte er doch gehofft, daß sein Opfer nicht angenommen würde.

Er war traurig, sein langjähriges Werk, die Bibliothek, aufgeben zu müssen!

Und das Gehalt! Ob man das nun Strafe nannte oder nicht, es war eine, wofür lebenslange Kleinverdiener freilich wenig Verständnis haben, Fräulein Broder etwa, die es noch nie zu einem Sparkonto gebracht hatte und vorwiegend mit Leuten umgegangen war, für die die Summe, die Erp allein für den Gebrauchtwagen bekommen hätte, nur im Traum erreichbar sein konnte. Sie reagierte am Abend auch entsprechend, nämlich nüchtern. Sie begann zu rechnen. Ihr künftiges kleines plus sein künftiges kleines Gehalt ergab mehr als sein gegenwärtiges Gehalt plus ihr Stipendium. Wo also lag das Unglück? Darin, daß ihr künftiges kleines Gehalt und sein beständiges großes natürlich bedeutend mehr ergeben hätten, vor allem aber in ihrer Reaktion, fand Erp nach tragikumwitterter Pause. Aber das verstand sie nicht und sagte es ihm, denn seit Tagen hatten sie doch über diese entscheidende Sitzung geredet, jedes seiner Worte beraten, sie hatte ganz andere Pläne gehabt als er, den seinen schließlich widerwillig zugestimmt, ihm aber immer auszureden versucht, daß es ein Opfer sei, das er ihr bringe, hatte ihm wieder und wieder versichert, daß es ihr nur darauf ankam, mit ihm zusammenbleiben zu können, ob in Berlin oder sonstwo (aber lieber sonstwo), er hatte nur eine

Angst gekannt, daß man seinen Vorschlag nicht akzeptieren könnte, jetzt war er akzeptiert worden, und was war nun mit ihm los? Nichts, nichts, alles war gut bis auf ihre enttäuschende Reaktion eben; er kommt, noch bebend vor Erregung, aus der großen Schlacht, und sie redet von Wasserspülung! Aber sie weiß doch, daß er voreilige Fragen nicht mag, und seinen Mut hat sie doch gelobt, was um Himmels willen soll sie denn noch tun? Ihm zeigen, daß die Sache auch sie angeht, irgendwie, irgendwas, nur nicht diese Interesselosigkeit, diese Kälte! Aber es war doch keine Kälte, nur mühsame Zurückhaltung, die er immer verlangte. Doch nicht in solchen Situationen; schließlich war ihm gerade sein Lebenswerk zerstört worden, und er stand vor dem Nichts! Sie war also plötzlich Nichts für ihn? Unsinn! Wie sollte sie das sonst verstehen? Sie konnte ihn eben nicht verstehen, vielleicht weil das Unglück nur ihn betraf, seltsam nur, daß sie für andere anscheinend mehr Verständnis aufbrachte, für diesen schriftstellernden Idioten Ebau zum Beispiel. »Ich bitte dich, Karl, hör auf, ehe du alles kaputtmachst.« – »Ach, dieses blöde Gurren der Tauben macht mich wahnsinnig und diese kalkweißen Wände und diese Enge!«

Sie war ihm eine schlechte Frau. Anstatt die Ventilfunktion eines kleinen Ehezwists zu begreifen, nahm sie ihm die Unlogik übel und ging weg, zu Chamisso, zu den an der Nationalgalerie ankernden Spreekähnen und zurück zu Mendelssohn, dessen Frau Fromet sie immer beim Abzählen der Nachtischrosinen sah wie andere Werthers Lotte beim Brotschneiden. Die Mendelssohns hatten auch lange auf die Heirat warten müssen, aber nicht, weil Moses vor dem Anwalt Angst gehabt hatte, sondern weil die Zahl der jüdischen Eheschließungen gesetzlich beschränkt gewesen war und durch den Tod anderer erst Platz geschaffen werden mußte. Aber wie unzutreffend waren alle historischen Parallelen, vor allem die tragischen. Heloise und Abälard, Isolde und Tristan, Julia und Romeo hatten es leicht, ihre Leidenschaft, durch Widerstände gereizt, ins Große zu steigern. Wie wenig heroisch waren dagegen die Peinlichkeit einer Scheidung, die Versammlungen, der Wohnraummangel, der Arbeitsplatzwechsel (dessen Notwendigkeit man sogar noch einsah), wie kleinlich dieses langsame Zerbröckeln, die halben Mißtöne, diese kaum merklichen Erschütterungen, die einmal zum breiten Riß werden mußten. Sich dagegen zu wehren war vielleicht viel schwerer. Aber zu schaffen mußte auch das sein. Aber es hatte Angst, das kühle Fräulein, entsetzliche Angst, die dadurch gesteigert wurde, daß sie nicht mehr Gegenstand des Gesprächs zwischen ihnen sein konnte. Erp bildete sich ein, ihr ein Opfer gebracht zu haben, forderte Dank dafür und nahm einfach nicht zur Kenntnis, daß sie sich dem immer widersetzt hatte, nicht aus Rücksicht auf ihn, sondern auf die Beständigkeit ihrer Liebe, die sie durch einseitige Belastung gefährdet sah. Zum Heroen und Märtyrer war er schließlich nicht geschaffen: ein Grund, ihn zu lieben (bestimmt, die Zahl der Frauen, die sich Helden an ihre Seite wünschen, ist in Büchern sicher größer als im Leben), eine Aufgabe aber auch: ihn vor Selbstüberschätzung zu bewahren, deshalb ihr Vorschlag, zusammen aufs Land zu gehen! Aber das hatte das bekannte Gesprächskarussell wieder zum Drehen gebracht: aufs Land? Ja, das würde ihnen niemand verwehren. Dann wollte sie also Opfer bringen? Nein. Ja. Nein. Ja. Auf keinen Fall! Dabei war das wirklich kein Opfer, längst nicht mehr. Sie dachte nur an ihre Liebe, wußte, daß er den Aufgang B nicht mehr lange ertragen konnte, daß ihre Chance nur darin bestand, anderswo ganz neu beginnen zu können, in neuer Umgebung, unter anderen Menschen, unter für beide gleichen Bedingungen. Hatte sie sich wirklich noch niemals nach einem Frühling auf dem Lande gesehnt? Hatte sie wirklich mal geglaubt, ohne Berlin verkümmern zu müssen? Was galt ihr jetzt Berlin! Aber was galt es ihm denn? Das nüchterne Argument für sein Verhalten hatte gelautet, er könnte auch nach seiner Versetzung in Berlin bleiben, sie aber nicht. Was hielt ihn denn hier? Die Bibliothek doch offensichtlich nicht. Noch weniger der Aufgang B. Was aber sonst?

Mit anderen Worten: Anstatt Mut und Selbstüberwindung bei ihm anzuerkennen, mißtraute sie ihm. Und das in einem Moment, in dem er gezeigt hatte, zu welcher Kraft er fähig war. Die Größe, die sie in unserer Zeit vermißte, hatte er doch bewiesen.

Geringer Widerstand der Gesellschaft hatte Kraft zu heroischer Geste bei ihm ausgelöst. Aber würde die anhalten ohne Widerstand, im Alltag? Ihre Angst war die vor Ungewißheiten. Und die konnte sie nicht ertragen – es sei denn, es gelang ihr, sie in Aktivitäten umzusetzen. Während er sich um jede Entscheidung herumzudrücken versuchte, ging sie darauf zu. Sie wußte, daß Glücksuche immer mit Risiko verbunden ist, und scheute es nicht. Denn sie wollte das Außergewöhnliche, auch wenn es nichts mit Heroismus, sondern nur mit Alltag zu tun hatte.

Wenn es stimmt, daß Größe durch Widerstände entsteht, wäre unsere verständige Gesellschaft kein Boden für große Liebesgeschichten.

Möglich. Aber das spricht für die Gesellschaft.

Und gegen Karl.

Selbstverständlich.

23

In diesem Wochenendkapitel wird vom Frühling, von Haus, Garten, Kindern, von Hühnern, vom Lob der Trägheit, von Zigarrenstummeln, Anita, von einem bekannten, aber namenlosen Polizisten, einem Fanfarenstoß, einer überraschenden Wendung durch des Königs reitenden Boten – dabei aber eigentlich nur von Erp die Rede sein, der über dergleichen monologisierte, sprunghaft natürlich, leicht chaotisch, wie das zu geschehen pflegt: Verflucht erst sechs und das Spatzennest leer einen unpassenderen Kosenamen hat es wohl noch nie wo doch nichts an ihr spatzenhaft klein ob man wirklich an den Händen erkennen kann oder beim Mann an der Nase Blödsinn wieder nur fünf Stunden geschlafen Schlaflosigkeit macht impotent wie sie stöhnt die Drukkerei warum die wohl keinen arbeitsfreien Sonnabend allein sein ist auch Käse ist nicht mehr da und die Läden so voll wie die... so oder ähnlich könnte man Spiegelbildähnlichkeit vortäuschen, aber warum? Wichtiger sind doch Ordnung und Lesbarkeit. Und deshalb beginnt das Kapitel so:

Karl lächelte nicht beim Erwachen, obwohl ihm sofort das in diesem Moment für ihn beginnende freie und einsame Wochenende einfiel, auf das er sich gefreut hatte wie in Kindertagen aufs Weihnachtsfest, und das nun vor ihm lag wie verregnete Urlaubstage in kalten Hotelzimmern: leer, öde, endlos. Das kennt doch jeder: erst die große Hoffnung auf Tage der Muße, auf Stunden, in denen man ganz sich selbst gehört, und dann die Enttäuschung: die Muße kann man nicht mehr, zum Ganz-man-selbst-Sein gehört die Arbeit dazu, und als Ruheersatz dient dann die Sonntagsbetriebsamkeit: die Fußballplätze, die Tanzvergnügen, die Ausflüge, die Kleingärten, die Hobbys. Und diese Entdeckung macht man nicht ein-, sondern hundertmal, wie man an Karl sieht, der in den zehn Leipziger Examenstagen der Geliebten einen Berg von Genesung zu ersteigen gehofft hatte und sich in den ersten freien Minuten schon in eine Grube von Trübsinn geworfen fand. Dabei schien draußen Morgensonne auf frisch begrünte Friedhofskastanien, -linden und -eschen, lärmten Sperlinge, versuchte eine Amsel (das ist, für Fräulein Broder sei es gesagt, ein Vogel, ein stargroßer schwarzer mit gelbem Schnabel) noch winterheiser, ungeübt ihr erstes Liebeslied, keine Meisterleistung, aber doch ausreichend für Frühlingsanfang und anspruchslose Hinterhausbewohner, ausreichend auch, um in Karl Verzweiflungssamen kräftig aufkeimen zu lassen: ein langes Wochenende in einem Stück, allein, ohne Arbeit, ohne Vorfreude auf Verabredungen, ohne Zäsur einer Unternehmung; ein Sonnenmorgen in der Asphaltwüste, deren Friedhofsoase nur Erinnerung weckt an verlorenen Fluß, verlorenen Garten; ein Frühlingstag, noch immer schmerzend seiner raschen Vergänglichkeit wegen, noch immer erfüllt von eichendorffscher (oder vielleicht auch gripsholm-rheinsbergscher) Sehnsucht nach vom Alltag ungetrübter Liebe, Schönheit, Freude, überschattet vom Wissen, daß es die nicht gibt, von Resignation geschwärzt, aber nicht beseitigt! Darüber half auch der freie Wasserhahn nicht hinweg, nicht das sofort gemachte Bett, nicht der gefilterte Kaffee und die in Ruhe gerauchte Morgenzigarette und auch nicht der Lärm der Kinder, die fröhlicher (und lauter) als sonst zur Schule gingen, im Gegenteil: Gerade die fremden Kinder trieben ihn zu dem Entschluß, die eigenen wiederzusehen.

Was ein Vorwand war, wie man erkennen wird. Schon auf der Fahrt dachte er nicht an sie, sondern setzte sich Fräulein Broder auf den Nebensitz und redete zu ihr von Privatgedenkstätten, die die Bergstraße seiner (jetzt jäh abgebrochenen) Kleinkarriere säumten: ehemalige Bibliothekarschule (bedeutsam auch wegen des ersten Bewunderungsblicks auf Elisabeth), Bahnhof Jannowitzbrücke (wo er zum erstenmal Berliner Boden betrat), Fruchtstraße (die von Schutt frei zu schaufeln er geholfen hatte), Oberbaumbrücke (Einfallstor zu Agitationseinsätzen in Westberlin), Rummelsburg (sein erstes möbliertes Zimmer, und wie möbliert!), Oberschöneweide (Quartiersuche für Weltfestspielgäste), Pionierrepublik (Tränenflut über Stalins Tod), Köpenick (Zeltlager), Friedrichshagen (erstes Praktikum), auf der Chaussee fährt der offene LKW ihn wieder aufs Land, steht Elisabeth wieder im Leineweberkleid, beginnen die Radtouren, die Wanderungen mit Elisabeth: Elisabeth, Elisabeth! Die war jetzt nicht tabu, war Teil seines Lebens, ein beträchtlicher Teil, wie auch die Kinder, beide in Köpenick geboren, in derselben Klinik; zum Besuch beim zwei Stunden alten Peter war Mantek mitgekommen, den die Schwestern für den Vater gehalten hatten; ihn hatte man nicht für voll genommen.

Also doch die Kinder!

Nur nebenbei und immer zu Fräulein Broder, auch als er dann langsam durch die Spreesiedlung fuhr und stolz darauf war, zu wissen, wer hier und da wohnt, daß solcher Putz Rauhputz heißt und die gelben Büsche Forsythien und wie man die Hecken so dicht kriegt und daß es schwer ist, Krokuszwiebeln zu bekommen und daß Elisabeth am Garten nur die Blumen interessieren, ihn dagegen das Obst und daß Elisabeth sagt...

Elisabeth, Elisabeth. Und dann war sie nicht da. Dann war niemand da. Wer auch? Kinder haben keinen arbeitsfreien Sonnabend. Aber er hatte noch die Schlüssel, die zum Garten, die fürs Haus. Die Vorgartenbeete waren gehackt, die Wege geharkt, die Tulpen fünf Zentimeter hoch; ein paar Schneeglöckchen blühten noch und die Veilchen an der Hauswand; Rittersporn kam schon, auch Schwertlilien, Traubenhyazinthen, Tränende Herzen, Disteln und Iris. In der Diele hingen noch die Wintermäntel der Kinder; sie erzeugten Gefühle wie Sachen, die Tote zurücklassen: weniger Trauer als Haß auf Dinge, die beständiger sind als menschliches Leben. Aber das kam und ging in einem Moment; dann lief er schon die Treppe hinauf in sein Zimmer. Noch vertraut, aber schon ungeübt war diese Art des Treppensteigens: eins, zwei, drei, vier, fünf, sechs, sieben, acht, neun kleine Stufen, knarrend, steil wie die einer Leiter, das schmale Geländer, der Holzgeruch, die Dunkelheit, die kalte Türklinke (klein wie ein Messergriff) und dann die überraschende Helligkeit des Zimmers und Schrecken über die Unordnung: auf dem Boden Bonbonpapier und Bausteine, das Bett ungemacht, der Schreibtisch bedeckt mit Büchern, Heften, Kram, die Regale verstaubt, die Bücher nicht geordnet. Zwei Lexikonbände fehlten; sie lagen auf dem Schreibtisch, aufgeschlagen: die Geschlechtsorgane der Frau, Stadien der Schwangerschaft. War Peter schon soweit? Hatte bei ihm (dem Vater) die Lexikonsucht nicht erst später begonnen? Peter war also schon nicht mehr interessiert daran, daß sein Vater zurückkam. War es überhaupt jemand? Vielleicht gönnte man ihm nicht mehr diesen Blick aus dem Fenster: auf den glitzernden Fluß, auf die Apfelbäume mit spitzen und runden Knospen, auf das Rosa der Pfirsichblüten. Der Professor fehlte. War er krank, tot? Oder war es zu spät? Schon stand die Sonne überm Wald, das war keine Angelzeit mehr, das war Schreibtischzeit; bei geöffnetem Fenster fielen warme Strahlen auf Hände und Scheitel. Ein Vormittag zu Hause am Schreibtisch: Sonne, Waldluft, Wassergeruch, Tuten von Schleppern! Und später von unten eine Stimme: Bitte zum Mittagessen!

Wessen Stimme?

Fräulein Broders natürlich, die in dieser Wunschrolle aber viel von Elisabeth haben mußte: Zurückhaltung, Ehrgeizlosigkeit, Anpassungsfähigkeit oder gröber gesagt: Bereitschaft zum Dienen. Im Erträumen von Idyllen war Erp große Klasse. Er machte Ordnung auf dem Schreibtisch, wischte Staub von der Platte, saß (Sonne auf Hand und Scheitel) reglos, beobachtete eine auf einem Kiefernast schaukelnde Krähe und sinnierte sich was zum Lobe der Trägheit, des Nichtstuns, der Lässigkeit, zum Thema: Faulheit als sittlicher Wert, das, aus Bruchstückhaftigkeit und

Abschweifungsreichtum inneren Monologs in sprachliche Formulierung übersetzt und formelhaft gekürzt, sich etwa auf den Kolossalgedanken reduzieren ließ: Wer nichts anfaßt, macht sich nicht schmutzig; wer sich nicht rührt, stößt nirgends an.

So dachte Karl nicht, er dachte in Beispielen, dachte an sich selbst, an seinen Jugendelan, seine Dauerbewegung mit Ideal- und Ehrgeizantrieb, die jeder dogmatischen Überspitzung eine Superspitze aufgesetzt hatte, an seinen Vater und vor allem an seinen gärtnerischen Mitlehrling Eisenhardt, der nicht nur seine praktische Gesellenprüfung im Treibhaus (mit der mannshohen Aufschrift: Wir züchten Tomaten für unsre Soldaten!) und später sämtliche militärischen Übungen verschlafen hatte, sondern schließlich auch die Schlacht um Aachen, der also (im Gegensatz zu allen Vaterlands- und Pflichtbesessenen) die Schreckenszeit mit heilem Charakter überstanden hatte. Waren damals nicht, so fragte sich Karl, die Fleißigen, Tüchtigen, Idealistischen die Schrecken der Welt gewesen und die Faulpelze die Bewahrer der Menschlichkeit? Waren damals nicht die Emsigen das Öl der Todesmaschinerie und die Lässigen die Sandkörner, die die Apparate zwar nicht anhalten, aber doch stören und verlangsamen konnten?

Fest steht: Erp zimmerte am theoretischen Schutzbau um das ersehnte Lehnstuhldasein am Fenster, baute einen Gedankenbunker aus Eierkistenbrettern, fundamentlos, windschief, regendurchlässig und dazu noch halbfertig, unvollendet, denn er gab es bald auf, baute an der Kunstruine nicht weiter, weil er erstens klug genug war, um zu merken, daß sie (wenn überhaupt) nur in eine vergangene Zeit paßte (in der Nichtstun Guttun war), und weil er zweitens im Garten, seinem Garten, Leute sah, zwei alte (er mit Schiffermütze, sie mit Kopftuch), die den durch zwölfjährige Pflege geheiligten Rasen umzugraben begannen. Natürlich stürzte er sofort ans Fenster, rief, schrie, brüllte Anrufe, Fragen, Schimpfwörter, hatte aber keinen Erfolg (bis auf den, daß die Krähe vom Baum auf- und zum Wald hinüberflog), rannte die Stiege hinunter, durchs Wohnzimmer (das der Leser als Weihnachtszimmer kennt) auf die Terrasse und in den Garten bis vor die (schrumpligen, rotbackigen) Antlitze der Missetäter, die aber nicht wie solche reagierten, ihn dagegen als einen behandelten, ihn böse fragten, wie er hereingekommen war, durch welche Tür (es gab nur eine, und die war ihrer Meinung nach verschlossen), was er hier suchte. Sie fragten beide gleichzeitig, aber verschiedenes, und da Erp das Recht zum Fragenstellen mehr auf seiner Seite glaubte, fragte auch er, und so redeten alle drei, und es ging sehr laut und unverständlich zu, bis die Alten nachgaben und sich dabei herausstellte, daß sie schwerhörig waren, der Mann wohl mehr als die Frau, denn er schrie ihr alles, was er endlich von Erps Brüllereien verstand (oder mißverstand), durch die zum Trichter geformten Hände ins Ohr: »Er sagt, er ist der Mann.« – »Welcher Mann?« – »Der Mann der Frau Erp.« – »Der ausgerückte?« – »Ja.« – »Dann ist er zurückgekommen?« – »Er sagt: Nein.« – »Dann ist er also nicht Herr Erp.« – »Ja.« – »Dann ist er also doch zurückgekommen?« – »Er sagt, er ist nur zu Besuch hier.« – »Wen sucht er? Frau Erp ist nicht da.« – »Er... ist... zu... Besuch... hier.« – »Aber Frau Erp ist nicht da, sie hat eine Verabredung und kommt erst spät. Aber die Kinder kommen schon mittags.« – »Er ist doch kein Besuch, er ist Herr Erp.« – »Also doch. Guten Tag, Herr Erp... Was sagt er?« – »Er fragt, warum wir den Rasen umgraben.« – »Mein Gott! Wir haben keinen, der es uns macht. Die Kinder sind tot, und wer kümmert sich sonst um so alte Leute.« – »Er will wissen, zu welchem Zweck.« – »Wegen der Hühner natürlich.« – »Welche Hühner? fragt er.« – »Alle natürlich. Meinen Sie vielleicht, ich gebe nur den Rhodeländern Mais und speise die Leghorn mit Kartoffeln ab?« – »Er sagt: Also Mais wollen Sie hier anbauen, und ich sage: Ja. Und er: Wie kommen Sie dazu?« – »Zu dem Saatgut? Es ist alles ehrlich zugegangen dabei, und im übrigen geht Sie das gar nichts an! Verstehen Sie?« Das verstand Erp wohl und nach einigen weiteren Minuten Gebrülls auch, warum der Mais gerade auf seinem Rasenland stehen mußte: Elisabeth hatte einen Nutzungsvertrag mit den Alten geschlossen; sie hielten den Garten sauber und konnten dafür tun und lassen, säen und ernten, was sie wollten mit zwei Einschränkungen: Die Blumen vorm Haus mußten bleiben und ein unbebauter Uferstreifen als Kinderspielplatz. In Erp wirkten Einflüsse des Aufgangs B: Er fluchte beim

Abgang, allerdings zu leise für altersschwache Ohren. Er fühlte sich verraten, hintergangen, schmählich betrogen. Er zögerte, um Elisabeth den Schmerz der Endgültigkeit zu ersparen, die Scheidung hinaus, und sie dankte ihm das so. Auch von dieser bisher sicher scheinenden Seite begann jetzt also die Vernichtung seines Lebenswerkes! Wo sonst in der Spreesiedlung hatte es eine so makellose große Rasenfläche gegeben? Wieviel Stunden, Tage, Wochen hatte er in den zwölf Jahren allein mit Grasschneiden verbracht, wieviel Hektoliter Wasser versprüht, wieviel Zentner Dünger gestreut! Die Passagiere der vorbeifahrenden Ausflugsdampfer hatten sich gegenseitig auf die Rasenfläche aufmerksam gemacht, die Wassersportler hatten im Rudern innegehalten, um sich langsam vorbeitreiben zu lassen, Peter und Katharina hatten die Lage ihres Hauses am einfachsten durch den Hinweis auf den schönen Rasen erklären können. Jetzt würde dort Mais wachsen, Futterkohl, Saubohnen. Die Saubohnen wiederholte er noch ein paarmal; sie schienen ihm am besten das ganze Ausmaß des Elends auszudrücken: Saubohnen statt englischem Rasen! Er vermied jeden Rückblick von der Terrasse, schloß die Tür und sah sich im Wohnzimmer um, wo alles wie sonst war, nur unordentlicher. Die Fenster waren nicht geputzt, Staub lag auf der Anrichte, welke Blumen hatten Blätter verstreut, zwei Schnapsgläser standen auf dem Tisch, die Flasche auf dem Teppich, noch nicht ganz leer. Er goß sich ein und trank, und als er das Glas abstellte, sah er die Zigarrenstummel im Aschbecher, und in ihm schrie es: Verrat, Verrat! Elisabeth rauchte keine Zigarren. Er stand in der Diele vor dem Spiegel und sah sich an. Hatte sich alles gegen ihn verschworen, weil sein Alter immer sichtbarer wurde, der Bauch runder, die Stirn höher, die haarfreien Ecken tiefer, der Faltenkranz um die Augen stärker, die Zähne gelblich, von Zahnfleisch entblößt? Und Schnaps vertrug er nicht mehr, am wenigsten vormittags, da gaukelte er ihm Schreckensbilder vor: Elisabeth, aus Verzweiflung dem Alkohol verfallen, holt sich Männer von der Straße, feiert Orgien, schreit, stöhnt, daß die Kinder erwachen! Sofort lief er in ihr Schlafzimmer. Auch dort war das Bett ungemacht, ihr Nachthemd lag auf dem Stuhl, sonst war nichts Verdächtiges zu sehen, aber sein Horrorfilm rollte weiter: die beiden im Bad, im Bett, die Kinder erschreckt an der Tür! Da lärmten welche auf der Straße, und ihn packte Angst, den eignen zu begegnen. Er lief in sein Zimmer, stellte die Unordnung auf dem Schreibtisch wieder her, schlug die Lexikonbände auf und schloß das Fenster. Im Auto gewann er seine Sicherheit wieder, fuhr langsam den Schulweg ab, hin, zurück, wieder hin, hielt hinter der Schule, von Chausseebäumen verdeckt, rauchte, wartete, wandte das Gesicht ab, wenn Leute vorbeigingen, sah Jungen beim Faustball zu, Mädchen in schwarzen Trikots bei der Gymnastik. Manchmal sah die Lehrerin zu ihm herüber: Ein lüsterner Alter, der vom Anblick hüpfender Brüste nicht loskam? War es wirklich schon so lange her, daß die Schulklingel auch ihm gegolten hatte? Er fand Katharina sofort aus dem Kinderknäuel heraus. Vom Tor bis zur Straße rannte sie mit drei Mädchen um die Wette und blieb Siegerin, hatte es aber dann nicht mehr eilig, stand gestikulierend, lachend zwischen den anderen und trollte sich schließlich Arm in Arm mit einer Schwarzlockigen. Er wendete, fuhr langsam hinterher, bis die Schwarze mal zurücksah, gab Gas, raste vorbei, schneller, als erlaubt war, bog ab zur Autobahn, wollte irgendwohin, nur nicht nach Hause, steigerte die Geschwindigkeit, aber das half nichts, wollte irgendwo zu Mittag essen, wagte aber nicht abzubiegen, denn alle Orte rechts und links waren Erinnerungsstätten, und von denen hatte er jetzt genug, blieb also auf dem Ring, schlug einen Halbkreis um Berlin, aß schließlich irgendwo westlich (war es Saarmund, Michendorf, Ferch?) und war schlechtgelaunt (der unsinnig hohen Benzinkosten wegen) gegen Abend erst wieder in der Stadt, am Hackeschen Markt, wo ihn die Angst vor der Trostlosigkeit des broderlosen Zimmers wieder packte, er im Kreisverkehr blieb und zurückfuhr, zu Haßler, den er durch die dünnen Neubauwände mit jemandem reden hörte, nicht zu stören wagte und wieder umkehrte. Mehr als eine Million Einwohner hatte diese Hauptstadt und keinen Menschen, den er ohne Scheu am Wochenende besuchen konnte. Zu Mantek traute er sich nicht; der würde im Kino oder im Theater sein, und wenn nicht, war er aus gutem Grund zu Hause, eines Gastes, einer Arbeit, einer Fernsehsendung wegen.

Sogar der namenlose Revierpolizist fiel ihm ein: Dem hätte er ohne Scheu erzählen können, wie ihm zumute war, nämlich miserabel, hundsmiserabel, weil er entdeckt hatte, daß er sich an die Hinterhofwohnung nicht nur noch nicht gewöhnt hatte, sondern auch nie würde gewöhnen können, daß er sich in ihr nicht nur mit dem Spatz, sondern auch ohne ihn unglücklich fühlte, daß er seine Freiheit nicht nur endgültig verschenkt hatte, sondern sie bei kurzfristiger Entlassung aus freiwilliger Knechtschaft auch nicht mehr zu nutzen verstand, daß Respektierung fremden Willens und fremden Urteils ihn überforderten, er aber (und vor allem) auch nicht allein sein konnte.

Aber dann war er am Abend gar nicht allein; dann lag Anita (in Stellvertretung ihres Scheinvaters, der im Kino war) im Fenster, redete ihn an, bekam Antwort (weil er so allein war) und gab Antwort; dann hatte er ein Schönwetterthema lang ihr exotisches Gesicht über sich (weil er auf der Straße stand und zu ihr hinauf redete), später unter sich (weil er hineinging, mit ihr am Tisch saß und größer war); dann trank er das Schnäpschen (das er bei seinem ersten Besuch dem alten Paschke abgeschlagen hatte), später ein zweites, noch später das dritte; dann lag sie auf der Chaiselongue (weil die Bluejeans samt Inhalt unter dem großen Wallstein-Eßtisch nicht zur Geltung kamen); dann wurden ihm die Gedanken: Hauptsache nicht allein sein, bei Elisabeth habe ich das auch gedurft, man hat so viel Freiheit, wie man sich nimmt, schon vertraut, ihr aber der Pullover zu warm, so daß sie aufstehen mußte, um ihn über den Kopf zu ziehen, was aber nicht gelang, weil der Kopf zu groß war und der Halsausschnitt zu klein, weshalb sie lange mit erhobenen Armen und verdecktem Gesicht vor ihm stehen mußte in wohlgefüllter Perlonbluse, bis er ihr (weil er nicht allein sein konnte) in karitativer Absicht näher trat, den Reißverschluß an ihrem Hals löste und zum Dank dafür (ob er wollte oder nicht, und er wollte noch nicht) sie am Halse hatte, die dunkle Rose ohne Dorn, weich und südlich-warm und ernst, sehr ernst wie vor einer schweren Aufgabe und fremd in ihrer Dunkelheit, aber schon nicht mehr unangenehm; dann gingen die Blusenknöpfe auf, und auch darunter war es dunkel, aber nicht im Zimmer, weshalb man zum Fenster gehen mußte, um durch Vorhänge

Licht zu stoppen, dabei aber auf die Straße blickte, wo neben dem Gewohnten (Kneipe, Auto, spielende Kinder) ein Mann zu sehen war, der nach einer Hausnummer suchte und (ohne es zu wissen) Erp veranlaßte, die Hand von der Rose zu nehmen, Haar, Krawatte, Jackett zu ordnen, zur Tür, in die Einfahrt, über den Hof, achtmal zehn Stufen (also vier Etagen) hinaufzurennen, die Tür zu öffnen und zu schließen, ein Buch aus dem Regal zu nehmen, es offen auf den Tisch zu legen, sich schnaufend in einen Sessel fallen zu lassen und dann zu warten.

Auf den die Hausnummer suchenden Mann!

Auf den rettenden Engel!

Auf die überraschende Wendung!

Auf Fred Mantek, den reitenden Boten!

Der aber noch ein wenig auf sich warten ließ, weil er das Ziel seines Rittes nicht gleich fand, systematisch zu suchen begann und also erst das Vorderhaus abtrabte und Karl dadurch Zeit ließ, Angst vor dem Besuch zu entwickeln und über das abgebrochene Abenteuer nachzudenken, das er sich übelnahm, aber nicht sehr, weil er gleich eine Theorie zur Hand hatte, die besagte: Ein Mann ist gegen aufdringliche Frauen machtloser als eine Frau gegen aufdringliche Männer, denn abwehrende Frauen gelten als tugend- und standhaft, als anständig und klug, sich wehrende Männer dagegen beleidigen die Frauen und wirken schwach, feige oder anomal; was der Frau Verehrung einträgt, macht den Mann lächerlich, und deshalb... Aber da klingelte es schon, und Erp spielte perfekt Überraschung, verdeckte gut Angst und Spannung und ließ sich keinen Laut entlocken durch die Folter, auf die ihn Mantek spannte, indem er keine Fanfare an die Lippen setzte, keine Trommel rührte, kein hochherrschaftliches Pergament entfaltete, weder eilig noch wichtig tat, auf überraschende Wendung nicht auszusein schien, sich vielmehr verhielt wie jeder, nämlich erst mal was über das Haus sagte (Das ist entsetzlich, ihr müßt hier raus, habt ihr euch schon bemüht?) und über die Stube und den goldgerahmten Ölschinken, dann nach Kollegin Broder fragte, Grüße seiner Frau bestellte, auch einen Schnaps nicht abschlug, langen Erzählungen Erps über das Haus und seine Bewohner ohne Ungeduld lauschte, und als er endlich zum Thema kam, die vielen prallgefüllten Satteltaschen mit Gedanken und Nachrichten bedächtig und genüßlich langsam leerte mit seinen dialektisch gewachsenen und erst neuerdings gereiften Überlegungen zu Erps Ehe, Erps Liebschaft, Erps Leitungstätigkeit, Müdigkeit und neuer Aktivität begann, lange kommentierte, analysierte, konkretisierte, abstrahierte und dann erst das umgehängte Kuriertäschchen vor den Bauch nahm, das Siegel erbrach und den ministeriellen Bescheid vor dem Betroffenen enthüllte: Da wohl nach den letzten Geschehnissen von läppischer Liebelei aus Leichtsinn, Übermut, Überdruß, Disziplinlosigkeit, Immoralität, Verantwortungslosigkeit, Weibstollheit, Abenteuerlust oder Tändelei nicht mehr die Rede sein konnte, sich an der Entwicklung der Affäre eher Charakterfestigkeit, Konsequenz, Ernsthaftigkeit ablesen ließen, spießige Selbstgefälligkeit, Inaktivität und Resignation überwunden und bekannter früherer Elan und Mut wiedergewonnen seien, war Manteks Anregung im Hause (des Ministeriums) auf fruchtbaren Boden gefallen, hatte man sich entschieden, Erps Erfahrungen zentral zu nutzen, fragte man offiziell, ob er bereit sei, einen Posten im Ministerium zu übernehmen.

In Berlin?

In Berlin und ohne Minderung des bisherigen Gehalts. Womit staatlicherseits alle anstehenden Konflikte ihrer endgültigen Lösung zugeführt waren und womit bewiesen wurde, daß große Liebesgeschichten in einer auf den Menschen orientierten Gesellschaft nicht möglich sind.

Da es aber Karl nicht um große Liebesgeschichten, sondern um Alltagsbewältigung ging, war seine Reaktion um so seltsamer. Er sagte nicht einfach ja zu dem Vorschlag, sondern redete drumherum.

Besonders glücklich schien er über die Beseitigung aller äußeren Hindernisse tatsächlich nicht zu sein. Vielleicht weil seinen Entscheidungen jetzt endgültig jeder heroische Anstrich fehlte? Doch er hätte auch ablehnen können. (Wie viele vor ihm hatten das schon getan!) Er redete um die Sache herum, gewiß, aber wenn man die unwichtigen Worte seiner halbstündigen Antwort wegließ, blieb nichts übrig als: Ja, ja, ja, ja, ja!

24

Wie kamen die Zigarrenstummel in Elisabeths Aschbecher? Hätte Erp, anstatt Gefühle walten zu lassen, die Brasilspur verfolgt, wäre endlich ein bißchen Spannung aufgekommen, die nachträglich zu erzeugen dem Berichterstatter durch Forschungen nicht möglich war: Er fragte Elisabeth, und die sagte es ihm. Das war alles.

Haßler?

Natürlich.

Eine Liebesgeschichte?

Nein, nein. Sicher nicht. Unwahrscheinlich. Kaum anzunehmen. Jedenfalls gibt es keine Beweise dafür. Auf eine entsprechende Frage sagte Haßler bibelfrei, in ungewohnter Kürze: »Um mich geht es nicht!«, was einiges vermuten, aber noch mehr offenläßt und nicht gedeutet werden soll, weil der Wunsch nach Abbruch der Fragerei nicht zu überhören war. Für Elisabeth jedenfalls war (in ihr und an ihm) von solchen Tendenzen nichts merkbar geworden. Sie hatte sich an ihn gewandt, er war gekommen, hatte Zigarren geraucht, Schnaps getrunken, gefragt, in Bibelzitaten geredet, Hilfe versprochen und Elisabeth für Sonnabend zu sich eingeladen. Wäre Erp nicht, durch Gespräche hinter der Tür entmutigt, vor Haßlers Wohnung wieder umgekehrt, hätte er die beiden überrascht – und einen dritten dazu, der hier schon einmal Doktor Bruch genannt und (als Nebenfigur dritten Grades) nicht allzu genau beschrieben werden soll.

Eine Liebesgeschichte?

Nein, zwei! Aber keine zwischen Elisabeth und Bruch, sondern eine zwischen Bruch und Bruch und eine zwischen Elisabeth und einem Fachgebiet, das was mit Kunst der Gegenwart zu tun hat.

Haßler hatte also die auf Manteks Silvesterparty angeknüpften Beziehungen spielen lassen, um Elisabeth die Flucht aus dem Volksbüchereiwesen zu ermöglichen. Daß die führenden Bibliotheksleute ihm das übelnehmen würden, wußte er, aber es störte ihn wenig. Er hatte (soweit möglich) immer getan, was ihm richtig erschienen war, hatte sich deshalb Elisabeths Gründe ausführlich erörtern lassen, sie akzeptiert und sofort zum Telefonhörer gegriffen. »Guten Abend, hier ist Haßler, Sie haben hoffentlich noch nicht geschlafen... Eben, um Ihr Institut geht es mir; ich hoffe, es wächst und gedeiht... Ja, ausgezeichnet... Und die Mitarbeiter?... Traurig, traurig, aber vielleicht kann ich da helfen. Brauchen Sie keine Bibliothekarin?... Nicht?... Darauf werden Sie bis zum Jüngsten Gericht warten können. Einen Kunstwissenschaftler, der was von Bibliotheken versteht, gibt es nicht... Ja, vollkommen hoffnungslos. Es gibt nur eine Lösung: Kaderentwicklung! Ich hätte da was... Ja... Sicher wie das Amen in der Kirche... Am besten morgen schon... gut... bis morgen dann. Na also!« Das letzte galt schon Elisabeth, die in dieser Nacht schlecht schlief, weil sie Antworten auf zwei Fragen suchte, die unbedingt kommen würden: Warum wollen Sie Ihre alte Stellung aufgeben? Warum wollen Sie gerade bei uns anfangen?

Und sie kamen, etwas anders formuliert, am Sonnabendnachmittag in der Junggesellenneubauwohnung, und Haßler saß, Zigarre rauchend, dabei und ließ Elisabeth reden, beteuern, erklären, was nicht leicht war vor einem Mann, dessen Finger unentwegt am locker sitzenden Ehering drehten, dessen Blick über sie hinwegging durchs Fenster in leeren Blauhimmel, wo er, ohne Haltepunkte zu finden, hin und her zuckte, und dessen Lippen sich dauernd öffneten, um hörbar Luft anzusaugen als Auftakt zu wortreichem Ausbruch, der (immer wieder aufgeschoben) schließlich auch kam, aber erst als Elisabeth fertig war und auf Äußerungen von Zustimmung, Ablehnung oder Unverständnis wartete, die nicht kamen, so daß ihr noch heute unklar ist, ob Herr Bruch ihren nächtlich vorformulierten Reden überhaupt gefolgt war, und wenn ja, ob er sie verstanden hatte, was nicht leicht war, denn eine gute Formuliererin war sie nicht, und was zu sagen war, fühlte sie mehr, als daß sie es wußte. Was sie meinte, war das: Mit der Hoffnung auf erneute Menschwerdung durch Arbeit war sie in ihren Beruf zurückgegangen: aus der Halbkugel sollte eine Kugel, aus dem Trabanten ein eigner Himmelskörper werden. Das war schwerer als erwartet. Die Großfamilie der Volksbibliothekare nahm sie auf, aber nicht als Kollegin Erp, sondern als Frau des Kollegen Erp, als verlassene Frau, die man zu bedauern, zu bemitleiden, zu ermuntern oder (selten und nur insgeheim) zu verspotten hatte. Sie beschuldigte niemanden als sich selbst (ihrer Empfindlichkeit wegen); denn die Tatsachen waren gegeben und ließen sich nicht aus der Welt schaffen, am wenigsten durch die Gutwilligen und Freundlichen, die sie betont als nicht existent behandelten und dadurch am deutlichsten zeigten, daß es sie gab. Erwähnte jemand in ihrer Gegenwart Erps Namen oder den seiner Bibliothek, gelang ihm Unbefangenheit zu selten, und wenn sie gelang, gelang ihr keine unbefangene Reaktion darauf. Ständig war sie bemüht, sich von Erp zu lösen, aber gerade das verstrickte sie immer enger mit ihm. Durch gute Arbeit wollte sie sich und anderen beweisen, daß sie nicht die ehemals ausgehaltene Frau war, die jetzt vergrämten Gemüts sich ihr Gehalt wieder selbst verdienen mußte; aber bewiesen wurde immer nur, daß jeder Eifer ein Ihm-Nacheifern war, jedes Streben eines in seine Richtung, jede Mühe ein Mühen um seine Qualität; was sie suchte, hatte er schon gefunden, was sie lernte, wußte er schon lange. Nie gab es das Gefühl, das sie als Schwangere gehabt und sich wieder erhofft hatte: Das kann nur ich! Und deshalb ihre Bibliotheksflucht. Verständlich.

Auch für Herrn Bruch? Er drehte am Ring. War es ein Wunschring, der erst beim dreihundertsten Mal wirksam wurde? Und was wünschte er sich? Auch mal zu Wort zu kommen? Schon pumpte er die Lungen voll Luft. Aber sie mußte erst noch die zweite Frage beantworten. Warum gerade bildende Kunst? Wollte Bruch das wirklich wissen? Wünschte er Ehrlichkeit? Erwartete da nicht jeder die berühmte Formulierung des Bewerbungslebenslaufs: Schon von Kindesbeinen an war es mein größter Wunsch, die Laufbahn eines Soundso zu ergreifen? Verlangte man nicht, daß der Bewerbende die Mühe der Lüge auf sich nahm, um die Ernsthaftigkeit seines Wunsches zu beweisen? Aber wenn Bruch auch nicht in den Himmel gestarrt hätte (vielleicht in der Hoffnung, daß seine scheußlich gelbgrauen Augen blau wurden davon), wenn er sie flehend angesehen hätte: Bitte, machen Sie es mir leicht und schwindeln Sie! – sie hätte es nicht gekonnt. Sie mußte ehrlich sein: Ihr war es gleich, ob Kunst der Gegenwart oder Geschichte der ökonomischen Lehren, ob Ingenieurpsychologie, Tiefbau oder Kriminalistik, sie brauchte ein Spezialgebiet, irgendeins (nur Gartenbau, Literatur und Bibliothekswissenschaft kamen nicht in Frage); ihre Vorkenntnisse waren gering, das schon, aber sie würde sich einarbeiten wie niemand zuvor, sie würde lernen; lesen, studieren, was immer es war, sich eine Haushaltshilfe leisten, den Garten war sie schon los, vielleicht gab es Abendkurse, vielleicht Fernstudium, Möglichkeiten als Gasthörer, alles, alles würde sie ausnutzen. Ja. So war das mit ihr. Sie war fertig. Und wartete.

Bruchs Ring rotierte nicht mehr. Die Augen (noch immer gelbgrau) kamen zur Ruhe. Die Luft wurde entlassen in einem Schwall von Worten, die nichts mit ihr zu tun hatten, nur mit ihm. Er redete und redete: von sich, von seinem Institut, von sich, von der Architektur der Gegenwart, von sich, von der Plastik der Gegenwart, von sich, von der Malerei der Gegenwart, von sich und noch einmal von sich und den Architekten, Bildhauern, Malern, die ohne ihn nichts wären, und vom Sozialismus, den es ohne ihn nicht gäbe, und vom Institut und von seiner Bedeutung, die es ohne ihn nicht hätte, und als er fertig war, ahnte man dunkel, daß er wirklich eine Kapazität, und wußte genau, daß er eitel war wie, ja, wie? – Da gibt es keinen Vergleich; denn der stärkste, der sich anbietet, der mit dem Pfau, traf nicht zu, weil der Pfau ja rundherum dumm ist und eitel auf seine Schönheit, was Bruch nicht war: nicht schön, nicht eitel auf (eingebildete) Schönheit und dumm nur in dem Winkel, in dem die Eitelkeit wucherte, die lästig und komisch war, aber niemandem weh tat, der nicht gerade menschlichen Kontakt mit ihm suchte: denn der war nicht möglich. Aber auf diesen Gedanken kam auch niemand, auch Elisabeth nicht, die keinen Menschen, sondern ein Fach brauchte, nicht auf Annäherung, sondern auf Antwort wartete, stumm (was ihr nicht schwerfiel), ungeduldig (was ihr fremd war) und schließlich sogar zornig, als Bruch, noch immer von eignen Großtaten redend, gehen wollte. Da ließ sie ihn nicht, da versperrte sie (die Stille, Sanfte, Geduldige) in der Haltung: Nur über meine Leiche... ihm den Weg und forderte Auskunft über ihre Chancen. Und Bruch sah wieder an ihr vorbei aus dem Fenster, und sein Blick zuckte wieder, obwohl genug Sterne da waren, an denen er sich hätte festhalten können, aber der Ring rotierte nicht, und die Luft wurde nur einmal angesaugt und sofort verwendet: »Ich brauche eine Kunstwissenschaftlerin! Aber wenn Sie meinen, daß Sie in angemessener Zeit eine sind, dann bitte, reichen Sie Ihre Bewerbung ein. Sie können am Ersten anfangen, obgleich das eigentlich nicht sein dürfte, aber ich... ich... ich...« Das kann ausgespart werden.

Und Haßler rauchte derweil Zigarren und machte nur einmal, nach der zweiten, eine Zwischenbemerkung, eine scheinbar erklärende für Bruch, die aber mit dem, was Elisabeth zu formulieren versuchte, nicht übereinstimmte, es vielmehr verfälschte. Glaubte er, daß Bruch es besser verstand, und eine falsche, aber verständliche Erklärung besser war als eine unverstandene richtige? Meinte er, die Wahrheit besser zu kennen als Elisabeth? Oder wollte er (aus eigennützigen Motiven) nur ihre Reaktion testen? Er sagte: »Sie will ihrem Mann beweisen, was in ihr steckt.« Elisabeth stimmte nicht zu.

Aber sie widersprach auch nicht.

25

Schön wäre es und würde diesem Kapitel sehr zugute kommen (es nämlich kürzen), wenn die Leser sich ausführlich und ehrlich der Angst-, Schweiß- und Jubelzeiten bevorstehender, stattfindender und überstandener Prüfungen erinnern könnten. Dann genügte es zu sagen: Fräulein Broder erging es wie ihnen. Obwohl sie zu den Besten ihrer Klasse gehörte und ein Durchfallen oder auch nur Schlechtabschneiden so unmöglich war wie das Anstoßen und Beulenschlagen an Regenbögen, erschien ihr kurz vorher (auf der Fahrt nach Leipzig) plötzlich auch ihr Wissen solchen zu gleichen, in seiner Kurzlebigkeit nämlich. Wie jedem wurde auch ihr die Nacht vor der Prüfung zur Polarnacht (die bekanntlich ein halbes Jahr dauert), jeder Traum zum Alptraum, jede zu erwartende Frage zu einer nach Sein oder Nichtsein. Wie immer gab es unter der Übermacht der prüfenden Typen, über die man (nachträglich) lachen konnte: den jungen Doktor, der allen bereitwillig unter die Arme griff (besonders wenn sie schön waren), den Alten mit würdevoll nach oben gehaltenem Gesicht, das imaginäre Deckengemälde zu begutachten schien, die gereifte Dame, deren Stimme beim Anblick von Schönheit und Schminke gepreßt klang, den Donnerer, den witzigen guten Onkel, die Seelsorgerin und vor allem die Vorsitzende, die, rank und schlank, noch immer Jugend vorspielte. (Ohne Kopf hätte sie noch immer Miß Leipzig werden können, mit war sie Beweis für den Sieg der Natur über Willensstärke und Kosmetik.) Es war also (bis auf eine Kleinigkeit) alles wie sonst, auch der nachträgliche Jubel, der groß und kurz war, obwohl man sich gegenseitig durch effektvolle Schilderungen und laute Feiern half, ihn zu verlängern und nicht so schnell zu vergessen.

Zur Fachschülerin, Praktikantin, Kollegin Broder konnte sich niemand gleichgültig verhalten; ihre Art, sich zu geben und mit anderen umzugehen, forderte zur Stellungnahme heraus – auch die Prüfenden, die bei ihr die Zügel persönlicher Zu- oder Abneigung fester fassen mußten als bei anderen. Bis auf den inzwischen verstorbenen Deckengemäldebeschauer kann sich jeder von ihnen heute noch an sie erinnern: die Dozentin für Leserkunde, weil sie gerade an der Kritik bibliothekssoziologischer Thesen der Genossin Broder arbeitet, der Historiker ihrer erstaunlichen Geschichtskenntnisse, der Bibliotheksverwaltungsfachmann ihres edlen Profils wegen; der eine fand, daß sie mehr las, als gradlinigem Denken bekam, die andere bemängelte, daß sie sich schminkte, diese hielt sie für verwundbarer, als sie sich gab, jener für kalt und gefährlich wie einen Gletscher; einig war man sich lediglich über die Sehr-gut-Note, und ausgerechnet die für Bibliothekshandschrift zuständige Dame (und nicht die Psychologin) entdeckte (und äußerte) den Grund für die Fehlurteile über sie: Sie war nach außen so stolz wie nach innen, und das ärgert Leute, die es aus Takt, Taktik oder Feigheit nur nach innen sind. Wenn das stimmte, war es nicht verwunderlich, daß die Mitschüler ähnlich auf sie reagierten: mit Bewunderung oder Ablehnung – und mit Klatsch, den Kratzsch in die Welt gesetzt und mit

Sprüchen wie diesen genährt hatte: Unterm Bibliotheksleiter macht sie es nicht; der Weg zum Standesamt wird lang werden; es war ein Tausch: Er bot ihr die Stelle, sie ihm die Liege. Auch die erwähnte Kleinigkeit war bei der Prüfungsparty schon bekannt gewesen; Dozenten oder Protokollantinnen mußten geschwatzt haben. Daß die Aufregungen dieses Tages an ihr nicht sichtbar geworden waren, hatte niemanden gewundert; Haltung, Beherrschung, Undurchschaubarkeit war man bei ihr gewöhnt. Auch Agnes und Adelheid, mit denen sie während der Studienjahre engeren Kontakt gehabt hatte, war nicht Erregung an ihr aufgefallen, sondern allgemeine Veränderung ihres Wesens, das sie später als enthärtet bezeichneten. Sie hatte nämlich nicht über Lektüre und Probleme mit ihnen geredet, sondern über Eindrücke, Stimmungen, ja sogar über Landschaft, hatte einen schneelosen Wintertag beschrieben, einen See mit auffliegenden und landenden Schwänen. Auf dem Prüfungsfest aber hatte sie sich zu aller Erstaunen nach stundenlangem Tanzen und Trinken zu Kratzsch gesetzt, lange mit ihm geredet und sich gegen Morgen von ihm nach Hause (das heißt: in ihr Hotel) bringen lassen. Zugehört hatte niemand, aber alle hatten geglaubt, daß er ihr letztes Opfer geworden war. (Denn alle Jungen der Klasse hatten schon mal nach diesem Rosenstrauß gegriffen und in Dornen gefaßt.) In der letzten Stunde, als die Morgensonne bleiche Gesichter aus dem Weindunst hob und man sich durch Gespräche über die Erkenntnis der Sinnlosigkeit des Festes hinwegzuschwindeln versuchte, war man sich einig geworden: Eine Frau für Kratzsch wäre sie nicht gewesen; er ist ein Genie (was allerdings bisher nur er weiß) und braucht eine Frau, die so gleichberechtigt ist wie die Frauen der Schweiz, eine stumme Anbeterin, die gut kocht und nicht mehr Intelligenz hat, als zum Vorzeigen nötig ist. Aber ob Verehrung tatsächlich Sauerteig für seine Wühlarbeit gewesen ist, wird unklar bleiben. Er ist nicht erreichbar, studiert in Moskau Regie und hat auf Briefe nicht geantwortet, obwohl ihm versichert wurde, daß sein wahrer Name (Kratzsch ist nur ein geborgter) nicht genannt werden würde. Wahrscheinlich ist er nicht daran interessiert, die aufgehende Sonne seines Ruhms durch ein paar voraustreibende Wölkchen verschleiern zu lassen. Denn besonders fein war es ja nicht, wie er seine letzte Chance, der Versetzung in den Kreis Angermünde zu entgehen, wahrnahm und der peinlich berührten Prüfungskommission das angebliche Bettkomplott Erp-Broder enthüllte. Erfolglos.

Seine mittelmäßigen Prüfungsergebnisse machten es der Kommission leicht, seine Verdächtigungen als ungerechtfertigt abzuweisen.

Und die erwähnte Kleinigkeit?

War natürlich keine, sonst wäre sie nicht für den Schluß des Kapitels aufgespart worden. Der Begriff wurde nur benutzt, weil ihn Fräulein Broder gebrauchte, als man ihr nach dem Examen gratulierte. »Ja, und dann noch eine Kleinigkeit«, sagte sie, als die Vorsitzende ihr mit jugendlichem Ungestüm die Hand preßte, und faßte dann zusammen: die in Tagen und Wochen in ihr aufgereihten Gedanken, Vorsätze, Grübeleien, Träume, Vermutungen, Ängste, die stillen Beobachtungen und lauten Klärungsversuche im Aufgang B, die gedachten, aber nie stattgefundenen Gespräche in der Karl-Marx-Allee, die mit der direkten Frage an Ella Mantek »Was würden Sie tun, wenn ...« begonnen und nach Ausschweifungen über Halbkreise, die zu runden, über Nebel, die zu lichten, über Kräfte, die zu erproben seien, mit der (allgemein fragwürdigen, aber für Fräulein Broder sicher gültigen) Wahrheit: »Nichtstun ist immer das Schlechteste!« geendet hatten; das Resultat bestand aus drei Sätzen zu je acht Wörtern: »Ich bitte, Kratzschs und meine Stelle zu tauschen. Sie wissen ja, daß er damit einverstanden ist. Ich möchte nämlich nicht gern in Berlin bleiben.« Außer ihrem eigenen und dem des Donnerers bekamen alle Gesichter einen Tragödienausdruck. Die Seelsorgerin griff vorsorglich nach ihrem Taschentuch. Der Donnerer, der kein Dozent der Schule, kein Bibliothekar, bei Kratzschs Prüfung nicht dabeigewesen und folglich nicht eingeweiht war, verlangte Gründe, wollte sich auch mit Fräulein Broders kurzer Ablehnung (»Das gehört nicht hierher!«) nicht zufriedengeben, verstummte aber, als ihm das Schweigen der anderen auffiel. Die Vorsitzende verstärkte den Druck ihrer Hand, fragte: »Haben Sie sich das auch genau überlegt?« und sagte nach Fräulein Broders Kopfnicken: »Gut!«

26

Den Diagonal- (will heißen: Vorn-Mitte-Ende-)Lesern, also den Bibliothekaren, Bibliographen, Dokumentaristen, Buchhändlern, Kulturfunktionären, Zeitungskurzrezensenten und anderen, die sich täglich zwangsweise durch den Literaturbrei fressen müssen, soll zur Belohnung dafür, daß sie schon hier (und nicht erst auf den letzten drei Seiten) mit dem Schluß-Lesen beginnen, ein Hinweis zum Verständnis des wichtigen 26. Kapitels dieses Liebes-, Frauen-, Ehe-, Moral-, Bibliothekars-, Sitten-, Gegenwarts-, Gesellschafts-, Berlin-Berichts (oder im Verkaufsinteresse auch: -Romans) gegeben werden. Der Hinweis lautet: Das Wichtigste ist das, was fehlt: die Erwähnung des gesellschaftlichen Boten Fred Mantek nämlich, der (was der Oberflächenleser nicht weiß) im 23. Kapitel geritten kam, um dem einsamen Erp eine Lösung anzubieten, die die gewaltsame der Kollegin Broder (aus dem 25. Kapitel) überflüssig machen könnte. Die spannungerzeugende Frage ist nun: Wie reagierte sie auf das Geschmetter der Neuigkeitsfanfare, wie blies Erp diese und wann? Nicht sofort nach ihrer Rückkunft, das ist klar; das wäre gegen seine Natur gewesen, der es viel mehr entsprach, mit Blumenträumereien zu beginnen.

Klatschmohn, ein Feld von Klatschmohn, ein Rechteck aus hellem, grellem, wildem Rot. Das schwebt über jungem Grün kurzhalmigen Hafers. Es muß etwa Anfang Juni sein. Ein kühler Sonnenmorgen vor heißem Tag. Einer der Dienstreisenden im Abteil sieht von Akten auf und sagt: Sieh mal, der Klatschmohn! Der andere brummt was von Unkraut, dann ist der Zug schon vorbei. Auch Karl hat aufgeblickt und das Feld gesehen und den blühenden Holunder am Weg und den Wald in der Ferne, und für ihn ist das Rot nicht vorbei. Es löst etwas aus in ihm, was, aus Gefühl in Worte gebracht, etwa lauten würde: Niemals werde ich aus dem gleichbleibenden Trott der Jahre ausbrechen können, wenn nicht durch dieses Rot! Und das zwingt ihn, die Reisetasche aus dem Gepäcknetz zu nehmen, in Götz, Wusterwitz, Groß-Kreuz, oder wie es sonst heißen mag, auszusteigen und zurückzugehen, auf Chaussee, Schotterweg, Fußpfad, im Gesicht Sonne, im Herzen wilde Freude, das noch zu können: eine Konferenz schwänzen und dem Klatschmohn nachlaufen, der am Abend schon verblüht ist. Aber in der Mittagsglut sitzt er nicht unter Holunderbüschen, sondern vor einem Schnitzel und diskutiert dabei über buchungslose Ausleihkontrolle, um die es geht in der Konferenz, die er pünktlich erreicht hat. Und das Mohnrot ist jahrelang vergessen bis zu der Minute im Aufgang B, in der er im gewohnten Sessel saß und ihm gegenüber, hinter dem Tisch als Barriere, nach zehn Prüfungstagen wieder die Geliebte, die eben aus Leipzig zurückgekommen war, den Koffer abgestellt und gesagt hatte, sie würde im Kreis Angermünde arbeiten.

»Mein Gott, laß uns das schnell rückgängig machen! Das Opfer, das du auf dich nehmen willst, um mir meins zu ersparen, ist unnütz, denn inzwischen hat Fred eine überraschende Wendung bewirkt, alles ist gut...« und so weiter, hätte er (um es Autor und Lesern recht zu machen) sagen müssen. Fräulein Broder aber hatte (wenn auch nur wenig) darauf gehofft, etwas über seinen verschütteten Wunschtraum von ihm zu hören, etwas über kulturelle Neulandgewinnung, über den Pflug in der Brache, über wirklich noch revolutionäre Kulturrevolution oder auch nur drei Worte: »Ich komme mit«, – »Wir gehen gemeinsam«, – »Auf nach Angermünde!« oder was Ähnliches. Er aber fragte: »Warum hast du das getan?« Und seine Stimme klang dabei falsch, fremd, wie geliehen von einem Mann, der ehrlich ist und Ehrlichkeit fordert.

Wie geliehen von einem Stärkeren, der Kraft und Mut hat, Antworten zu ertragen, Vorwürfe hinzunehmen, Behauptungen zu entkräften, Wahrheiten zu hören und zu akzeptieren oder sie auch zu bestreiten, Broderschen Wahrheiten Erpsche entgegenzusetzen. »Warum hast du das getan?« Er war wirklich nicht der Mann für eine solche Frage; vor allem in diesem Moment war er es nicht. Er hätte schweigen sollen, schmerzlich, beleidigt oder würdevoll, lange nach Zigaretten suchen, anbieten oder in Zärtlichkeiten flüchten, küssen, statt zu reden, oder auch weinen oder toben oder aufstehen, weggehen, Gedanken und Gefühle ordnen, vielleicht in schlafloser Nacht einen Brief schreiben, jedenfalls die Zeit zur Verbündeten machen sollen. Er wußte es schon, als er die Frage stellte. Und er wußte auch schon, wer schuld daran war: sie. Sie hatte ihn überrascht, überrumpelt, ihn, den Ahnungs-, den Arglosen, den armen Betrogenen. Sie hatte eine Entscheidung ohne ihn getroffen, ohne ihn zu fragen, ohne seinen Rat einzuholen, ohne ihn zu verständigen, und dann, als es geschehen war, hatte sie ihn auf die Unglücksbotschaft nicht eingestimmt, ihn nicht vorbereitet, nicht gewarnt. Sie war ins Zimmer getreten und rausgeplatzt mit ihrer Neuigkeit (wie sie es sich vorgenommen hatte, damit sein Anblick, seine geliebten Gesten, seine Worte sie nicht reuig machen und umstimmen konnten!) und hatte ihn zu der Frage provoziert, die nur scheinbar Offenheit herausforderte, in Wahrheit aber eine Lüge war: Und auch die nahm er ihr übel; denn ohne ihre Eigenmächtigkeit wäre er zur Ehrlichkeit gezwungen gewesen, hätte er ihr irgendwann einmal ins Gesicht sagen müssen: Ich kann nicht mehr!... Jetzt aber hatte sie ihm heimtückisch die Möglichkeit zur Lüge eröffnet, und er konnte nicht anders: Er mußte sie ausnutzen, obwohl er (vorher) sich davor scheute und (danach) sich verabscheute. Denn natürlich lebten auch die zwei Seelen, ach, in seiner Brust, die sich bisher bekriegt, aber nicht besiegt hatten, und die zweite, die Liebes- und Aktivitätsseele, war auch jetzt noch rege und produzierte Schmerz und ehrlichen Widerspruch, als die Geliebte (in der Hoffnung auf Widerlegung) die schlimme Wahrheit aussprach, daß seine Liebe nicht groß genug war, um die Hecken und Zäune vor dem paradiesischen Ziel überspringen zu können. (Das war der Moment, in dem ihm der Klatschmohn einfiel.) Und der Widerspruch war so heftig, daß er den Abscheu vor sich schon wieder vergaß und sich fragte: Was heißt in solchen Fällen schon Wahrheit? Wer entscheidet darüber, setzt Maßstäbe, mißt? Wahrheit dürfte es nur eine geben; es gab aber viele. Daß seine Liebe zu kurze Sprungbeine hatte, war eine, die Erinnerung an Klatschmohn (nebelhaftes Symbol für Schwäche) die zweite, daß er sie noch immer liebte (in seinen Gedanken noch nie so geliebt hatte) die dritte, daß er froh darüber war, wieder einmal dem Zwang zum eignen Entschluß entkommen zu sein, die vierte, daß er einer fremden Hand den Spatz nicht gönnte, die fünfte, und daß er zu feige war, über sich selbst ehrlich Auskunft zu geben, die sechste und vielleicht größte oder wahrste Wahrheit; denn die nächste Frage, die den weiteren Verlauf des Gesprächs bestimmte, ließ er sich weder von seiner Augenblicksriesenliebe noch von seiner Zukunftseifersucht diktieren, sondern von seiner Feigheit. Er nutzte schamlos den Vorteil des Entscheidungsunfähigen, dachte an nichts als sein Prestige, als er fragte: »Du willst also Schluß machen?«

Diese banale Wendung! Sie zeigt, wie unvorbereitet er war. Alle Worte, die ihm sonst noch einfielen, waren pathetisch oder sentimental, also nicht möglich vor ihrem entschlossenen, kalten Gesicht.

Es gelang ihm tatsächlich, ihr Gesicht für kalt und sich für berechtigt zu halten, ihr das vorzuwerfen (»Wie böse du mich ansiehst!«), weil er nämlich die eigenen Züge nicht mehr beherrschte und die Gereiztheit seiner Worte nicht und einen Grund (oder vielmehr: Scheingrund) dafür brauchte, der erst Brodersche Kälte, später Brodersche Tränen hieß. Denn (ob man es glaubt oder nicht) die vielbewunderten Augen des kühlen Fräuleins wurden bei dieser Gelegenheit zur Quelle warmer, salziger Tropfen, die (nicht in der ersten Stunde und nicht in der zweiten, erst im Laufe des Abends oder der Nacht) ihr Taschentuch näßten, weil nämlich die Enttäuschung zu groß war, um sie trockenen Angesichts zu überstehen: Die erhoffte Klarheit zwischen ihr und Erp war nicht zu erreichen; der Entschluß, Berlin zu verlassen, war vergeblich gefaßt worden; er brachte es weder fertig, mit ihr zu gehen, noch zuzugeben, daß durch seine Unfähigkeit, den Aufgang B und die Entthronung zu ertragen, ihr Entschluß die einzige Chance zur Rettung ihrer Liebe bot. Und dabei war sie sich der Wirkung so sicher gewesen. Alles, was ihre Liebe vergiftet hatte, sollte damit weggeräumt werden. Der Weg, den sie gegangen waren, hatte sich für ihn als zu schwierig erwiesen. Um zu retten, was zu retten war, hatten sie also einen neuen einschlagen müssen. Das war ihre Aufgabe gewesen, ihre allein. Sie, die Stärkere, hatte jetzt Opfer bringen müssen, um durch ihr Beispiel ihn zu befähigen, endlich mit dem Vergangenen radikal zu brechen und neu zu beginnen – oder (wenn ihm das nicht möglich war) ihr ein ehrliches, klares Nein zu sagen. Auch das wäre besser gewesen als dieser langsame, schmerzvolle, würdelose Verfall großen Gefühls. So hatte sie gedacht. Aber was von ihm kam, waren erst Vorwürfe, dann Ausflüchte, Ausreden, halbe Zugeständnisse, die sofort zurückgenommen wurden, Schwüre, denen sie gern geglaubt hätte und nicht glauben konnte, Erklärungen, die einleuchtend schienen, Selbstbezichtigungen, die sie weich stimmten, Bitten um Geduld und Zeit und immer wieder Unehrlichkeit, Unbestimmtheit. »Kannst du mir nicht einmal klar sagen, was du tun wirst?« – »Alles, um dich nicht zu verlieren!« Und dabei hatte er nicht einmal mit ihr im Hinterhaus wohnen und ihr den Verlust seines leitenden Postens verzeihen können. War das nicht Grund genug zu salzigem Überlaufen? Nachdem sein Dorftraum sich endgültig als leeres Gerede erwiesen hatte, hatte sie Schmerz erwartet, bei sich selbst und bei ihm, aber jetzt stellte sie fest, daß er eigentlich immer froh gewesen war, mit den Verlusten, die er freiwillig hingenommen hatte, sie belasten zu können. Das ging jetzt nicht mehr. Sie hatte sich bemüht, Klarheit zu schaffen, er aber war an Unklarheiten interessiert. Weil die den Zwang zur Entscheidung vernebelten. Weil jede Entscheidung Trennung nötig machte. Und Trennung schmerzt. Und Schmerz fürchtete er. Er war feige; man kann es nicht oft genug sagen. Er war das Kind, das wochenlange Zahnschmerzen erträgt, weil es den Sekundenschmerz beim Zahnarzt fürchtet. Eine garantiert sichere Betäubung entsprechender Nerven hätte ihn entschlußfreudiger gemacht. »Bist du sicher, daß es nur die drohende Versetzung und das schwierige Zusammenleben waren?« fragte sie. Aber er ließ sich nicht zwingen zu einem entscheidenden Wort. Dabei hätte er nur nein zu sagen brauchen, blies es sich in Gedanken auch ein dutzendmal ein, traute sich aber nicht, es laut zu wiederholen. Er wußte sogar schon beruhigende Argumente dafür, aus der Literatur geschöpfte, Gemeinplätze, die ihn nicht kompromittieren und sie nicht kränken würden: Keine Liebe ist ewig; Liebe vorstellen ist leichter, als sie in Wirklichkeit durchleben (das ist nicht anders als mit jeder Wirklichkeit, der nachrevolutionären zum Beispiel); nur durch Trennung bleibt die Geliebte ewig jung; man liebt immer ein Traumbild und fürchtet das Erwachen und so weiter. Aber laut wurde nichts davon. Er sagte: »Ja, nur das!« und entdeckte plötzlich (um weiteren Fragen dieser Art zu entgehen), daß über der Mietskaserne mit engen Höfen und dunklen Aufgängen noch viel Licht und Raum war, wo man ohne Material, Arbeitskräfte und Genehmigungen bauen, ohne amtliche Einweisung wohnen konnte, in Traumgebäuden mit Phantasiekomfort, in sauberen (von Wirklichkeit nicht beschmutzten) Perspektiveigenheimen, und redete davon: von der Zentralbibliothek im Schloß (einem Schinkelbau), von ringsum blühenden Dörfern, deren LPG-Vorsitzende und Bürgermeister aus Verehrung für sie zu Literaturpropagandisten werden, von soziologischen Studien, von Artikeln in Fachzeitschrift und Zeitungen, von Wochenenden, die alle gemeinsam verbracht werden (von April bis Oktober bei ihr, von November bis März bei ihm), vom Schloßzimmer mit Blick auf den Schloßteich, von Bootsfahrten auf der Anger (falls es die gibt). Die Versuchung für sie war groß, sich Klarheit vorgaukeln zu lassen, besonders wenn seine Hand an ihrem Hals lag, seine Lippen auf ihrer Haut, da, wo die Sonne nie hinscheint. »Du glaubst also, es lohnt sich noch mit uns?« – »Mit uns lohnt es sich immer, immer, immer!« Er glaubte nicht an alles, was er sagte, und er sagte nicht alles. Zum Beispiel kein Wort vom rettenden Engel Mantek und von seiner frohen Botschaft. Er dankte ihr für die zurückgewonnene Stellung (die er nicht mehr brauchte) und ließ sie in die selbstgewählte Verbannung gehen.

Mit blutendem Herzen!

Mit blutendem Herzen, von dem ein Stein gefallen war.

27

Ehe der Motor ausgelaufen war, öffnete Paschke schon das Fenster, wischte sich Frühstücksei aus Morgenstoppeln, konnte sofort eine Auskunft geben (»Aufgang B, vier Treppen!«), eine einholen (»Wo soll es denn hingehen?«) und in Ruhe seinen

Lieblingsplatz herrichten: Mütze auf, Kaffeetasse aufs Fensterbrett, Kissen vor den Bauch, Lächeln ins Gesicht: Wir haben doch gesiegt! Das Schauspiel konnte beginnen. Zuschauer waren genügend da: die Kneipenwirtin von gegenüber, die Göring mit Schrippennetz, drei Jungen mit Schulmappen. Aus einem der benachbarten Höfe schickte der Leierkastenmann Bühnenmusik: La Paloma, Berliner Luft. Paschkes Fingernägel trommelten auf schepperndem Fensterbrett mit, während die Wölffin mit Stehlampe und Wischeimer auftrat, was Grußähnliches murmelte und wieder verschwand. Die Jungen stießen den Eimer um und rannten davon. Bürsten, Scheuerpulver, Schuhputz lagen auf der Straße. Endlich trat eine Hauptperson auf. Erp und der Fahrer schleppten den doppelhenkeligen Reisekorb, mit dem Wilhelm Broder vor Jahrzehnten aus seinem östlichen Kaff heimgekehrt war ins Reich, dessen Hauptstadtdrittel die Tochter nun wieder in östlicher Richtung verließ. Denn Angermünde lag wohl östlich oder auch nördlich, fast in Polen oder fast an der Ostsee, so genau wußte das Paschke nicht, und es war ihm auch piepegal, wenn sie nur weg war und ihn nicht mehr ärgerte und ängstigte mit ihrer Feinfrostmiene, die auch Abschiedsstimmung und Morgensonne nicht aufgetaut hatten, als sie mit Koffer und Aktentasche kam, wortlos einen Gruß nickte und wieder verschwand, um Sessel, Schreibtischlampe, Besen, Wäschetopf zu holen, während die Wölffin Regalbretter, Erp mit Fahrer Tisch und Lotterbett brachten, aufzuladen begannen und Baccigaluppos Drehorgelwalze auf den Evergreen »Durch Berlin fließt immer noch die Spree« eingestellt wurde. Paschke trommelte. Er fand die Melodie richtig, der Situation angemessen, beruhigend und wahr, denn der vielbesungene Fluß floß und floß, immer im gleichen Bett, so wie er (Paschke) immer aus dem gleichen Fenster lehnte, während die Broders kamen und gingen und Unmoral und Hochfahrenheit ihre gerechte Strafe fanden: Ausweisung aus dem Großstadtparadies, Abschied, Umzug, der ärmlich genug war, kleines Gütertaxi, und auch das kaum genutzt, und die Hälfte nur Bücherkisten anstelle von Möbeln wie bei anständigen Leuten. Und wo blieb das einzige wertvolle Stück, das Gemälde mit Goldrahmen, echt Öl?

Danach fragte auch der Fahrer, ohne die kalte Zigarre aus dem Mundwinkel zu nehmen. »Soll das Ding auch mit?« Der Mann, der sich ihm nicht vorgestellt hatte, aber wohl der ehemalige Ehemann war, machte ein Schafsgesicht und zuckte die Schultern; er wußte nur, daß die Küchenmöbel, die Luftmatratze, die Kiste mit Pyjama, Pantoffeln, Rasierzeug dablieben und er selbst wohl auch. Ein Trauerfall lag hier vor, das war dem Fahrer klar, aber auch gleich; ihn juckte nicht, was hier zu Grabe gefahren wurde, und nachher würde er es sowieso erfahren, denn mit ihm allein im Auto redeten sie alle, um ihre Aufregung abzureagieren, als genügte eine tastende Frage, und die ganze Geschichte war da. Viele Eheleichen hatte er schon kutschiert, und jede war anders gewesen, und immer hatte er nur Mitleid mit den Frauen gehabt, ob die nun (was selten passierte) schuld hatten oder nicht, schon weil sie heulten, die Männer aber sich hart gaben und auch weil sie eben Frauen waren, mit schönen Haaren oder schönen Augen oder Lippen wie die hier, die allerdings nicht heulte, sondern gefaßter schien als der Mann, der dicke Ketten rauchte und (trotz Bauchansatzes) aussah wie abschrekkende Beispiele auf Antinikotinplakaten. Warum fuhr der nicht aufs Dorf? Frische Luft bekäme ihm gut; ihr übrigens auch, aber darauf war sie wohl nicht aus bei dieser Masse Bücher. Wieviel mochten das sein? 1000? 2000? 3000? Wann wollte sie die lesen? Mehr als eins in der Woche war wohl nicht möglich, also 52 im Jahr, 520 in zehn Jahren, 3000 in 60; also konnte sie nie alle lesen. Sollte sie die doch dem Kettenraucher lassen und lieber das Bild mitnehmen. »Soll das Ding nun mit oder nicht?« – »Ja, was wird damit, Spatz?« Sie Spatz zu nennen war so unmöglich wie ihn Löwe oder Elefant; aber sie hörte darauf. »Ich möchte es behalten, aber nicht mitnehmen.« – »Vielleicht kann es Frau Wolff aufbewahren.« Ja, warum nicht, was war dabei, warum erschrak der Spatz so sehr? Der Fahrer hatte den Eindruck zu stören. Es war wohl besser, er wartete unten im Auto. Hier schien noch nicht alles klar zu sein. »Ist noch was, junge Frau?« – »Nein, danke, wir können gleich fahren.« Gleich war natürlich übertrieben. Er aß sein Frühstücksbrot, las die Zeitung von vorn bis hinten, aus Langeweile sogar den Leitartikel, der die Überschrift trug: Wir können alles, wenn wir nur wollen!

»Willst du hier nicht wohnen bleiben?« Der nahe Abschied hatte ihr die letzten Tage und Nächte mit Schmerz und Glück verklärt. Noch einmal war die Liebe hell und bunt gewesen: Die Farbenpracht des Abendhimmels war ihr zum Morgenleuchten geworden, Herbstgold zum Frühlingsflimmern. Jetzt spürte sie plötzlich das Einfallen der Dunkelheit, der Kälte. »Bitte, sei ehrlich!« Sein Blick hielt ihrem nicht stand, glitt weg, suchte das Domgebirge aus Ölfarbe, den Fluß, die Museumssäulen, die Inschriften über den Portalen, als wären das die Antworten, die er nur vorzulesen brauchte.

Er hatte auf diese Frage gewartet, sich viele Antworten überlegt, sich für eine entschieden und sie wieder verworfen, eine andere gefunden und eine dritte, schließlich alle in Reserve genommen, um für jede Situation die richtige zur Hand zu haben – und hatte jetzt keine, mußte stumm bleiben, suchte und fand nicht, ließ ab vom Suchen der fertigen Antworten, um über neue nachzudenken, konnte aber nur an die Wichtigkeit des Nachdenkens denken und an den Schmerz, den sein Schweigen ihr bereitete, und sagte schließlich: »Ich weiß nicht«, was eine Lüge war; keine so große, als wenn er gesagt hätte: Ja, ich bleibe hier, aber doch eine Lüge; denn er wußte zu dieser Zeit schon genau, was er tun würde.

Sie aber merkte erst in diesem Moment, daß sie die Wahrheit schon gewußt hatte, aber vor ihr zurückgeschreckt war. Sie hatte sich eingeredet, daß er allein hier wohnen bleiben, es ohne sie hier noch aushalten würde, bis er geschieden war und ein Zimmer fand. Sie hatte sich Illusionen gemacht, um die letzten Tage noch genießen zu können. Und sie hatte sie nur genießen können, weil sie geahnt hatte, daß es die letzten sein würden. Jetzt waren sie vorbei. Die Nacht war da, die Kälte, der Winter. Sie nahm, fast noch ohne Schmerz, leer, betäubt von Wahrheit, ihren Mantel und ging – bis in die Küche, wo er sie festhielt, an sich preßte, wieder Worte hatte, Sätze, Antworten, Erklärungen: Er konnte hier nicht bleiben, weil alles ihn an sie erinnerte, weil er umkommen würde vor Sehnsucht nach ihr, weil er Haus, Hof und Leute nur mit ihr gemeinsam ertragen konnte, den Gestank, den bröckelnden Putz, das Gurren der Tauben, die Fernsehunterhaltung von nebenan, die schwatzende Frau Wolff, die Steinwüste und weil es doch sinnlos war, sich hierfür erst Möbel zu kaufen, und weil man das doch keinem Besucher zumuten konnte und... und... und... Sie spürte, wie die Betäubung wich und der Schmerz kam. Aber sie weinte nicht. Sie fragte auch nicht: Willst du zurück? Sie versuchte schon, ihre neue Lage zu begreifen, ein Gegengift in sich zu entwickeln, Hornhaut wachsen zu lassen, sich steif zu machen, um aufrecht bleiben zu können, Lähmungen zu überwinden, neue Ziele zu markieren, weiterzugehen. Aber dabei waren seine Finger an ihrem Hals noch immer wirksam und zwangen sie zu einem letzten Versuch: »Komm mit! Laß alles hinter dir!« Er preßte ihren Kopf an seine Schulter. (Damit sie ihn nicht ansehen konnte?) Zum letzten Mal dieses Haar, diese Haut! Das durfte nicht wahr sein! Aber er hatte nicht einmal den Mut zu sagen: Ich kann nicht, oder: Ich will nicht. Er redete von beruflicher Verantwortung und davon, daß sie durch ihn doch jederzeit nach Berlin zurückkommen konnte. Da machte sie sich los.

Frau Wolff hatte dem Fahrer Kaffee ins Auto gebracht, sich zu ihm gesetzt und ihn über Liebe und Ehe aufgeklärt. »Daß der siebente Himmel, wenn man erst mal zusammenwohnt, bald zum sechsten oder zweiten oder zu einer ganz gewöhnlichen Wohnstube wird, weiß doch jeder, sehen Sie, aber keiner will's wahrhaben, weil partout sich jeder für 'ne Ausnahme hält und sich wunder was einbildet, und wenn's dann doch so wird wie bei andern, wird der eine zum Jammerlappen und der andere zum Deibel, und dann geht das Piesacken los, sehen Sie, und wozu? nur damit man sich dann wieder an die Brust nehmen und jammern kann: Ich gemeiner Hund, ich Idiot!, und alles ist gut, bis zum nächsten Mal, weil man nämlich die Ruhe und den Frieden (die nach den Qualen der ersten Liebe kommen) nicht gleich erträgt, obwohl die doch das Beste sind an der Ehe, aber es dauert ein Weilchen, ehe man das einsieht, manchmal zu lange, besonders bei den Männern, die schon mal einer weggelaufen sind und dann immer vergleichen, sehen Sie, aber keiner kommt heil durch den Wald, der die Nase immer nach hinten dreht, dann kommt es eben so wie hier, und ist ja wohl auch besser so, denn den Esel kann man so lange striegeln, wie man will, ein Pferd wird nicht draus, sehen Sie.« Und dann stieg sie aus, weil durch den Torweg der Spatz kam, der noch umarmt und geküßt werden und einen Wandkalenderspruch mit auf den Weg bekommen mußte: »Der Himmel gebe dir Sonne und die Kraft, auch ohne sie auszukommen.« Paschke dagegen fiel nichts Besseres als »Viel Glück!« ein. Dann winkten sie alle: Frau Wolff, Frau Göring, Herr Paschke und Herr Erp. In der Schönhauser Allee schon stellte der Fahrer seine tastende Frage, wurde aber enttäuscht. Fräulein Broder war eine Ausnahme. Sie erzählte nichts.

Die Kaiserstadt bei Kaiserwetter mit Goldrahmen wurde am gleichen Tag noch (über den Boden) ins Vorderhaus geschafft. Sie hängt im Wohnzimmer und kann dort besichtigt werden: Aufgang A, vier Treppen rechts. Frau Wolff ist jeder Besucher, der zuhören kann, angenehm. Wenn man Interesse an Tauben vortäuscht, ist es vielleicht möglich, ein paar Worte aus ihrem Mann herauszulocken. Um aber die seltene Mendelssohn-Ausgabe sehen zu können, wird man unbequeme Personenzugstunden in Kauf nehmen müssen.

28

Der geeignete Schluß der Geschichte wäre der: Als Buridans Esel sich endlich für eins der Heubündel entschieden hat, ist keins mehr da! Was bedeuten soll: Karl Erp nimmt Abschied vom Aufgang B. Abends läßt er sich von Paschke aus dem Hausbuch streichen, trinkt noch ein Schnäpschen, läßt Anita grüßen, herzlich. Am Morgen wird die Wölffin zum Fisch: stumm und kalt. Er muß ihr noch helfen, den Schrank von der Tür wegzurücken, und bekommt kein Dankwort dafür. Wie ein Gefängniswärter steht sie neben ihm, als er seine Sachen packt: Mappe mit Aufsätzen, Luftmatratze, Wasch- und Rasierzeug, Wäsche, Anzüge, Ausweis, Medikamente, Kissen, Bettdecke. Paschke ist schon munter, als er mit zwei Koffern zum Auto geht. Eine frühzeitig beendete Reise! Eine mißglückte Flucht! Er kommt zu spät zum Dienst, wo sein Nachfolger und Haßler schon auf ihn warten, um die Übergabe zu regeln. Der Tag vergeht ihm schnell bei anstrengender Arbeit. Abends begleitet Haßler ihn bis zum Auto, sieht die Koffer und fragt, ob er verreisen will. Im Gegenteil, sagt Erp, muß aber deutlicher werden, um Haßler verständlich zu sein, wird dabei ausführlich, hat jetzt auch Gründe zur Hand, gute Gründe, moralische Gründe, bei deren Erläuterung die Wörter Familie, Pflicht, Kinder, Verantwortung häufig und einmal auch die Gedanken von der absoluten, weil unkündbaren Stellung des Vaters vorkommen (die man schon kennt von Alt-Schradow her). Haßler begreift, was hier vorgegangen ist, sagt seine Meinung dazu, die (der notwendigen Kürze eines Schlusses wegen ihres Rankenwerks entkleidet) etwa so wiedergegeben werden könnte: Es gibt eine Art moralischen Handelns, bei der die Moral in die Binsen geht! Er wünscht Erp alles Schlechte, Elisabeth das Beste, nämlich Widerstandskraft, und geht mit knarrender Prothese davon und aus dem Buch hinaus. Erp fährt; durch die Stadt, die sich um diese Zeit hauptstädtisch gibt, lebendig, verkehrsreich wie nie; zweimal unter S-Bahn-Bögen hindurch, über Schnellstraßen, durch Wälder, an Wasserwerk, Strandbad, Schule vorbei. Und hält: vor einer Gartenpforte, an der sein Name steht, vor einem Haus, in dessen Wohnzimmer (mit Terrasse und Blick zum Fluß) eine Frau und zwei Kinder beim Abendbrot sitzen, die erschrecken, als es plötzlich klopft und kurz darauf ein Mann mit zwei Koffern vor ihnen steht, die Koffer absetzt und verlegen lächelt, aber das Lächeln nicht zurückbekommt, von niemandem, von der Frau nicht, von den Kindern nicht, so daß auch ihm das Lächeln bald vergeht. Die Frau erwidert zwar den Gruß, sieht aber den Mann so befremdet und widerwillig an, daß er sich wie ein Hausierer vorkommt, wie ein Bettler, ein lästiger Bittsteller, wie ein Vertreter für ein Ding, das sie nicht brauchen kann, das er ihr aber aufschwatzen will: sich selbst nämlich. Er läßt also das Lächeln sterben, sagt nicht fröhlich: So, da bin ich wieder, Kinder!, sondern erweckt eine andere Miene zum Leben, eine reumütige, erschöpfte, leidende, wird zum Mann, der bei Jericho unter die Räuber gefallen ist und

Anspruch auf seinen barmherzigen Samariter hat, der aber die Frau nicht sein will. Das zeigt sie deutlich, als sie ihm schlaff, widerwillig die Hand reicht und sie sofort wegzieht, als er sie länger, als zur flüchtigen Begrüßung nötig, halten will. Die Kinder grüßen korrekt und kalt mit Diener und Knicks und gehen hinaus. Die Frau bietet ihm keinen Stuhl an, und er wagt nicht, sich ohne Aufforderung zu setzen, steht zwischen den Koffern und redet, demütig, beschämt, gefügig, ergeben, macht Pausen, spricht weiter, beginnt von vorn, ändert den Ton, bittet, trumpft auf, wird zornig, weinerlich, stolz, aber immer hört er als Antwort nur: Nein, nein, nein! Er nimmt die Koffer, geht zum Wagen, fährt zurück in die Stadt, zu Manteks, die nicht zu Hause sind. Zu Haßler wagt er sich nicht. Die Hotels sind überfüllt, und außerdem dürfen Berliner in Berliner Hotels nicht übernachten. In der Dämmerung fährt er wieder aus der Stadt hinaus, sitzt in einem Ausflugslokal, bis die Kellner die Stühle auf die Tische stellen. Er fährt wieder am Wasserwerk vorbei, biegt ab zum Seeufer. Es ist dunkel und kalt, es regnet. Er nimmt Kissen und Decke aus dem Koffer und versucht auf dem Rücksitz zu schlafen. Der Regen peitscht die Scheiben.

Das wäre das geeignete Ende. Da aber die Wirklichkeit selten Romanschlüsse parat hat und ein Bericht sich um Klärung, nicht um Verklärung bemühen muß, geht es am tatsächlichen Ende leider weniger schön, weniger eindeutig, weniger gerecht zu. Rieplos, der unproduktive Wissensakkumulator, meinte dazu: »Detailtreue muß sein, und wäre es allein deshalb, daß Erp es nicht Karl dem Fünften gleichtun kann, der seinen Hofbiographen Johann Sleidan nicht ohne Grund als seinen Leiblügner zu bezeichnen pflegte.« Und deshalb folgt hier der wirkliche, wahre, tatsächliche Schluß (mit dem übrigens das Buch auch hätte beginnen können: Ein Mann kehrt zu seiner Familie zurück; die Nachbarn, Freunde, Kollegen, Genossen sagen: Gott sei Dank, endlich, welch Glück! Und sie halten das für einen Sieg der Moral. Der Schreiber aber fragt sich und seine Leser: War es das wirklich?)

Der wahre Schluß also glich dem ebensogut erfundenen haargenau bis zu der Sekunde, in der Erp ins Terrassenzimmer trat, die Koffer abstellte, verlegen lächelnd grüßte – nein, dazu nicht mehr kam, weil Katharina schon an ihm hing und die Arme so fest um seinen Hals schlang, daß er vor Luftknappheit so rot wurde wie sie vor Freude. Sagen konnte sie so schnell nichts und auch er nur: Ja, ja, ja, als hätte sie ihn gefragt, ob er nun auch hierbliebe, was sie erst viel später tat, lange nach der dreimal wiederholten Frage nach Mitgebrachtem. Peters käsigem Gesicht war keine Gemütsbewegung anzumerken; er blinzelte in die untergehende Sonne, bis der Begrüßungssturm der Schwester vorbei war, trat näher, lieferte den obligatorischen Kuß ab und wollte wissen, ob er das Zimmer nun wieder räumen müßte. Elisabeth saß währenddessen starr und steif am Tisch, wartete auf die Taktlosigkeit einer zärtlichen Begrüßung, gegen die sie sich trotz der Anwesenheit der Kinder hätte wehren müssen, sagte schließlich, als Karl ihr nur die Hand gab: »Hast du schon gegessen?« und dann lange nichts mehr, weil Karl mit den Kindern redete oder vielmehr sie zum Reden brachte, indem er sich Fragen für sie ausdachte, sehr viele, aus Angst, sie könnten welche stellen. Später saß er noch bei jedem von ihnen am Bett und versprach (weich genug gestimmt war er), was gewünscht wurde: Katharina eine lange Autotour in eine Stadt, in der sie noch nie war, Peter den Ausbau des Bodens zu einem Zimmer für ihn und beiden die tägliche Frühfahrt zur Schule. Im Wohnzimmer fand er Elisabeth nicht. Sie sagte: »Herein!« in einem Ton, als wäre es selbstverständlich, daß er anklopfte, bevor er ihr Zimmer betrat. Sie saß am Schreibtisch. »Du hast einen Schreibtisch?« sagte er und etwas später: »Macht dir die neue Arbeit Spaß?« – »Ja.« – »Das freut mich. Aber du weißt hoffentlich, daß das nicht nötig ist.« – »Es ist nötig.« – »Ich meine des Geldes wegen. Die Kinder brauchen dich.«

Ihr schien darauf Schweigen die beste Antwort; er aber, der die neue Elisabeth noch nicht kannte, nahm es für Nachdenklichkeit und hielt die Zeit für reif, ihr zu erklären, wie alles gewesen war, ganz ehrlich, ohne Ausflüchte, ohne Schonung, schonte auch niemanden (ausgenommen sich selbst), wußte es plötzlich ganz genau, hatte eine Theorie zur Hand, bei deren Darstellung er die erste Person Singular vermeiden, von man, es alles reden konnte, verschwieg aber dabei die Größe seiner außerehelichen Liebe durchaus nicht, betonte sie sogar, hob sie in mythische Bereiche (wobei er selbst zum Helden der eignen Sage wurde, zum Heroen, zum Halbgott); denn gerade die vernunftmäßig nicht zu fassende Größe des Gefühls war es doch, die seine Realisierung im Alltag nicht zuließ; die goldene Kette war zu schwer, um sie lange tragen zu können, das selbstgesponnene Netz zu eng, zur Fessel geworden, die keine Bewegung mehr zuließ; ein Leben mit dieser Liebe war nur möglich als ein Leben für nichts als diese Liebe, und wer konnte das schon, man hatte sich gegenseitig Fallen gestellt und sich selbst in ihnen verfangen, so daß es nur einen Ausweg gegeben hatte: den gewaltsamen Ausbruch, den man jetzt hinter sich hatte, voll blutender Wunden, aber mit dem Bewußtsein, es richtig gemacht zu haben; und man war ja alt genug, um von der heilenden Wirkung der Zeit zu wissen. »Glaub mir: Bald bin ich wieder der alte.« – »Eben«, sagte Elisabeth, was er nicht begriff und vorläufig auch nicht erklärt bekam.

Aber dazu ist auch noch viel Zeit nach dem Ende dieses Buches, das nur noch zwei Stunden beschreibt, zwei Stunden eines (nicht kalten und nassen, sondern warmen und stillen) Abends an der Spree, in der die Kinder schliefen und Elisabeth sich für das kunstgeschichtliche Seminar präparierte (wobei sie oft vom Buch auf- und die Wand ansah) und danach wach im Bett lag und an die Freude der Kinder dachte, während Karl (zum erstenmal nach dem Krieg) sich sein Bett (die Couch im Wohnzimmer) selbst bezog, im Pyjama auf der Terrasse stand, den Mond anstierte, verspäteten Paddlern lauschte, die sich im Dunkeln (ohne Positionslichter) Mut einsangen, Mais und Saubohnen auf dem ehemaligen Rasen besichtigte und schließlich durch das Haus schlich und an Elisabeths Tür klopfte. »Was ist los?« Er drückte die Klinke, aber die Tür war verschlossen. »Ich wollte nur fragen, wann du morgen weg mußt.« – »Früher als du. Gute Nacht«, sagte sie laut und leise zu sich selbst: Wenn die Kinder nicht wären, wüßte ich, was zu tun ist; es ist wirklich nur wegen der Kinder! Dann waren die zwei Stunden herum. Und irgendwo muß man schließlich Schluß machen, wenn die Helden nicht sterben. (Und danach sieht es bei diesen hier nicht aus.)

Vielleicht dachte sie auch noch: Scheußlich, einen Fremden im Haus zu haben! Oder: Warum soll sich ein Mensch nicht ändern können? Konnte ich es nicht auch?

Vielleicht. Wer kennt sich in Elisabeth aus!

Günter de Bruyn

Babylon
Erzählungen. Band 11334

Buridans Esel
Roman. Band 1880

Das erzählte Ich
Über Wahrheit und Dichtung in der Autobiographie
80 Seiten. Geb. S. Fischer

Das Leben des Jean Paul Friedrich Richter
Eine Biographie
410 Seiten mit 17 Abb. Leinen. S. Fischer und
Band 10973

Jubelschreie, Trauergesänge
Deutsche Befindlichkeiten
205 Seiten. Leinen. S. Fischer und Band 12154

Märkische Forschungen
Erzählung für Freunde der Literaturgeschichte
152 Seiten. Geb. S. Fischer und
Band 5059

Mein Brandenburg
Fotos von Barbara Klemm
167 Seiten. Leinen. S. Fischer

Neue Herrlichkeit
Roman. 216 Seiten. Leinen. S. Fischer und
Band 5994

Preisverleihung
Roman. Band 11660

Zwischenbilanz
Eine Jugend in Berlin
380 Seiten. Leinen. S. Fischer und Band 11967

Fischer Taschenbuch Verlag

fi 65 / 15